중학생이 보는

좁은문

앙드레 지드 지음 | 김동호(전 단국대 교수) 옮김
성낙수(한국교원대 교수) · 오은주(서울여고 교사) · 김선화(홍천여고 교사) 엮음

좋은 책 좋은 독자를 만드는 —
(주)신원문화사

더 이상 언급할 필요도 없지만 요즘은 독서의 중요성이 더욱 강조되는 시대입니다. 첨단과학으로 이루어진 대중매체 덕분에 눈으로 읽는 것보다는 말초신경을 자극하는 동영상 쪽으로 관심이 모아지는 데 대한 우려 때문일 것입니다. 꿈과 희망을 가지고 자라나는 학생들에게는 올바른 사고력과 분별력을 키워 주어야 합니다. 그런 점에서 다른 사람들의 생각과 철학, 인생관과 세계관이 들어 있는 명작들을 많이 읽는 것이야말로 바람직한 학습 효과를 거둘 수 있는 지름길이라 생각합니다.

명작은 오랜 세월에 걸쳐 많은 사람들이 읽고 크게 감동을 받은 인정된 작품들로서, 청소년들의 삶에 지침이 되어 주고 인생관에 변화를 주게 될 것입니다.

이번에 중학생들에게 꼭 읽히고 싶은 명작들을 선정하여, 작품을 바르게 감상하고 독후감을 쓰는 데 도움을 주고자 이 시리즈를 기획하게 되었습니다. 작품들은 동서고금에 걸쳐 객관적으로 인정받은, 훌륭한 대상만을 선정하였습니다. 그리고 책의 구성을 다음과 같이 하여, 읽고 쓰는 데 도움이 되도록 하였습니다.

하나, 삶에 대한 지혜와 용기를 주고 중학생이라면 꼭 읽어야 할 명작만을 골랐습니다.

둘, 명작을 읽고 난 후의 솔직한 느낌을 논리적 · 체계적으로 쓸 수 있도록 중학생들의 독후감 작성에 따르는 부담을 덜어 주도록 구성하였습니다.

셋, 작품 알고 들어가기, 내용 훑어보기, 작품 분석하기, 등장인물 알기를 통해 작품을 분석하는 힘을 기를 수 있도록 하였습니다.

넷, 작가 들여다보기, 시대와 연관 짓기, 작품 토론하기 등을 통해 작가의 일생을 알고 시대의 흐름을 파악하여 상상력과 창의력을 키워 주도록 하였습니다.

다섯, 독후감 예시하기와 독후감 제대로 쓰기에서는 책을 읽는 방법과 독후감 모범답안 실례를 제시함으로써 문장력을 길러 주는 한편 독후감 쓰기의 충실한 길라잡이가 되도록 했습니다.

아무쪼록 이 책들이 중학생들의 학습 능력 향상에 큰 도움이 되길 빌어 마지 않습니다.

엮은이 성 낙 수

차 례

문학에는 작가의 삶과 많은 고민이 고스란히 묻어나게 됩니다. 작가는 자신의 삶에 대한 성찰과 깨달음에 대해서 잘 다듬고, 아름답게 표현하여 많은 독자들이 공감하고 감동할 수 있는 문학을 창작하게 됩니다. 그리고 문학 작품에 작가의 삶과 아픔이 진솔하게 표현될수록 그 작품을 읽는 많은 사람들이 감동하게 됩니다. 앙드레 지드의 《좁은 문》 역시 작가의 삶과 고민이 잘 스며들어 있어 100년이 지난 오늘날까지 많은 사람들에게 감동을 주는 작품입니다.

유년 시절부터 엄격한 청교도의 삶을 강요받으며 살아왔던 앙드레 지드의 문학에는 잘못된 사회적 관습이나 모순된 도덕성에 대해 문제를 제기하고 이를 끊임없이 표현하려는 경향이 잘 드러나 있습니다. 그는 초기 작품부터 자신의 삶을 토대로 하여 그 시대의 여러 모순된 규범을 비판하고 개인의 자유를 주장하였는데, 그 중 대표적인 작품이 《좁은 문》입니다.

이 작품은 '좁은 문으로 들어가기를 힘써라'라는 성경 구절을 주제로 한 소설입니다. 작가인 앙드레 지드는 자신의 경험을 토대로 하여 순수하면서도 비극적인 사랑을 그렸습니다. 이 소설이 나온 약 100년 전의 프랑스에서는 친척 간 혼인이 성행하였습니다. 지드 역시 자신이 사랑하는 사촌 누나와 어렵사리 결혼하게 되었지만 불행한 결혼 생활을 해야만 했습니다. 이러한 자신의 아픔을 바탕으로 《좁은 문》을 완성하였고, 작가로서도 많은 작품들을 꾸준히 창작하였습니다. 그 결과, 그는 1947년 78세의 나이에 작가로서 최고의 영예라고 할 수 있는 '노벨 문학상'을 수상하게 됩니다.

과연 그가 이 작품을 통해 말하고자 한 것은 무엇일까요? 또 그의 많은 작품 중에서도 《좁은 문》이 아직도 우리에게 사랑을 받을 수 있는 이유는 무엇이었는지 한번 읽어 볼까요?

좁은 문

좁은 문으로 들어가기를 힘써라.

〈누가복음〉 13장 24절

다른 사람이라면 여기서 내가 하려는 이야기를 한 권의 책으로 엮을 수도 있겠지만, 나는 그 이야기를 체험하는 데 내 온 힘을 기울였고, 그 결과 기력은 모두 떨어졌다. 그래서 나는 내 추억들을 조금도 꾸밈없이 적어 보려고 한다. 설사 그 기억들이 곳곳에 조각나 있다 할지라도 그것을 깁거나 잇기 위해 사실이 아닌 새로운 이야기를 꾸며대는 그런 짓은 결코 하지 않을 것이다. 추억들을 손질하려는 노력은 그것을 이야기하는 데에서 찾기 원했던 마지막 즐거움마저 깨뜨려 버릴 것이기 때문이다.

아버지를 여의었을 때, 내 나이는 12살도 채 안 되었다. 아버지가 의사로 계시던 르아브르에 더 이상 머물러 있을 이유가 없게 되자, 어

머니는 보다 나은 내 학업을 위해서라도 파리로 와서 살기로 작정하
셨다. 어머니는 뤽상부르 공원 근처에 있는 조그마한 아파트를 빌리
셨고, 그곳에 애슈버튼 양이 와서 우리와 함께 살았다. 이미 가족이
라곤 아무도 없던 플로라 애슈버튼 양은 애당초 어머니의 가정교사
였지만 곧 어머니의 말벗이 되고 오래지 않아 친구가 되었다. 그리하
여 나는 한결같이 온화하고 슬픈 표정을 한, 지금도 상복 차림 외에는
기억나는 것이 없는 이 두 여인 곁에서 자라야 했다.

어느 날 아침—아마 아버지가 돌아가신 지 꽤 오랜 뒤의 일이라 생
각되지만—어머니는 모자에 다는 검정 리본을 주홍빛 리본으로 바꾸
어 다셨다. 그래서 나는 큰 소리로 외쳤다.

"엄마! 그 색은 정말이지 엄마한테 어울리지 않아요!"

그 다음날 어머니는 도로 검정 리본을 달고 계셨다.

나는 몸이 연약했다. 그래서 어머니와 애슈버튼 양은 나를 피곤하
지 않게 하려고 온갖 정성을 기울였다. 그럼에도 불구하고 내가 한낱
게으름뱅이가 되지 않을 수 있었던 것은 내가 공부하는 데에 정말로
재미를 붙였기 때문이다.

초여름 맑은 날씨로 접어들자, 두 부인은 드디어 내가 도회지를 떠
날 시기가 되었다고 생각하셨다. 도회지에서는 내가 파리해져 간다
고 생각하셨기 때문이다. 그래서 우리는 해마다 유월 중순경이 되면
뷰콜렝 외삼촌이 불러 주시는, 르아브르 부근의 퐁그즈마르로 출발
했다.

그리 크지도 아름답지도 않은, 노르망디 지방의 다른 정원과 다를 바 없는 그런 정원 안에 있는 하얀 3층 집인 뷰콜렝 댁은 18세기 시대의 별장과 거의 흡사했다. 동쪽으로는 약 20개 남짓한 큼직한 창들이 나 있었고, 뒤쪽으로도 그 정도 창이 나 있었다. 양쪽 옆으로는 창이 하나도 없었다. 창에는 조그마한 유리가 끼워져 있었는데, 최근에 갈아 끼운 그중 몇 장은 녹색을 띤 해묵은 유리창 사이에서 유난히도 투명해 보였다. 어떤 것들은 집안사람들이 '거품'이라 부르는 흠이 있었는데, 그것을 통해 밖을 내다보면 나무가 비틀어져 보이거나, 그 앞을 지나가는 우편배달부에게는 난데없이 혹이 달린 것처럼 보이기도 했다.

직사각형의 정원은 담으로 둘러싸여 있었다. 정원은 집 안쪽에 꽤나 넓게 그늘져 있는 잔디밭을 이루었고, 모래와 자갈이 깔린 좁은 길이 그 잔디밭 둘레를 돌고 있었다. 이쪽에서는 담이 낮아져서 정원을 둘러싸고 있는, 게다가 이 지방 식으로 너도밤나무가 늘어선 길로 경계가 지어져 있는 농가의 안마당을 들여다볼 수 있게 된다.

집의 뒷면인 서쪽으로는 정원이 한결 훤히 트여 있었다. 꽃이 한창인 오솔길은 남쪽에 있는 나무 울타리 앞쯤에서 포르투갈 산 계수나무의 두꺼운 장막과 몇 그루의 나무에 가려져 바닷바람을 피하고 있었다. 또 하나, 이 오솔길은 북쪽 담을 따라 나뭇가지 사이로 사라져 갔다. 외사촌 누이들은 이 오솔길을 '어두운 길'이라 불렀다. 그래서 누구도 황혼이 스러진 후에는 좀처럼 이 길로 들어서려 하지 않았다.

이 뒷길은 채소밭으로 통했다. 이 채소밭은 층계를 몇 발짝 내려선

낮은 곳에서 정원으로 이어졌다. 그리고 이 채소밭 맨 끝, 그러니까 조그만 비밀 문이 뚫려 있는 담 건너편에는 벌채림이 있었고, 너도밤나무가 늘어선 길이 양쪽으로 그곳에 다다랐다. 서쪽 현관 층계에서는 이 숲 너머로 고원이 보였고, 그 위를 뒤덮은 농장 수확물도 바라볼 수 있었다. 지평선 쪽으로는 그리 멀지 않은 곳에 자그마한 마을의 교회가 있었고, 저녁 무렵 바람이 잔잔할 때면 몇몇 집에서 연기가 피어올랐다.

여름철 아름다운 해질녘이면, 우리는 식사 후 아래 정원으로 내려가곤 했다. 그러고는 조그만 비밀 문을 나서서 얼마간 부근이 잘 둘러 뵈는 큰길가 벤치까지 가 보았다. 그러면 폐광이 된 이회암 채굴터의 이엉 지붕 근처에 있는 벤치에 외삼촌과 어머니 그리고 애슈버튼 양이 걸터앉았다. 우리 앞에 있는 작은 계곡에는 안개가 가득 들어차 있었고, 하늘은 저 너머 숲 위에서 금빛으로 물들어 갔다. 그런데도 우리는 이미 어두워진 정원 깊숙한 데서 늦게까지 시간을 보냈다. 다시 집 안으로 들어가면 여전히 응접실에 앉아 있는 아주머니를 볼 수 있었다. 아주머니는 한 번도 우리와 함께 나가는 법이 없었다. 여기까지가 우리 아이들에게는 하루 일과의 끝이지만, 대부분 잠들기 전까지 제 방에서 어른들이 올라오는 발자국 소리가 들릴 때까지 책을 읽곤 했다.

정원에서 지내는 시간 외에는 외삼촌의 서재에 꾸며 놓은 글방에서 거의 하루를 보냈다. 외사촌 동생 로베르와 나는 나란히 앉아 공부했고, 우리 등 뒤에서는 쥘리에트와 알리사가 공부를 했다. 알리사는 나보다 2살 많았고 쥘리에트는 1살 아래였으며 넷 중에서 로베르의 나이가 제일 적었다.

여기서 내가 쓰려는 것은 맨 처음에 되살아난 추억들이 아니라, 다만 이 이야기와 연관이 있는 부분만이다. 이 이야기가 여기서 시작되는 것에 굳이 이유를 대자면 사실 아버님이 돌아가신 그해의 일들 때문이다. 아마도 내 감수성이 집안의 불행과 나 자신의 슬픔 때문이 아니라 적어도 어머니의 슬픔을 보는 것으로써 많은 자극을 받은 나머지 새로운 감정을 스스로 일으켰음인지, 나는 눈에 띄게 변했다. 그해 퐁그즈마르에 다시 왔을 때 쥘리에트와 로베르는 그만큼 더 어려 보였다. 하지만 알리사를 보았을 때, 갑자기 우리 둘은 이제 더 이상 아이가 아님을 느낄 수 있었다.

그렇다. 그것은 역시 아버님이 돌아가신 해이다. 우리가 도착한 직후 애슈버튼 양과 어머니가 주고받은 몇 마디 대화가 내 기억을 확인해 준다. 나는 어머니와 애슈버튼 양이 이야기하고 있던 방 안으로 갑자기 들어갔다. 어머니는 아주머니께서 복(服)을 지키지 않았다는 등, 설령 복을 지켰다 하더라도 벌써 그만두고 말았다는 등 그런 일들로 역정을 내고 계셨다(사실 내게 소복 차림을 한 뷰콜렝 아주머니를 그려 보는 일이란 화려한 차림의 어머니를 그려 보려는 것만큼이나 불가능하다). 우리가 도착하던 그날 뷰콜렝 아주머니는 모슬린 옷을 입고 계셨다. 내가 기억하는 한에는 말이다. 언제나 그렇듯이 능글능글한 애슈버튼 양은 어머니의 마음을 가라앉히려 애쓰면서 조심스럽게 항의했다.

“아무튼 흰색도 상복 차림이기는 하잖아요?”

“그렇다면 그 사람 어깨에 걸친 빨간 어깨걸이도 과연 상복 차림이라고 할 수 있을까? 플로라, 내 화를 그만 좀 돋워.”

하고 어머니는 소리치셨다.

내가 아주머니를 만나 볼 수 있는 것은 여름 방학뿐이었으니, 언제나 내 기억에 익숙한 그 목선이 깊게 파인 웃옷 차림은 여름철 더위 탓이었을 게다. 그러나 아주머니의 드러난 어깨 위에 걸치던 어깨걸이의 타는 듯한 색깔보다도 더욱 어머니의 눈을 거슬리게 한 것은 바로 목을 그토록 드러내 놓은 모습이었다.

루실르 뷰콜렝은 무척이나 예뻤다. 내가 지금도 간직하고 있는 아주머니의 조그마한 초상은 그 무렵의 아주머니 모습을 보여 주고 있다. 당신 딸들의 맏언니로 보일 만큼 젊은 모습, 언제나 다름없는 그런 맵시로 좀 기운 듯이 앉아서 얼굴을 왼손으로 비스듬히 괴고, 새끼손가락을 일부러 멋있게 입술가로 구부리고 있는 모습의 초상이다. 올이 굵직한 머리의 망은 목덜미 위로 자연스럽게 흘러내린 머리카락을 누르고 있다. 유난히 긴 목에는 검정 우단으로 만든 헐거운 목걸이에 이탈리아식 모자이크의 메달이 달려 있다. 큼직한 매듭이 흔들거리는 검정 우단으로 만든 띠, 모자 끈으로 의자 등에다 달아 내린 차양이 넓은 부드러운 밀짚모자, 이런 모든 것이 아주머니의 모습을 한결 앳되게 한다. 오른손은 아래로 내려뜨려진 채 접힌 책을 한 권 들고 있다.

루실르 뷰콜렝은 식민지 태생이었다. 사람들은 양친이 누군지 모른다고도 하고, 아주 어려서 여의었다고도 했다. 그 뒤에 어머니가 내게 들려주신 이야기에 의하면 내버려졌거나 고아였는데, 마침 아이가 없던 보티에 목사 부부가 데려왔다가 마르티니크를 떠나게 되자, 그 무렵 뷰콜렝 댁이 살고 있던 르아브르로 데려왔다는 것이다. 보티에 댁과 뷰콜렝 댁은 자주 왕래했다. 외삼촌은 그 당시 외국에 있는 은행에 근무하고 있었다. 앳된 루실르를 만나게 된 것은 그로부터 삼 년째 되던 해, 비로소 집으로 돌아왔을 때였다. 외삼촌이 그만 홀딱 반해 구혼하는 바람에 양친께서는, 그중에서도 특히 어머니께서는 어지간히 속을 태웠다고 한다. 루실르는 그때 16살이었다. 그때까지 보티에 부인은 어린애를 둘이나 낳았다.

　부인은 날이 갈수록 괴팍스러운 성격으로 변하는 수양딸이 애들에게 미치는 영향에 대해 두려워하기 시작했다. 게다가 살림살이도 넉넉지 않은 형편이었다. 이런 것들은 모두 보티에 댁이 자기 동생의 요청을 기꺼이 받아들인 연유라고 어머니께서 내게 들려주셨다. 덧붙여 내 짐작으로는 처녀가 다 된 루실르가 그들을 모두 난감하게 했을 것이다. 르아브르 사회를 잘 아는 나로서는, 그처럼 매혹적인 처녀에게 남들이 어떻게 대했을지 쉽사리 짐작이 간다. 나중에야 알게 된 분이지만, 보티에 목사는 온유하고 조심성 깊은, 그러면서도 순박해서 속임수에는 도무지 이겨 내지 못하고, 악의 앞에 놓여도 도사리지 못하는 분으로, 이 어진 호인은 분명히 진퇴유곡이셨을 것이다. 보티에 부인에 관해서는 아무것도 말할 것이 없다. 부인은 넷째 아이, 즉 나와 거의 동년배로 그 후에 내 친구가 된 아들을 낳은 후 돌아가셨기 때문이다.

루실르 뷰콜렝은 우리 생활에 거의 참여하지 않았다. 점심때가 지난 다음이 아니면 방에서 내려오지도 않았다. 그리고 이내 안락의자나 해먹에 길게 누워 저녁 무렵까지 있다가는 지친 듯이 일어나는 게 전부였다. 그녀는 이따금 땀을 닦으려는 듯 윤기라곤 전혀 없는 이마에 손수건을 갖다 대곤 했다. 이 손수건의 화사한 맵시와, 꽃향기라기보다는 과일 냄새 같은 향기가 내게는 극히 신기했다. 그녀는 가끔 시곗줄에 여러 가지 노리개와 함께 매달려 있는 은제 뚜껑이 달린 조그마한 거울을 허리춤에서 꺼내곤 했다. 그녀는 거울에 얼굴을 비쳐 보면서 손가락으로 침을 조금 묻혀 눈꼬리를 축이곤 했다.

그녀는 대부분 책을 들고 있었지만 그것은 언제나 거의 접힌 채였고, 책 사이사이에 거북 껍질로 만든 서표가 끼어 있었다. 누가 곁으로 다가가도 그녀의 눈길은 그대로 몽상에 잠긴 채 누군지 보려고도 하지 않았다. 그리고 힘이 풀리고 나른해진 손에서, 또는 소파의 팔걸이나 치마폭 주름 사이에서 번번이 손수건이나 책, 꽃, 또는 서표가 떨어지곤 했다. 나는 어느 날 그런 책을 주위 본 일이 있는데—이런 건 어린 시절의 추억이겠지만—그 책이 시집인 것을 보고 얼굴을 붉혔다.

저녁 무렵, 식사가 끝난 후면 루실르 뷰콜렝은 우리가 있는 가족 테이블 가까이로는 오지 않고, 피아노 앞에 앉은 채 흥겨운 듯 쇼팽의 〈마주르카〉를 느리게 치고는 했다. 이따금 박자가 틀리면 어느 한 가지 화음만을 꼭 누른 채 꼼짝하지 않고 가만히 있기도 했다.

나는 아주머니 곁에서 야릇한 거북함, 일종의 탄미와 두려움이 뒤섞인 불안한 감정을 느끼기 일쑤였다. 아마도 알 수 없는 본능이 아주머니를 경계하게 했는지도 모른다. 게다가 나는 아주머니가 플로라 애슈버튼 양과 어머니를 경멸한다는 것, 애슈버튼 양은 그녀를 두려워하고, 어머니는 어머니대로 그녀를 좋아하지 않는다는 것을 짐작하고 있었다. 루실르 뷰콜렝 아주머니, 나는 이제 당신에게 원망을 품고 싶지 않습니다. 또한 당신이 얼마나 큰 잘못을 저질렀는가 하는 것도 잠시 잊고 싶은 마음입니다. 적어도 나는 노여움 없이 당신에 관한 이야기를 해 보렵니다.

그해 여름 어느 날—어쩌면 그 이듬해였을지도 모른다. 항상 똑같은 무대 장치였으므로, 겹쳐진 내 기억은 가끔 혼동을 일으킨다—책을 한 권 찾으려고 응접실에 들어갔더니 아주머니가 거기에 계셨다. 그래서 나는 곧장 돌아 나오려고 했다. 그런데 여느 때면 나를 거들떠보지도 않던 아주머니가 나를 부르셨다.

"왜 그렇게 바로 내빼니, 제롬? 내가 무섭니?"

나는 두근거리는 가슴을 안고 그녀 곁으로 갔다. 나는 억지로 미소를 지어 보이며 그녀에게 손을 내밀었다. 아주머니는 한 손으로 내 손을 쥐고 다른 손으로 내 볼을 어루만지셨다.

"어쩜 네 어머니는 이처럼 옷을 흉하게 입히니. 가엾기도 해라……."

그때 나는 깃이 넓은 세일러복 같은 것을 입고 있었다. 아주머니는 세일러복을 구기적거리기 시작했다.

"세일러복은 깃을 훨씬 젖혀 입는 거란다."

그녀는 내 셔츠의 단추 하나를 빼면서 말했다.

"자, 보렴. 이렇게 하는 게 훨씬 낫지 않니?"

그러고는 조그만 거울을 꺼내면서 자신의 얼굴에 내 얼굴을 끌어당기고, 드러낸 팔로 내 목을 감더니 반쯤 젖혀진 내 셔츠 속으로 손을 미끄러뜨려 간지럼을 태웠다. 그러면서 간지럽지 않느냐고 웃는 얼굴로 물었다. 그러더니 자꾸만 손을 아래로 밀어 넣었다. 내가 너무 갑자기 펄쩍 뛰는 바람에 세일러복은 그만 찢어지고 말았다. 나는 얼굴이 홍당무처럼 되었다.

"어머나! 이런 바보 좀 봐!"

아주머니가 외치는 사이에 나는 달아났다. 정원 구석까지 곧장 뛰어가서 채소밭 옆의 조그마한 빗물 통에 손수건을 적셨다. 그리곤 이마와 볼, 목 할 것 없이 아주머니가 손을 댄 데는 모두 닦고 문질렀다.

때때로 루실르 뷰콜렝에게는 '발작'이 일어나곤 했다. 발작은 그녀를 불시에 사로잡아 온 집안을 시끄럽게 했다. 애슈버튼 양이 부랴부랴 아이들을 데리고 가며 서둘렀지만 침실이나 응접실에서 들려오는 무시무시한 고함 소리를 그 아이들이 듣지 않도록 막을 수는 없었다. 그럴 때마다 삼촌은 미친 사람이 다 되어 수건이나 오드 콜로뉴, 에테르 등을 찾느라고 복도를 이리저리 뛰어다녔다. 저녁때 아직도 아주머니의 모습이 보이지 않는 식탁에서 삼촌은 줄곧 걱정에 잠겨 있는 듯 힘없이 보였다.

발작이 거의 끝날 때쯤이면 루실르 뷰콜렝은 당신의 아이들을 곁으로 불러들였다. 적어도 로베르와 쥘리에트만큼은……. 그러나 유독 알리사만은 한 번도 부른 적이 없었다. 그러한 슬픈 날이면 알리사는 줄곧 제 방에 틀어박혀 있었고, 가끔 그녀의 아버지만이 그녀를 보러 가곤 했다. 삼촌은 알리사와 곧잘 이야기하는 편이었다. 아주머니의 발작은 하인들에게도 큰 충격을 주었다.

어느 날 저녁, 발작이 유난히 심해 응접실에서 벌어지는 일이 잘 들리지 않는 어머니 방에 꼼짝하지 말고 들어가 있으라는 말을 듣고, 어머니와 내가 들어앉아 있을 때였다.

"주인님, 얼른 내려오세요. 지금 마님이 위급해요!"

하녀가 고래고래 소리치면서 복도를 뛰어가는 소리가 들려왔다.

삼촌은 알리사 방에 올라가 계셨다. 어머니가 삼촌을 부르러 가신 지 15분쯤 지나서, 내 방의 열려 있는 창 앞으로 두 분이 무심히 지나갈 적에 어머니의 말소리가 내게 들렸다.

"내가 똑바로 말해 드릴까요? 이건 다 연극이에요."

어머니는 계속해서 몇 번씩이나 '연극이에요'라고 힘주어 말씀하셨다.

이것은 방학이 끝날 무렵의 일이었고, 우리가 상복을 입은 지 이태가 지난 때였다. 그 이후로 오랫동안 다시는 아주머니를 만나지 않았다. 그러나 우리 집안을 이처럼 흔들어 놓은 그 슬픈 사건은 잊을 수가 없다. 그리고 또 그 사건의 결말에 조금 앞서서, 그때까지 내가 루실르 뷰콜렝에게 느꼈던 복잡하고도 막연한 감정을 그만 미묘한 증오심으로 바꾸어 놓은 자그마한 일을 밝혀야 할 것 같다. 때문에 우선 내 외사촌 누이에 대한 이야기를 서두에 꺼낸다.

나는 알리사 뷰콜렝이 예뻤는지 그때까지도 잘 느끼지 못했다. 내가 그녀에게 이끌리고 그녀 가까이 머무른 것은 단순한 미의 매력이라기보다는 좀 더 색다른 매력 때문이었다. 물론 그녀는 자기 어머니를 무척 닮은 모습이었다. 그러나 그 눈매가 자기 어머니와는 매우 달랐기 때문에 나는 그들이 서로 닮았다는 사실을 훨씬 뒤에야 깨달았다. 나는 지금 그녀의 얼굴 모습을 도저히 표현할 수가 없다. 얼굴 윤곽이며 눈망울마저도 생각해 낼 수가 없다.

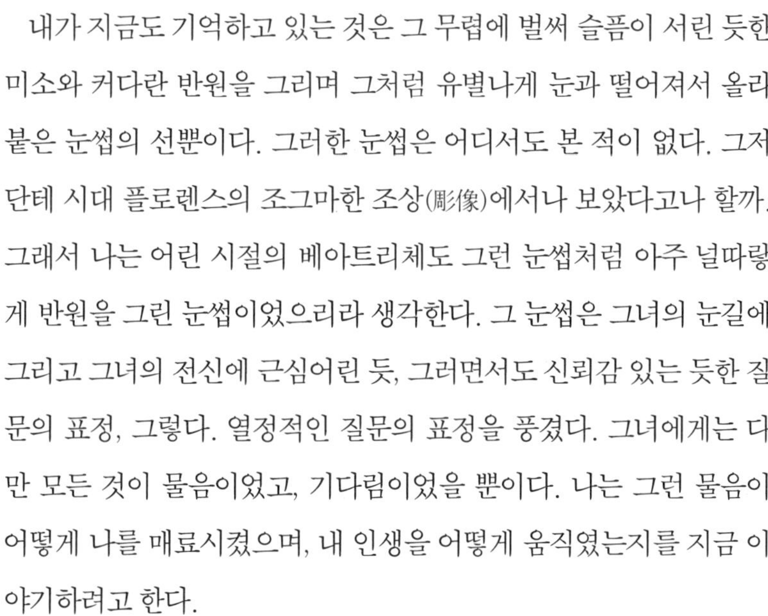

내가 지금도 기억하고 있는 것은 그 무렵에 벌써 슬픔이 서린 듯한 미소와 커다란 반원을 그리며 그처럼 유별나게 눈과 떨어져서 올라붙은 눈썹의 선뿐이다. 그러한 눈썹은 어디서도 본 적이 없다. 그저 단테 시대 플로렌스의 조그마한 조상(彫像)에서나 보았다고나 할까. 그래서 나는 어린 시절의 베아트리체도 그런 눈썹처럼 아주 널따랗게 반원을 그린 눈썹이었으리라 생각한다. 그 눈썹은 그녀의 눈길에 그리고 그녀의 전신에 근심어린 듯, 그러면서도 신뢰감 있는 듯한 질문의 표정, 그렇다. 열정적인 질문의 표정을 풍겼다. 그녀에게는 다만 모든 것이 물음이었고, 기다림이었을 뿐이다. 나는 그런 물음이 어떻게 나를 매료시켰으며, 내 인생을 어떻게 움직였는지를 지금 이야기하려고 한다.

　그렇지만 사람에 따라서는 쥘리에트를 예쁘게 보는 사람도 있었을 것이다. 기쁨과 건강이 그녀에게서 눈부시게 빛을 내고 있었기 때문이다. 그러나 그녀의 미모는 언니의 고상함에 비하면 외형적이고 누구에게나 대번에 그대로 드러났다. 외사촌 동생 로베르로 말하면 특이한 점이라곤 전혀 없는 성격이었다. 그는 단지 내 또래의 사내아이였다고 할 수밖에 없다. 나는 쥘리에트와는 그저 어울려서 뛰놀았을 뿐이지만, 알리사와는 늘 이야기를 했다. 알리사는 우리의 장난에 거의 끼는 일이 없었다. 아무리 오래된 과거를 거슬러 올라가 생각해 보아도 내 머릿속에 떠오르는 알리사의 모습은 항상 단정하고 의젓하게 미소를 머금은, 생각에 잠긴 듯한 모습뿐이다. 우리가 무슨 말을 했던가? 아이들 둘이서 무엇에 관한 이야기를 했을까? 지금 그것을 말하겠지만, 그보다 다시는 아주머니에 관한 이야기를 꺼내지 않기 위해 그녀에 관한 이야기를 끝내도록 하겠다.

　아버지가 돌아가신 지 두 해 되던 때, 어머니와 나는 르아브르로 부활절 휴가를 보내러 갔다. 시내에서 조금 어렵게 사시는 삼촌 댁에는 머무르지 않기로 하고 집이 한결 넓은 큰 이모님 댁에서 지내기 위해서였다. 내가 좀처럼 만나 본 일이 없던 플랑티에 이모님은 오래 전부터 과부로 지내고 계셨다. 나보다 훨씬 손위고 성격도 아주 다른 이모의 아이들과는 겨우 얼굴이나 아는 정도였다. 르아브르의 사람들이 '플랑티에 댁'이라고 부르는 이모 댁은 시내에 있는 것이 아니라, '산기슭'이라고 불리는, 시내가 내려다보이는 언덕배기 중간 부분에 있었다. 뷰콜렝 외삼촌네는 상가 근처에 살고 계셨

는데, 가파른 언덕길로 두 집 사이를 순식간에 왕래할 수 있었다. 나
는 하루에도 몇 번씩이나 이 길을 뛰어 내려갔다가는 다시 올라오곤
했다.

그날은 삼촌 댁에서 점심을 먹었다. 식사가 끝나고 얼마 되지 않아
외삼촌이 외출하셨다. 나는 외삼촌의 사무실까지 따라갔다가 어머
니를 찾으러 플랑티에 댁으로 올라갔다. 하지만 어머니는 이모와 함
께 외출 중이었고, 저녁 무렵에야 돌아오실 거라는 말을 들었다. 나
는 곧장 시내로 다시 내려갔다. 거리를 마음껏 쏘다니는 일이란 좀처
럼 자주 있는 일이 아니었다. 나는 부두로 나갔다. 부두는 바다의 안
개 때문에 어둡고 구슬프게 보였다. 나는 한두 시간쯤 선창가를 서성
거렸다. 그런데 불현듯, 알리사를 찾아가 깜짝 놀라게 해 주고 싶은
생각이 들었다. 하기야 방금 헤어지기는 했지만……. 나는 한달음에
시내를 지나 뷰콜렝 삼촌 댁의 벨을 눌렀다. 벌써 나는 층계 위를 뛰
어 올라가고 있었다. 문을 열어 준 하녀가 말렸다.

"올라가지 마세요, 제롬 도련님! 올라가지 마시라니까요! 마님께
서 발작이 나셨어요."

그러나 나는 막무가내로 올라갔다. 나는 아주머니를 만나러 온 것
이 아니었기 때문이다. 알리사 방은 4층에 있었다. 2층에는 응접실과
식당이 있고, 3층에는 아주머니 방이 있었는데, 그곳에서 말소리가
새어 나왔다. 방문이 열려 있었기 때문에 나는 그 앞을 지나가지 않
으면 안 되었다. 한 줄기 불빛이 방에서 흘러나와 층계참을 꺾어 비

치고 있었다. 들킬 것만 같아 나는 잠시 머뭇거리다가 몸을 숨겼다. 잠시 후 다음과 같은 광경을 보고 나는 어리벙벙했다. 커튼이 쳐 있기는 했지만 촛대에 꽂혀 있는 촛불이 아름다운 밝은 빛을 방 한가운데에 뿌리고 있었고, 아주머니는 긴 의자에 누워 있었다. 그 발밑에는 로베르와 쥘리에트가 있었다. 그리고 아주머니 뒤에는 중위 군복을 입은 젊은 사내가 있었다. 그 두 아이가 그곳에 있었다는 사실은 지금 생각하면 망측한 일이지만, 그 무렵 순진했던 내게는 오히려 그것이 안심되었다. 부드럽고도 맑은 목소리로 이런 말을 되풀이하는 낯선 사내를 아이들은 웃으면서 쳐다보았다.

"뷰콜렝, 뷰콜렝! 내게 양 한 마리가 있다면 틀림없이 뷰콜렝이라는 이름을 지어 줄 거야."

그 말에 아주머니마저 깔깔대며 웃었다. 아주머니가 젊은 사내에게 담배 한 대를 내밀자 그 사내가 불을 붙이고 아주머니가 몇 모금 빠는 것이 보였다. 담배가 땅바닥에 떨어지자 사내는 담배를 주우려고 냉큼 나서더니, 아주머니의 숄에 발이 감긴 체하며 아주머니 앞으로 무릎을 꿇었다. 이 우스꽝스러운 연극 덕분에 나는 아무에게도 들키지 않고 알리사의 방까지 갈 수 있었다.

드디어 알리사의 방문 앞에 다다랐다. 나는 잠시 그대로 서 있었다. 웃음소리와 법석대는 소리가 아래층에서 들려왔다. 그 소리 때문에 내 노크 소리가 들리지 않았는지 아무런 대답이 없었다. 나는 문을 밀었다. 문이 조용히 열렸다. 방 안이 컴컴해서 금방 알리사를 찾아낼 수 없었다. 저녁 햇살이 스며드는 창문을 등지고 알리사는 침대 머리에 무릎을 꿇고 있었다. 내가 가까이 가자 알리사는 내게 고개를 돌렸지만 일어서지 않은 채 속삭이듯 말했다.

"어머! 제롬, 왜 돌아왔니?"

나는 그녀에게 입을 맞추기 위해 몸을 굽혔다. 그녀의 얼굴은 눈물에 젖어 있었다.

바로 그 순간이 내 일생을 결정해 버렸다. 오늘날까지도 나는 괴로움 없이 그 순간을 회상할 수가 없다. 물론 나로서는 어렴풋이 슬픔의 원인을 짐작할 뿐이었다. 그러나 그 슬픔은, 팔딱거리는 조그마한 영혼과 흐느낌으로 온통 흔들리는 연약한 육신에게는 너무나도 힘겨운 것임을 나는 뼈저리게 느꼈다.

나는 여전히 무릎을 꿇고 있는 알리사 곁에 그대로 서 있었다. 내 마음속에서 새로이 솟구치는 격정을 어떻게 표현해야 할지 몰랐다. 그저 그녀의 머리를 내 가슴에 지그시 대고 내 마음이 담긴 입술을 그녀의 이마에 대고 있을 뿐이었다. 사랑과 연민에 취하여, 감격과 희생과 정성이 뒤섞인 걷잡을 수 없는 감정에 잠겨, 나는 온 힘을 다해 하나님을 불렀고, 내 인생의 목적이 이제는 다만 공포와 악과 생활로부터 그녀를 보호하는 것뿐이라 생각하면서 스스로 내 몸을 바치기로 했다. 기원이 마음에 가득 차서 나는 마침내 무릎을 꿇었다. 나는 그녀를 감싸 안았다. 어렴풋이 그녀의 목소리가 들렸다.

"제롬, 들키지 않았어? 자, 빨리 가. 들켜선 안 돼."

그리곤 조금 낮은 목소리로 말했다.

"제롬, 누구한테도 말하지 마! 가엾은 아버지는 아무것도 모르셔……."

그래서 나는 어머니께도 말씀드리지 않았다. 하지만 플랑티에 이모님께서 어머니와 줄곧 수군거리시며 두 분이 무언가 감추는 듯 안절부절못하시고 근심스러워하던 모습, 또 밀담하는 곳에 내가 가까이 갈 때마다,

"애야, 좀 저만치 가서 놀려무나."

하시면서 나를 멀리하시던 일, 이런 모든 것이 나로 하여금 뷰콜렝 댁의 비밀에 대해 두 분이 전혀 모르시지는 않는다는 것을 짐작하게 했다.

우리가 파리로 돌아오자마자 한 장의 전보가 어머니를 르아브르로 다시 불러들였다. 아주머니가 달아났다는 것이다.

"남자하고요?"

나는 애슈버튼 양에게 물어보았다.

"얘, 그건 어머님께나 여쭈어 보렴. 나는 아무것도 대답할 수가 없구나."

하고 이 사건에 어리둥절해진 그녀가 말했다.

이틀 후, 그녀와 나는 어머니 뒤를 쫓아 떠났다. 토요일이었다. 따라서 나는 그 다음날에는 외사촌 누이들을 교회에서 만날 작정이었다. 그리하여 내 마음은 오직 이 생각으로 꽉 차 있었다. 어린 내 마음에는 우리가 이런 장소에서 만나는 것이 우리의 재회를 신성시한다며 대견스러워했다. 아무튼 나는 아주머니 일은 거의 생각하지 않았

다. 그리고 어머니께도 이 일을 캐묻지 않는 것이 어떤 체면이 서는
것이라 생각되었다.

  자그마한 예배당에는 그날 아침따라 사람이 별로 많지 않았다. 보
티에 목사님은 아마 일부러 그러셨겠지만 묵도를 위한 인용구로 그
리스도의 이 말씀을 인용하셨다.

  '좁은 문으로 들어가기를 힘써라.'
  알리사는 나보다 조금 앞자리에 앉아 있었다. 내게는 그녀의 옆모
습이 보였다. 그녀를 뚫어지게 바라보느라고 내 자신을 잊고 있었기
때문에, 나는 온 정신을 기울여 듣고 있는 목사님의 말씀을 그녀를
거쳐서 듣는 듯싶었다. 외삼촌은 어머니 곁에 앉아 눈물을 흘리고
계셨다.
  목사님은 우선 앞의 구절을 읽으셨다.
  "좁은 문으로 들어가기를 힘써라. 멸망으로 인도하는 문은 크고 그
길은 넓어 그곳으로 들어가는 자가 많고, 생명으로 인도하는 문은 좁
고 협착하여 찾는 이가 적음이니라."
  그러고는 주제를 분명하게 가르치시면서 우선 첫째로 '넓은 길'에
대한 말씀을 하셨다. 어렴풋이 나는 아주머니의 방을 다시 그려 보았
다. 드러누운 채 웃고 있는 아주머니가 또 보였다. 웃음이니 즐거움
이니 하는 것 자체가 바로 불쾌하고 모욕적인 것으로 생각되고, 죄악
의 징그러운 과장인 것처럼 여겨졌던 바로 그 광경…….
  "그리로 들어가는 자가 많고……."

보티에 목사님은 다음 구절을 읽으셨다. 그리고 자세히 설명할수록, 싱글벙글하며 앞으로 나아가면서 행렬을 이루는 화려한 차림새의 군중을 보았다. 그런 행렬에는 낄 수도 없겠지만 나는 끼고 싶지도 않다고 느껴졌다. 내가 그런 사람들과 발을 같이하는 동안 알리사에게서 떨어져야 하기 때문이다. 그러자 목사님은 인용구의 첫마디를 되풀이하셨다. 나는 힘써 들어가야 한다는 그 좁은 문을 보았다.

잠겼던 꿈속에서 나는 그 문을 흡사 압착기로 착각하고는 내가 거기로 힘써 들어가는 것이거나, 무척 힘든 것이기는 하지만 하나님의 축복의 예감이 섞여 있는 그러한 고통을 맛보며 들어가는 것이라고 생각했다. 그러자 그 문은 다시 알리사의 방문이 되었다. 나는 그리로 들어가려고 스스로를 억제하며 내 속에 이기심으로 남아 있는 모든 것을 비워 버렸다.

"생명으로 인도하는 문은 좁고 협착하여……."

보티에 목사님은 계속 말씀하셨다. 그리고 나는 온갖 고통과 슬픔을 넘어서서 또 다른 하나의 맑고 신비롭고 거룩한 기쁨을, 내 영혼이 이미 갈망하고 있는 기쁨을 상상하고 예감했다. 내게는 그 기쁨이 날카로우면서도 다정스러운 바이올린의 연주와 같았고, 알리사의 마음과 내 마음이 한데 녹아드는 거센 불꽃과도 같이 상상되었다. 우리는 둘이 〈묵시록〉에 적혀 있는 것과 같은 흰옷을 차려 입고서, 손에 손을 잡고 똑같은 하나의 목표를 바라보고 나아갔다. 어린아이의 이러한 몽상이 미소를 자아낸들 그것이 무슨 상관이 있으랴. 나는 지금 조금도 다름없이 이야기하고 있다. 혹시 분명하지 않은 점도 있겠지만,

그것은 오직 하나의 뚜렷한 감정을 그려 내기 위한 언어와 불완전한 비유에 있어서만 그럴 것이다.

"찾는 이가 적음이니라."

보티에 목사님은 끝을 맺었다. 목사님은 어떻게 하면 좁은 문을 찾아낼 수 있는지를 설명하셨다.

'……찾는 이가 적음이니라.'

나는 그중 한 사람이 되리라.

설교가 끝날 무렵 나는 너무나 긴장해 있었기 때문에 예배가 끝나자 알리사를 찾아보려고도 하지 않고 뛰어나와 버렸다. 자랑스러운 마음으로 벌써부터 내 결심(나는 이미 결심했다)을 시련에 부대끼게 하고 싶었고, 당장에 그녀에게서 내 몸을 멀리함으로써 한결 더 그녀에게 알맞은 사람이 되는 것이라고 생각했다.

2

이 준엄한 교훈은 의무를 받아들일 준비가 되어 있을 뿐 아니라, 선천적으로 의무에 대한 터전이 마련되어 있는 하나의 영혼을 발견했다. 게다가 또한 부모님이 보여 주신 모범은 내 마음에서 일어나는 어린 충동을 억눌러 주던 청교도적 규율과 결합해서 이 영혼을 '덕'이라고 부르는 것에게로 이끌어 갔다. 자신을 억제하는 것은 내게는 남들이 자기 자신을 돌보지 않는 것과 마찬가지로 자연스러운 일이었고, 나를 붙들어 매고 있던 이러한 엄격한 규율도 나를 진저리나게 하기는커녕 오히려 나를 기쁘게 했다. 내 미래에 대한 꿈은 행복이라기보다 행복을 이루려는 노력이었다.

그처럼 나는 행복과 덕을 벌써부터 혼동하고 있었다. 물론 14살의 소년인 나로서는 아직 모호한 것이었고 그저 어떤 가르침이 있기를 기다리는 상태였다. 그러나 이윽고 알리사에게 품은 내 사랑은 거침없이 나를 그런 방향으로 이끌어 갔다. 그것은 갑작스러운 마음의 계시였고, 그 때문에 나는 내 자신을 의식했다.

즉 나는 내성적이고, 활달하지 못하며, 늘 무엇인가를 기다리고 있고, 남의 일에는 별로 마음을 두지 않으며, 무엇을 해 보겠다는 생각이 별로 없었다. 또 자기 자신을 이겨 낸다는 것 외에는 아무런 승리도 생각하지 않는 그런 사람으로 보였다. 나는 공부를 좋아했고, 장난을 해도 머리를 쥐어짜야 하는 것이나 힘든 것이 아니면 열중하지 않았다. 내 나이 또래의 친구들은 별로 사귀지 않았고, 설사 그들과 어울려 장난을 친다 하더라도 그것은 다만 우정이나 호의의 표시일 뿐이었다. 하지만 아벨 보티에와는 곧잘 어울렸다. 그는 그 이듬해 파리로 와서 나와 같은 학급에 있게 된 동급생이었다. 상냥하고 근심이 없는 소년인 그는 존경이라기보다는 정다움을 느끼는 사이이지만, 적어도 그와 어울리면 내 마음이 늘 날아가고 있는 르아브르와 퐁그즈마르 이야기를 할 수가 있었다.

외사촌 동생인 로베르 뷰콜렝은 우리와 같은 중학교 기숙사생으로 들어오기는 했지만 두 학년 아래였다. 나는 일요일에만 그와 만날 따름이었다. 그가 내 외사촌 누이의 동생이 아니었던들—게다가 그는 누이들을 닮은 점도 거의 없었다—나는 그와 더불어 유쾌하게 지낼 생각을 하지 못했을 것이다.

나는 그 무렵 온통 사랑으로 가득 차 있었다. 로베르나 아벨과의 사귐이 내게 중요한 영향을 끼쳤다면, 그것은 오직 이 사랑에 비쳐서일 뿐이었다. 알리사는 복음서에 나오는 그 값진 진주와도 같았고, 나는 진주를 얻기 위해 자기가 소유한 모든 것을 팔아 버리는 장사치였다.

비록 내가 그때까지 어린애이기는 했지만, 지금 그것을 사랑이라 이야기하고, 외사촌 누이에 대해 느끼던 감정을 그렇게 이름 짓는다는 것은 잘못된 일일까? 그 뒤로 내가 겪은 그 어느 것도 이보다 사랑이라는 이름에 더 어울린다고 생각한 적은 없었다.

그뿐만 아니라, 내가 육체적인 것으로 가장 고민하고 괴로워하던 나이가 되었을 적에도 내 성격은 별로 달라지지 않았다. 즉 어린 시절에 내가 그녀에게 적합한 사람이 되려고 노력했던 때보다 더 직접적인 방법으로 그녀를 내 것으로 만들겠다고 생각해 본 일도 없었다. 공부, 노력, 경건한 행위 등 이런 모든 것을 나는 신비롭게도 알리사에게 바쳤다. 그리고 다만 그녀를 위해 하는 일조차도 번번이 그녀 모르게 해 두는 것이 한층 더 덕이 되는 것이라고 생각했다. 그처럼 나는 독한 술 같은 겸양에 도취했다. 아아, 내 자신의 즐거움은 별달리 마음에 두지도 않고, 그저 내게 무슨 노력이 요구되는 것이 아니면 어떤 일에도 만족하지 못하는 버릇이 들었다.

나만이 이러한 경쟁심에 몰두했던 것일까? 알리사는 그런 내 마음을 눈치채고 있는 것 같지도 않았고, 모름지기 자기만을 위해 힘을 다하고 있는 나 때문에, 혹은 나를 위해 특별하게 해 주는 일이 없는 것 같았다. 순수한 그녀의 영혼 속에서는 모든 것이 아주 단순한 아름다움이었다. 그리고 그녀의 덕마저도 너무나 자유로웠고 우아했기 때문에 그저 아무렇게나 내던져 버리는 것처럼 보일 정도였다. 그 앳된 미소로 해서 그녀의 눈초리에 깃든 엄숙한 빛도 오히려 매력적이었다. 그처럼 아늑하고, 그처럼 다정스러운, 무언가를 묻고 있는 듯한 그녀가 시선을 살며시 위로 치켜 올리는 모습을 나는 지금도 다시 그려 본다. 그러고 보면 삼촌이 마음이 뒤숭숭할 때마다 맏딸 곁에서 도움과 의견과 위안을 구하시던 까닭도 이해할 수 있을 것 같다. 그 이듬해 여름, 나는 삼촌이 그녀와 이야기하고 있는 것을 자주 보았다. 외로움으로 말미암아 삼촌은 무척 겉늙으셨다. 식사 때도 삼촌은 말씀이 통 없으셨고, 이따금씩 불쑥 즐거운 표정을 억지로 지어내곤 하셨지만 묵묵히 계시는 것보다 더 가슴 아프게 느껴졌다. 저녁에 알리사가 모시러 갈 때까지는 서재에 틀어박혀 담배만 피우셨고, 알리사가 빌다시피 해야 겨우 방에서 나오셨다.

알리사는 삼촌을 어린애처럼 모시고 정원으로 이끌었다. 둘이서 꽃이 피어 있는 오솔길을 내려가서 채소밭 층계 근처, 몇 개의 의자가 놓인 둥그런 갈림길 터에 가서 앉았다.

어느 날 저녁 무렵, 내가 적갈색의 우람스러운 너도밤나무가 빽빽이 들어서 있는 곳에서 한 그루의 그늘이 깊게 지는 잔디밭에 드러누워 늦도록 책을 읽고 있던 때였다. 꽃이 피어 있는 그 오솔길과 나 사이에는 계수나무 울타리가 있을 뿐이어서 보이지는 않아도 소리는 그대로 들려오는 곳이었는데, 알리사와 외삼촌의 말소리가 들려왔다. 아마 로베르에 관한 이야기를 하고 난 듯싶었다. 그때 알리사가 내 이름을 말하는 소리가 들렸다. 그러고는 내가 그들의 대화를 알아듣기 시작했을 때에 외삼촌이 큰 소리로 말씀하셨다.

"음! 그 애는 영원히 공부를 좋아할 거야."

자신도 모르게 엿듣고 만 나는 그 자리를 피해 버리거나, 최소한 내가 있다는 것을 그들이 알 수 있도록 무슨 기척을 내고 싶었다. 하지만 어떻게 기침을 할까? 나, 여기 있습니다. 말소리가 들리는데요, 하고 소리를 칠까? 그런데 내가 잠자코 있었던 것은 더 듣고 싶은 호기심이라기보다는 오히려 난처함과 수줍음 탓이었다. 더구나 그들은 그저 지나갔을 따름이고, 나 또한 희미하게 그들의 이야기를 들었을 뿐이니……. 그러나 두 사람의 걸음은 매우 느렸다. 아마도 알리사는 평상시처럼 팔목에 예쁜 바구니를 들고서 시든 꽃을 따 버리기도 하고, 자주 끼는 바다 안개로 인해 아직 푸릇푸릇한 상태로 떨어지고 만 열매를 울타리 밑에서 줍기도 했을 것이다. 그녀의 맑은 목소리가 들렸다.

"아버지, 팔리시에 아저씨는 훌륭한 분이었어요?"

외삼촌의 목소리는 낮고 희미했다. 나는 그의 대답을 알아들을 수가 없었다. 알리사는 다시 물었다.

"아주 훌륭하셨어요?"

마찬가지로 희미한 대답에 알리사가 다시 물었다.

"제롬은 머리가 좋지요, 그렇죠?"

어찌 내가 귀를 곤두세우지 않을 수 있었을까? 그러나 나는 한마디도 알아들을 수가 없었다. 알리사가 다시 말을 이었다.

"제롬이 훌륭한 사람이 되리라 생각하세요?"

이번에는 삼촌의 음성이 높아졌다.

"하지만 애야, 우선 알고 싶은 게 있구나. 너는 어떤 뜻으로 '훌륭한'이란 말을 쓰고 있는 거니? 보기에는 그렇지도 않고, 적어도 인간의 눈에는 그렇게 보이지 않는데 사실은 아주 훌륭한 사람이 있는 법이야. 하나님의 눈으로 보면 아주 훌륭한 사람이……."

"저도 그런 뜻으로 말한 거예요."

하고 알리사가 말했다.

"그렇기도 하거니와…… 어디 벌써부터 그걸 알 수가 있니? 제롬은 아직 너무 어리다. ……그래, 분명 유망한 애야. 하지만 그것만으로 성공할 수 있는 것은 아니란다."

"그럼 또 뭐가 필요하지요?"

"글쎄, 뭐라고 할까? 신뢰나 도움이나 사랑이나……."

"도움이라뇨?"

알리사가 되물었다.

"내게는 주어지지 않았던 애정과 존경, 그런 것 말이다."

삼촌은 쓸쓸하게 대답하셨다. 그리곤 둘의 말소리가 전혀 들리지 않았다.

저녁 기도 때, 나는 뜻하지 않게 저지른 지각없는 행동을 반성하고 알리사에게 고백하리라 결심했다. 그때에는 필경 좀 더 캐 보려는 호기심도 섞여 있었을 게다.

이튿날, 내가 말을 꺼내자마자 알리사가 나무랐다.

"그래도 제롬, 그렇게 엿듣는 것은 아주 나쁜 짓이야. 기척을 내거나 그 자리를 피했어야 할 게 아니니?"

"정말이지, 나는 엿듣지 않았어. 들으려고 하지 않았는데 저절로 들려왔을 뿐이야. 그리고 그쪽도 그냥 지나쳐 버리던걸."

"천천히 걷고 있었는데, 뭐."

"그래. 아무튼 내게는 겨우 들릴락 말락 한 정도였어. 그리곤 곧 듣지 못했어. ……그런데 말이야, 성공하려면 무엇이 필요한가 물었을 때 외삼촌이 뭐라고 대답하셨지?"

"제롬."

알리사가 웃으며 말했다.

"다 들었으면서 그러니. 내게 한 번 더 되풀이시키고 싶어?"

"정말이지 첫 마디밖에는 듣지 못했대도 그래. 신뢰와 사랑에 대해 말씀하셨을 때 말이야."

"그러시고는 그것 말고도 여러 가지가 더 필요하다고 그러셨어."

"그래, 너는 뭐라고 대답했는데?"

알리사는 갑자기 정색을 했다.

"인생에서의 도움을 말씀하시기에, 네게는 어머니가 계시다고 그랬지 뭐."

"저런! 알리사, 어머니가 언제까지나 나와 함께 계시는 건 아니잖아. 그리고 그건 좀 다른 일이고……."

알리사는 고개를 숙였다.

"아버지가 내 말에 대답하신 것도 바로 그거야."

나는 떨면서 그녀의 손을 잡았다.

"내가 장차 뭐가 되든 그건 오직 너를 위해서야."

"하지만 제롬, 나 또한 너를 떠날지 모르잖니?"

나는 진심으로 그녀에게 말했다.

"나는, 나는 결코 너를 떠나지 않을 거야."

그녀는 양 어깨를 약간 위로 추켰다.

"혼자서 나갈 만큼 강하지 못한 거야? 하나님께 다다르려면 누구든 혼자 나가야 해."

"그렇지만 내게 길을 가르쳐 주는 건 알리사야."

"제롬, 왜 주님 말고 또 다른 인도자를 찾으려고 하니? 우리가 가장 가까이 있을 수 있는 것은 우리 둘이 저마다 서로를 잊고 하나님께 기도드리는 때문이라고 생각되지 않니?"

"그래, 우리를 결합해 주십사 하고 기도하는 거 말이지."

나는 말을 가로챘다.

"아침마다, 밤마다 내가 하나님께 기도하는 것이 바로 그거야."

"아니, 너는 하나님 품 안에서 결합한다는 게 무슨 말인지도 모르니?"

"나는 진정으로 다 알고 있어. 그건 두 사람이 말이야, 자기들이 찬양하는 어떤 하나의 것 안에서 서로를 다시 열심히 찾는 걸 뜻해. 알리사가 찬양하는 것을 나 또한 찬양하는 것은, 바로 너를 다시 찾아보려는 생각에서인 것 같아."

"제롬, 네 찬양은 도무지 순수하지 못해."

"내게 너무 바라지 마. 천국이라도 그곳에서 알리사, 널 다시 찾아보지 못한다면 나는 그만둘 테야."

그녀는 손가락 하나를 입술에 갖다 대더니 약간 엄숙하게 말했다.

"너희는 먼저 하나님의 나라와 그 의를 구하라."

우리가 주고받던 말을 여기에 옮기면서, 아이들이 얼마나 심각한 이야기를 하는지 모르는 사람에게는 이런 말들이 전혀 어린애답지 못하다고 생각할 것이다. 그렇다고 해서 어쩌란 말인가? 변명이라도 하라는 건가? 우리가 하던 말을 더 자연스럽게 여겨지도록 꾸며대고 싶지 않은 것과 마찬가지로 나는 그런 변명을 하고 싶지 않다.

우리는 라틴어 판의 복음서를 구해 긴 구절들을 외곤 했다. 동생 로베르를 도와준다는 구실로 알리사와 나는 함께 라틴어 공부를 했다. 그러나 지금 생각해 보면 오히려 그것은 내 독서에 따라오기 위한 것 같았다. 그리고 사실 그녀가 따라오지 않을 것이라 생각되는 공부는 나 역시 재미를 붙이려 하지 않았다. 그런 것이 간혹 내게 방해가 되었다 할지라도 남들이 쉽게 생각하듯이 내 정신의 비약을 가로막는 요인은 아니었다. 오히려 그 반대로 그녀는 어디서나 자유로이 나를 앞서는 듯 보였다. 나는 그녀를 따라 그녀의 길로 접어들었으며, 그 무렵 우리 마음을 차지하고 있던 것, 우리가 '사색'이라고 부르던 것도 좀 더 그럴 듯한 마음의 일치에 대한 하나의 구실, 즉 감정의 가장 또는 사랑의 겉치레에 지나지 않을 경우가 많았다.

어머니는 아직 그 깊이를 깨닫지 못하던 그러한 내 감정을 우려하셨던 모양이다. 그러나 기력이 점점 쇠약해져 감에 따라 우리 두 사람을 어머니는 포옹해 주고 싶어 하셨다. 오래 전부터 앓고 계시던 심장병이 점점 악화되었다. 발작이 특히 심하던 언젠가 어머니는 나를 곁으로 부르셨다.

"얘야, 나도 이제는 꽤 늙었구나."

어머니는 말씀하셨다.

“언제 갑자기 너를 두고 가 버릴지 몰라……”

숨이 가빠진 어머니는 도중에 말씀을 끊으셨다. 그때 나는 더 이상 참지 못하고 어머니가 기다리시는 듯한 말을 꺼내고 말았다.

“어머니…… 아시지요? 나는 알리사와 결혼하고 싶어요.”

그러자 내 말이 정녕 어머니의 가장 깊은 곳에 있던 생각과 일치했음인지 어머니는 곧 내 말을 받으셨다.

“그래, 네게 말하려는 것도 바로 그거다, 제롬.”

“어머니!”

나는 흐느끼면서 말했다.

“알리사가 나를 좋아하나요?”

“그럼, 애야.”

어머니는 몇 번이고 다정스럽게, ‘그럼, 애야’ 라고 되풀이하셨다. 말씀하시기가 매우 힘드셨지만 어머니는 덧붙여 말씀하셨다.

“모든 것은 주님께 맡겨야 하는 법이다.”

어머니께서는 고개를 숙인 내 머리 위에 손을 얹으시고,

“주님께서 너희들을 보호해 주시길……”

하고 말씀하시더니 이내 잠이 드셨다. 나는 일부러 깨우지 않았다.

그 이야기는 두 번 다시 어머니께 꺼내지 않았다. 그 다음날에는 어머니도 기분이 좀 좋아지셨다. 나는 강의 때문에 학교로 돌아왔고, 절반밖에 하지 못한 마음속 이야기는 침묵 속으로 묻었다. 게다가 그 이상 내가 무엇을 알 수 있었을 것인가? 알리사가 나를 사랑한다는 것은 조금도 의심할 여지가 없었다. 설령 그때까지는 내가 미심쩍어

했다 할지라도, 그 뒤에 일어난 슬픈 사건에 즈음하여서는 그러한 의심도 영원히 내 마음속에서 사라지고 말았다.

어느 날 저녁, 어머니는 애슈버튼 양과 내가 지켜보는 가운데 조용히 운명하셨다. 어머니의 생명을 앗아간 마지막 발작도 처음에는 그전 발작에 비해 그다지 심한 것 같지 않았다. 마지막 무렵이 되어서야 위험한 증세를 나타내기 시작했기 때문에 친척 중 어느 누구도 임종하실 것이라고는 예측하지 못했다. 나는 어머니의 옛 친구 곁에서 그리운 어머니의 시신을 지키면서 첫날밤을 새웠다. 나는 어머니를 너무나 사랑했다. 그러나 흐르는 눈물에도 불구하고 슬픔을 마음으로 느끼지 못했다는 것은 놀라운 일이다. 내가 눈물을 흘린 것은, 자기보다 나이가 훨씬 적은 지기가 자기보다 앞서 하나님 곁으로 가는 것을 보아야 하는 애슈버튼 양이 측은했기 때문이다. 어머니의 운명이 사촌 누이를 내게로 서둘러 오게 한다는 숨은 생각이 내 슬픔을 끝없이 억눌렀다.

이튿날, 외삼촌이 오셨다. 삼촌은 당신 딸의 편지를 내게 전해 주셨다. 그녀는 그 다음날에야 플랑티에 이모님과 함께 집으로 왔다.

제롬, 내 벗, 내 동생에게.

커다란 만족을 드릴 수 있었을 몇 마디 말을 돌아가시기 전에 하지 못하고 만 것이 얼마나 섭섭한지 몰라. 이제는 어머니께서 나를 용서해 주시기를! 그리고 이제부터는 오직 주님께서 우리를 인도해 주시기를 빌 뿐이야. 안녕, 내 가엾은 벗이여.

어느 때보다도 더욱 다정한 너의 알리사

이 편지는 무엇을 의미하는 걸까? 말하지 못해 섭섭하다는 그 몇 마디 말이란 바로 우리 두 사람의 앞날을 기약하는 말이 아니고 무엇이겠는가? 그러나 나는 아직도 너무 어린 나이였기 때문에 선뜻 청혼하려 들지 않았다. 게다가 내게 그녀의 맹세 같은 것이 굳이 필요할까? 우리는 이미 약혼자나 다름없지 않은가? 우리의 사랑은 이미 친척들에게도 더 이상 비밀이 아니었다. 외삼촌 역시 어머니와 마찬가지로 우리의 사랑을 방해하는 분은 아니었다. 오히려 외삼촌은 벌써부터 나를 당신의 아들처럼 다정스럽게 대해 주셨다.

며칠 후에 시작된 부활절 휴가를 나는 르아브르에서 지냈다. 플랑티에 이모님 댁에서 묵었지만 식사는 거의 뷰콜렝 외삼촌 댁에서 하곤 했다.

펠리시 플랑티에 이모님은 더할 나위 없이 훌륭한 분이셨지만, 내 외사촌 누이들이나 나로서는 아주 허물없이 지내는 사이는 아니었다. 이모님은 노상 무엇을 서두르시는 듯 숨이 가쁘셨다. 몸가짐에는 상냥함이 없었고, 음성 역시 부드러움이란 없었다. 아무 때나 우리가 귀여워서 견딜 수 없다는 듯 마구 쓰다듬어 주셨는데, 그것이 우리에게는 오히려 귀찮았다. 뷰콜렝 외삼촌은 이모님을 무척 좋아하셨지만, 이모님과 이야기하는 목소리만으로도 얼마나 어머니를 더 좋아하셨는지 넉넉히 짐작할 수 있었다.

“얘야.”

어느 날 저녁, 이모님이 말씀하셨다.

“네가 올 여름에 무엇을 할 생각인지는 모르겠다만, 내가 할 것을 작성하기 전에 우선 네 계획부터 좀 듣고 싶구나. 혹 내가 무슨 도움이 될 수만 있다면 말이다.”

“뭐, 아직 다른 생각을 해 보지 않았어요.”

나는 대답했다.

“글쎄, 여행이나 할까 해요.”

이모님이 말을 이었다.

“잘 알겠지만 우리 집도 퐁그즈마르와 마찬가지로 네가 오는 걸 언제든지 환영한단다. 하긴 그쪽으로 가면 외삼촌과 쥘리에트가 반가워할 테지만……”

“알리사 말씀이겠죠.”

“참, 그렇구나. 미안하다, 애야. 네가 좋아하는 애를 글쎄 쥘리에트라고만 짐작하고 있었거든. 외삼촌이 말해 주기 전까지는 말이야. 그게 아직 한 달도 안 되었지만……. 너도 알다시피 나는 말이다, 너희를 정말 사랑한다만 너희의 성격에 대해서는 잘 모르겠어. 너희를 만나 볼 기회가 별로 없었잖니? 더구나 나는 뭘 꼼꼼히 살펴보는 성격도 아니고. 나와 상관없는 일을 살펴보려고 가만히 서 있을 시간이 어디 있니. 네가 놀 때 늘 쥘리에트와 함께 있기에 나는 그렇게 생각하고 있었던 거야. 그 애는 정말 예쁘고 명랑하지 않니?”

“그래요, 쥘리에트하고는 지금도 잘 지내요. 하지만 제가 좋아하는 건 알리사예요."

"아무렴, 아무렴. 네가 좋아하는 사람이어야 하지. 나야 뭐, 알리사를 전혀 모른다고 할 정도지 않니. 그 애는 제 동생보다 말이 적고 해서 말이야. 아무튼 네가 그 애를 택했을 때는 무슨 훌륭한 이유가 있었겠지."

"이모, 제가 알리사를 좋아하는 것은 선택했기 때문이 아니에요. 무슨 이유라고 생각해 본 적도 없는 데다……."

"역정 낼 건 없다, 제롬. 내가 무슨 나쁜 뜻을 가지고 말한 건 아니잖니? 네 말을 듣다 보니 무슨 말을 하려던 참인지 잊어버렸구나. 옳지, 그러니 결국 만사는 결혼을 해야 해결이 나는 건데, 네가 상(喪)중이라 아직은 예법상 정혼을 할 수는 없고……. 그런 데다 너는 아직 너무 어리고 해서……. 내 생각으로는 이제는 어머니하고도 함께 있지는 못하게 되고 했으니까 말이야, 네가 퐁그즈마르에 가 있는 것도 좀 눈에 거슬릴지도 모르고……."

"글쎄, 이모. 여행 이야기를 한 것도 바로 그것 때문이에요."

"그래. 그러니 말이다, 애야. 나는 이렇게 생각했단다. 내가 함께 가 있으면 모든 일이 잘될 거라고 말야. 그래서 올 여름 잠깐 동안 나도 좀 짬을 낼 수 있도록 계획을 세웠단다."

"한마디만 부탁하면 애슈버튼 양이 곧 와 줄 텐데요, 뭐."

"그 여자가 와 주리라는 것은 나도 알고 있다. 그래도 그것으로 다 되는 게 아냐. 나도 함께 가겠다. 그렇다고 내가 가엾은 네 어머니 노릇을 하겠다는 건 아니야."

이모님은 갑자기 흐느끼면서 말씀하셨다.

"나는 그저 집안일이나 도울까 하고……. 그렇게 되면 너나 네 삼촌이나 알리사가 거북스럽지는 않을 게 아니냐?"

펠리시 이모님은 당신이 와 계시는 일의 효과를 잘못 생각하셨다. 사실을 말하자면, 우리가 거북스럽게 된 것은 바로 이모님 때문이었다. 말씀하신 대로 이모님은 7월부터 퐁그즈마르에 와 계셨고, 애슈버튼 양과 나도 뒤따라갔다. 집안일도 알리사를 도와준다는 명목 아래 이모님은 그처럼 조용한 집안을 매일같이 온통 소란스럽게 하셨다. 우리의 마음을 편안하게 해 주시려고, 이모님 말씀처럼 '만사를 손쉽게' 해 주시려고 수선을 피우시는 게 너무도 극성스러웠기 때문에, 알리사와 나는 이모님 앞에 서 있는 것이 오히려 늘 거북했고 거의 반벙어리가 되고 말았다. 이모님은 우리가 무척 쌀쌀맞다고 느끼셨을 게다. 하지만 설사 우리가 잠자코 있지 않았다고 한들 이모님은 우리의 사랑이 어떤 성질의 것인지 이해하실 수 있었을까? 쥘리에트의 성격은 우리와는 반대로 이러한 수다스러움과 매우 잘 융화되었다. 그래서 이모님이 막내 조카딸을 유난히 귀여워하시는 것을 보는 데서 오는 어떤 반감이 이모님에 대한 내 정을 가로막지 않았나 생각되기도 한다.

어느 날 아침, 우편물이 도착하자 이모님이 나를 부르셨다.

"제롬, 정말 딱하게 되었구나. 딸애가 아프다고 나를 불렀단다. 아무래도 너를 두고 가야겠구나."

쓸데없는 걱정이 들어 나는 이모님이 떠나신 뒤에도 그대로 퐁그즈마르에 남아 있어도 좋은지 물으러 외삼촌을 뵈러 갔다. 그러나 외삼촌은 첫마디에 이내 언성을 높이셨다.

"당연한 일을 가지고서 누님은 왜 또 복잡하게 생각하시니? 그래, 너는 무엇 때문에 떠나겠다는 거냐, 제롬? 너는 이미 내 자식이나 다름없다."

이모님이 퐁그즈마르에 머무르신 건 겨우 이 주일밖에 되지 않았다. 이모님이 떠나시자마자 집안은 다시 잠잠해졌다. 행복과도 같은 고요함이 다시 집안에 감돌기 시작했다. 내 상복은 우리의 사랑을 식게 하기는커녕 오히려 더욱 깊게 해 주었다. 단조로운 생활이 시작되었다. 그러한 생활 속에서는 메아리가 울리는 곳에서처럼 우리 마음의 가장 작은 움직임도 서로에게 또렷하게 전달되었다.

이모님이 떠나신 지 며칠이 지난 어느 날 저녁, 식탁에서 우리는 이모님 이야기를 하고 있었다. 지금도 기억하는 일이다.

"그게 무슨 법석이람!"

우리는 말했다.

"이제는 삶의 파동이 이모님 마음을 쉬게 할 수 없는 것일까? 아름다운 사랑의 모습이여, 그대 그림자는 이제 무엇이 되었느냐?"

이건 괴테가 슈타인 부인을 두고 "이 영혼 속에 비치는 세상은 보기에도 아름다우리라"고 한 말이 생각났기 때문에 한 말이었다. 우리는 대번에 어떤 계급 같은 것을 정하고 명상의 능력을 가장 높은 위치에 올려놓았다. 그때까지 잠자코 계시던 외삼촌은 쓸쓸히 미소를 지으며 우리가 하던 말을 이으셨다.

"애들아, 비록 부서져 있다 하더라도 하나님은 거기에서 당신의 모습을 알아보신단다. 인간의 생애 중 어느 한 시기만을 놓고서 그 사람을 판단하지 않도록 조심하자. 이모만 하더라도, 너희가 이모를 싫어하는 이유 중의 몇 가지는 여러 가지 사건 때문에 그렇게 된 것이고, 그런 사건을 너무나 잘 아는 나로서는 너희들처럼 가혹하게 이모를 비난할 수가 없구나. 젊은 시절에는 누구나 좋아하던 성격도 나이가 들면 나쁘게 변할 수 있는 거란다. 지금 너희가 '법석'이라고 표현하는 펠리시 이모도 처음에는 귀엽게 깡충깡충 뛰어다닌다든가, 생각하는 대로 행동한다든가, 무사태평이라든가, 애교가 있다든가, 그렇게만 여겨졌단다. 우리도 지금의 너희나 별반 다를 게 없었던 거야. 그때의 나는 너와 비슷했지, 제롬. 아마 지금 내가 생각하는 것보다는 훨씬 더 너를 닮았을 거야. 펠리시 이모는 지금의 쥘리에트와 아주 흡사했단다. 그래, 몸맵시조차도 말이야."

외삼촌은 당신 딸을 돌아다보시며 덧붙여 말씀하셨다.

"네 목소리를 듣고 있으면 꼭 누님이 거기 있는 듯하구나. 네 고모도 너 같은 미소를 가졌지. 그리고 곧 없어진 자세이지만 꼭 너처럼, 가끔 의자에 앉아서는 팔꿈치를 앞에 대고 양 손가락을 각지 끼어 이마를 받친 채 가만히 있곤 했지."

애슈버튼 양은 나를 돌아다보더니 거의 소곤거리는 듯한 음성으로 말했다.

"네 어머니 모습을 지니고 있는 건 알리사야."

그해 여름은 희한하기도 했다. 온갖 것에 푸른 하늘이 스며 있는 것 같았기 때문이다. 우리의 열정은 불행도 죽음도 이겨내고 말았다. 어두운 그림자가 우리 앞에서는 물러섰다. 아침마다 기쁨이 나를 깨워주었다. 동이 틀 무렵이면 일어나 해를 맞으러 뛰어나가곤 했다. 지금도 그 무렵을 생각해 보면 흠뻑 이슬에 젖어 있던 새벽, 그 시각이 눈앞에 떠오른다. 늦은 시각까지 자지 않던 언니에 비해 이른 아침에도 일찍 깨는 쥘리에트는 나와 정원으로 내려가곤 했다. 언니와 나 사이에서 그녀는 전달자 역할을 했다. 나는 그녀에게 끊임없이 우리의 사랑 이야기를 들려주었고 그녀 또한 내 이야기를 재미있어 하는 듯했다. 알리사 앞에서는 가슴이 벅차 늘 망설여지고 어색해져서 말하지 못하던 것도 쥘리에트에게는 곧잘 털어놓았다. 알리사는 내 이런 장난을 짐작하는 듯했고, 우리가 말하던 것이 그녀에 관한 얘기임을 모르는지 모르는 척하는 것인지, 아무튼 내가 아주 신이 나서 자기 동생과 이야기하는 것이 재미있는 모양이었다.

오, 벅찬 사랑의 미묘함이여! 너는 비밀의 통로로 우리를 웃음에서 눈물로, 가장 천진난만한 환희에서 덕행의 요구로 이끌어 갔는가!

그 여름이 그토록 맑고 매끄럽게 달아나 버렸기 때문에, 미끄러져 가 버린 그 하루하루에 대해 이제 내 기억은 거의 아무것도 끌어내지 못한다. 그 무렵에 있었던 일이란 다만 이야기와 독서뿐이었다.

"나는 슬픈 꿈을 꾸었단다."

방학이 끝날 무렵의 어느 날 아침, 알리사가 내게 말했다.

"나는 살아 있는데 네가 죽었어. 아냐, 네가 죽는 걸 본 게 아냐. 그저 네가 죽었다는 거야. 정말 무서웠어. 그렇지만 그런 일이 어디 있을 법한 일이니? 그래서 나는 네가 그저 여기 없는 거라고 마음먹기로 했지. 우리가 이렇게 떨어져 있는데도 내게는 너를 따라가서 함께 있을 수 있는 길이 꼭 있다고 생각되었지. 어떻게 하면 될까 하고 그것을 알아내려고 몹시 애쓰는 바람에 그만 잠에서 깨고 말았어. 아침이 되어도 그 꿈은 눈에 선했어. 꼭 그 꿈을 계속 꾸고 있는 것 같았지. 아직도 너와 떨어져 있고 앞으로도 오래 오래……."

하고 그녀는 아주 나지막하게 덧붙여 말했다.

"일생 동안 너와 떨어져 있게 되는 것 같았어. 그리고 일생 동안 몹시 애를 써야 할 것 같고……."

"무엇 때문에?"

"저마다 서로를 만나기 위해 몹시 애를 써야 할 것 같았어."

나는 그녀의 말을 정말로 받아들이지 않았다. 아니 정말로 받아들이기가 두려웠다. 반박이라도 하려는 듯 나는 두근거리는 가슴으로 갑자기 용기 내어 말했다.

"그건 그렇고. 나도 말이야, 오늘 아침에 꿈을 꾸었는데, 내가 어찌나 너하고 결혼하고 싶어 했는지……. 죽음 외에는 그 무엇도 우리를 떼어놓지 못할 것 같았어."

"죽음인들 우리를 떼어놓을 수 있을 것 같아?"

하고 그녀는 말을 받았다.

"말하자면……."

"내 생각에는 오히려 죽음이 우리를 가까이 있게 해 줄 수 있을 것 같은데? 그래, 생전에 떨어져 있던 것도 죽음은 가까이 있게 해 줄 수 있을 것 같아."

이런 말이 우리 마음에 깊이 배어들었음인지, 나는 지금도 그 말의 억양까지 들리는 듯하다. 그러나 나는 그 말이 지닌 중대한 뜻을 훨씬 뒤에야 깨달았다.

여름은 사라져 가고 있었다. 벌써 들판은 텅 비었고 시야는 한결 시원하게 트였다. 내가 떠나기 전날, 아니 그 전날 저녁, 나는 쥘리에트와 함께 아래 정원의 작은 숲으로 내려가고 있었다.

"어제 알리사 언니한테 읊어 주던 게 뭐야?"

그녀가 말했다.

"언제 말이야?"

"그 폐광 터에 있는 벤치에서 말이야. 둘만 남겨 놓고 우리가 먼저 와 버렸을 때……."

"아아! 보들레르의 시 구절?"

"어떤 시지? 나한테 들려주고 싶지 않나 봐?"

"머지않아 우리는 차가운 어둠 속에 잠기리니……."

나는 어지간히 내키지 않는 기분으로 시를 읊었다. 그러나 그녀는 대뜸 내 말을 막으면서 가늘게 떨리는 음성으로 말을 이었다.

"안녕히, 너무도 짧았던 우리 여름의 싱싱한 빛이여!"

"허, 이런! 알고 있었니?"

나는 놀라서 소리쳤다.

"너는, 시 따위는 좋아하지 않는 줄 알았는데……."

"왜? 오빠가 나한테 읊어 주지 않으니까?"

그녀는 웃으면서, 그러나 좀 어색해진 듯이 말했다.

"오빠는 가끔 나를 아주 바보로 아는 것 같아."

"아주 머리가 좋은 사람도 시를 좋아하지 않는 수가 있어. 네가 시 이야기하는 걸 한 번도 들은 적이 없고, 네가 나한테 시를 읊어 달라고 해 본 적도 없잖아."

"그거야 알리사 언니가 도맡아 하고 있으니까 그렇지……."

그녀는 잠시 말이 없더니 불쑥 이렇게 내뱉었다.

"모레 떠나지?"

"그래야 될 것 같아."

"올 겨울에는 무엇을 할 거야?"

"노르말르(고등 사범 학교) 1학년이지 뭐."

"언니하고는 언제 결혼할 건데?"

"병역을 마치기 전에는 안 되겠지. 그리고 그 후로도 내가 하고 싶은 것을 좀 더 잘 알기 전에는 하지 않을 셈이야."

"아직도 자기가 하고 싶은 걸 몰라?"

"아직은 알고 싶지 않아. 흥미를 끄는 게 너무 많아서 말이야. 그래서 무얼 꼭 선택하고 그것만 붙들고 늘어져야 하는 시기를 될 수 있는 대로 미루는 거야."

"약혼을 미루는 것도 생활이 틀에 박힐까 두려워서 그래?"

나는 대꾸도 없이 어깨만 들썩했다. 그녀는 다시 내게 따져 물었다.

"그럼, 무엇 때문에 약혼을 망설이고 있어? 왜 빨리 약혼을 하지 않는 거지?"

"굳이 약혼해 두어야 할 까닭이 뭐 있어? 세상 사람들에게 일일이 알리지 않더라도 우리가 서로 사랑하고 있으며, 앞으로도 영원히 서로 사랑할 것이라는 것만 알고 있으면 그만이지. 내 모든 삶을 알리사에게 바치고 싶어 하는데 말이야. 내 애정을 무슨 약속 따위로 얽어매 두는 편이 더 좋아 뵈니? 나는 그렇게 생각하지 않아. 맹세 따윈 애정에 대한 모욕으로 생각된단 말이야. 내가 알리사를 믿는 한 나로서는 약혼해 두고 싶지 않아."

"내가 믿지 못하는 건 언니가 아니야."

우리는 천천히 걷고 있었다. 그러다가 요전에 내가 뜻하지 않게 알리사와 그녀의 아버지가 하는 이야기를 엿들었던 정원의 그 장소에 이르렀다. 문득 좀 전에 정원 쪽으로 나가던 알리사가 어쩌면 지금쯤 그 둥 그런 길 갈림터에 앉아 있을지도 모른다는, 그렇다면 역시 그녀도 우리가 하는 이야기를 듣고 있을지 모른다는 생각이 들었다. 직접 만나서는 감히 하지 못하는 말을 그녀에게 들려줄 수 있을지도 모른다는 가능성이 당장 내 마음을 유혹했다. 제 꾀에 신이 나서 나는 큰 소리로 말했다.

"아아!"

나는 내 나이 또래에서 흔히 볼 수 있는 좀 과장된 표현을 써서 부르짖었다. 그러나 나는 나 자신의 일에만 너무 정신을 쏟았기 때문에, 쥘리에트의 말을 통해 알리사가 하지 않은 모든 이야기를 깨닫지 못했다.

"아아! 사랑하는 이의 영혼 위에 몸을 굽혀 우리가 그 영혼에 비치는 모습이 어떤 것인지, 거울 속을 들여다보듯 볼 수만 있다면 얼마나 좋을까! 상대방의 마음을 자기 자신의 마음처럼, 아니 자기 자신의 마음보다도 더욱 뚜렷이 자기의 모습을 헤아려 볼 수 있다면 얼마나 좋을까! 애정은 또 얼마나 아늑해질까! 사랑은 얼마나 순수해질까!"

쥘리에트의 곤혹스러운 표정을 값싼 서정이 자아낸 효과라고 생각한 것은 내 자만심이었다. 그녀는 갑자기 내 어깨 위에 얼굴을 파묻었다.

"제롬, 제롬! 꼭 알리사 언니를 행복하게 해 줘, 응? 혹시 오빠 때문에 언니가 괴로워한다면 나는 정말이지 오빠를 미워할 거야."

"하지만, 쥘리에트."

나는 그녀를 끌어안아 머리를 쳐들면서 말했다.

"내 자신부터 나를 미워할 거야. 네가 내 마음을 알아주기만 한다면……. 내가 아직 앞길을 결정하고 싶지 않다는 것은 알리사와 더불어 보다 나은 삶을 영위하기 위해서야. 아무튼 나는 내 앞날을 모두 알리사에게 걸고 있어. 알리사가 없다면 나는 어떤 것도 되고 싶지 않아."

"이런 이야기를 하면 언니는 뭐라고 하지?"

"이런 이야기는 알리사와는 하지 않아. 우리가 아직 약혼을 하지 않는 것도 바로 이 때문이야. 결코 결혼 같은 건 문제로 삼지 않아. 또 그 다음에는 무엇을 할 것인가 하는 것도. 오, 쥘리에트! 알리사와 함께 인생을 살아간다는 것이 얼마나 행복한 것인지 나는 감히……. 알겠지? 그녀에게는 감히 이런 말을 하지 못해."

"행복이 갑자기 언니에게 찾아들게 하려고?"

"아니, 그게 아니야. 다만 나는 두려워. 알리사를 겁나게 하는 게 말이야. 알겠니? 내 눈에 어른거리는 이 엄청난 행복이 알리사를 겁나게 할까 봐 두려워. 언젠가 알리사한테 여행하고 싶지 않느냐고 물은 적이 있어. 알리사는 조금도 원하지 않는다고 하더군. 다만 그런 나라가 있고, 그러한 나라가 아름다우며 남들이 가 볼 수 있다는 것만 알면 자기는 더 바라지 않는다고 했지."

"오빠는 여행하고 싶어?"

"방방곡곡 다 가 보고 싶어, 어디든지. 인생이라는 것이 내 생각에는 알리사와 더불어 책이니 사람들이니 그 여러 나라를 거쳐 가는 긴 여행 같아. 너는 이런 말이 무엇을 뜻하는지 생각해 본 적 있니? '닻을 올린다'는 것 말이야."

"물론이야. 자주 그런 걸 생각하는데, 뭐."

그녀는 중얼거렸다.

그러나 나는 전혀 그녀의 말에 귀를 기울이지 않았다. 땅에 떨어져 상처 입은 가엾은 새처럼 그녀의 말을 한쪽 귀로 흘리며 다시 말을 이었다.

"밤에 떠난다. 여명의 눈부신 햇살 속에서 잠을 깬다. 불안한 파도 위에서 단둘이 있음을 느낀다. 그리곤 아주 어렸을 적 지도에서 보았던 어느 항구에 도착한다. 그곳은 모든 것이 낯설다……"

"오빠 팔에 기댄 언니가 배에서 발판을 밟고 내려오는 게 보이는 것 같아."

"우리는 곧장 우체국으로 가서……."

하고 나는 웃으며 덧붙였다.

"쥘리에트가 부쳐 준 편지를 찾고……."

"퐁그즈마르에서 보낸 편지를? 오빠한테는 쥘리에트가 남아 있는 퐁그즈마르가 아주 조그맣고 쓸쓸하고 까마득하게 여겨지겠지……."

이것이 분명 그녀의 말이었는지 나는 단언하지 못하겠다. 왜냐하면 다시 말하지만 내 마음이 그토록 사랑으로 가득 차 있었기 때문에 사랑의 표현 말고는 어떤 이야기도 내 귀에 들리지 않았기 때문이다.

우리는 둥그런 길 갈림터 가까이에 다다랐다. 발길을 돌리려는 바로 그때, 그늘에서 별안간 알리사가 나타났다. 알리사의 안색이 얼마나 창백했는지 쥘리에트는 그만 비명을 지르고 말았다.

"사실, 몸이 좀 불편해."

알리사는 허겁지겁 중얼거리듯 말했다.

"바람이 차서 아무래도 들어가는 게 좋을 것 같아."

그러고는 곧 우리 곁을 떠나 빠른 걸음으로 집을 향해 돌아가 버렸다.

"우리가 하던 이야기를 들은 모양이야."

알리사가 좀 멀어지자마자 쥘리에트가 대뜸 부르짖었다.

"그래도 알리사가 기분 상할 말은 조금도 없었잖아. 오히려……."

"갈게."

언니의 뒤를 쫓아가면서 쥘리에트가 말했다.

그날 밤 나는 잠을 이루지 못했다. 저녁 식사 때 알리사를 보았지

만 식사가 끝나자 이내 머리가 아프다고 하면서 들어가 버렸기 때문
이다. 그녀는 우리가 하던 이야기에서 무엇을 들은 것일까? 나는 불
안한 마음으로 우리가 했던 말을 회상해 보았다. 그리고 내가 쥘리
에트에게 바싹 붙어 걷고 있었다는 것, 쥘리에트의 몸에 팔을 감고
있었다는 것이 어쩌면 잘못이었을까 하고 생각해 보았다. 그렇지만
그런 것은 우리가 어렸을 때부터의 버릇 아닌가. 게다가 알리사는
이미 몇 차례나 우리가 그렇게 걷는 것을 보아 왔다. 아, 나는 스스로
내가 한 말의 잘못을 찾고 있으면서도 내가 귀담아듣지도 않은 쥘리
에트의 말을 알리사가 더 잘 알아들었으리라는 것을 한 번도 생각하
지 못했으니, 나는 얼마나 가엾은 장님이었던가. 마음이 불안해서
혼란스럽고, 알리사가 나를 의심할지 모른다는 생각에 두려워진 나
는 또 다른 위험에 대해서는 생각하지도 않고 이튿날 약혼하기로 결
단을 내렸다.

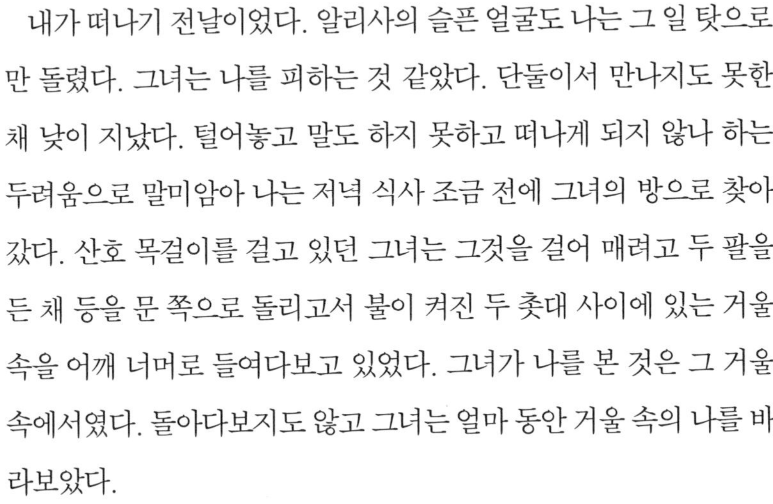

내가 떠나기 전날이었다. 알리사의 슬픈 얼굴도 나는 그 일 탓으로
만 돌렸다. 그녀는 나를 피하는 것 같았다. 단둘이서 만나지도 못한
채 낮이 지났다. 털어놓고 말도 하지 못하고 떠나게 되지 않나 하는
두려움으로 말미암아 나는 저녁 식사 조금 전에 그녀의 방으로 찾아
갔다. 산호 목걸이를 걸고 있던 그녀는 그것을 걸어 매려고 두 팔을
든 채 등을 문 쪽으로 돌리고서 불이 켜진 두 촛대 사이에 있는 거울
속을 어깨 너머로 들여다보고 있었다. 그녀가 나를 본 것은 그 거울
속에서였다. 돌아다보지도 않고 그녀는 얼마 동안 거울 속의 나를 바
라보았다.

“어머! 방문이 닫혀 있지 않았나 보지?”

그녀가 말했다.

“노크를 했는데 네가 대답을 하지 않았잖아. 알리사, 내가 내일 떠나는 거 알고 있어?”

그녀는 아무런 대답 없이 끝내 걸어 매지 못한 목걸이를 난로 위에 놓았다. ‘약혼’이라는 말이 너무나 노골적이고 거칠게 느껴졌기 때문에 나는 생각나는 대로 종잡을 수 없이 빗대어 말했다. 말뜻을 알아듣자 그녀는 휘청거리듯 난로에 몸을 기대는 듯했다. 그러나 나 자신부터도 어찌나 몸이 떨리든지 그녀를 똑바로 바라볼 수 없었다.

나는 그녀 곁에 있었다. 눈을 내리깐 채 나는 그녀의 손을 쥐었다. 뿌리치지는 않았지만, 그녀는 고개를 약간 숙이면서 내 손을 들어 올려 제 입술에 갖다 대고는 몸을 반쯤 내게 기댄 채 중얼거리듯 말했다.

“아냐, 제롬, 아냐. 약혼은 안 돼. 제발……”

내 심장이 하도 뛰었기 때문에 필경 그녀도 느꼈으리라 생각된다. 그녀는 한결 다정스럽게 말을 이었다.

“아냐, 아직은……”

“어째서?”

내가 물었다.

그녀는 의아스럽다는 표정으로 오히려 반문했다.

“어째서냐고? 아니, 오히려 물어볼 사람은 내가 아닌가? 왜 이 상태를 바꾸려는 거지?”

나는 그 전날의 이야기에 대해서 감히 말을 꺼내지 못했다. 그러나 그녀는 분명히 그것을 내가 생각하고 있다고 느낀 모양이었다. 내 생각에 대한 대답인 것처럼 똑바로 나를 쳐다보며 그녀는 이렇게 말했다.

"잘못 생각하고 있어, 너는. 나는 그렇게까지 행복할 필요가 없어. 우리는 이대로도 행복하지 않니?"

그녀는 일부러 미소를 지으려 애썼다.

"행복하지 않아. 내가 너를 두고 떠나야 하기 때문에 말이야."

"이봐, 제롬. 오늘 저녁에는 너하고 이야기를 하지 못하겠어. 제발 우리의 마지막 시간을 망치지 말자. 정말 이러지 마, 응? 나는 언제나처럼 제롬을 좋아해. 안심해, 제롬. 편지할게. 이유도 설명하고, 편지 꼭 쓸게, 내일이라도 네가 떠나면 당장에. 이제는 가 봐. 어머, 내가 울고 있네. 혼자 있고 싶어."

그녀는 나를 밀더니 부드럽게 몸을 빼냈다. 그것이 바로 우리의 작별이었다. 그날 저녁, 나는 그녀에게 한마디도 하지 못했고 이튿날 내가 떠날 적에도 그녀는 방에서 나오지 않았다. 나를 태운 마차가 멀어져 가는 것을 창가에서 바라보며 작별의 손짓을 보내고 있는 그녀를 나는 보았다.

3

나는 그해 들어 아벨 보티에를 거의 만나지 못했다. 그는 징집에 앞서서 자원입대를 했고, 나는 수사학 반에 다시 남아 학사 시험을 준비하고 있었다. 아벨보다 2살 아래인 나는 우리가 그해 입학할 예정이던 에콜르 노르말르의 졸업 때까지 병역을 연기했다.

우리는 반갑게 다시 만났다. 제대 후 그는 한 달 남짓 여행을 했다. 나는 그가 변하지 않았을까 걱정하고 있었지만, 그는 한결 침착해졌을 뿐 조금도 그의 매력을 잃지 않고 있었다. 개학 전날, 뤽상부르 공원에서 오후를 함께 보낸 나는 내 사랑의 이야기를 간직해 두지 못하고 그에게 들려주었다. 하긴 그는 이미 그 이야기를 알고 있었다. 그해 몇몇 여인들로부터 경험을 얻었던 그는 적지 않게 잘난 체하며 선배 행세를 했지만, 그렇다고 해서 속상한 것은 조금도 없었다. 마지막 말을 내가 할 줄 몰랐다며 나를 빈정대면서, 여자들 마음이 변하도록 내버려두어서는 절대로 안 된다는 것이 하나의 공식이라고 그는 설명했다.

말하는 대로 내버려두기는 했지만, 나는 그의 훌륭한 이론도 나나 알리사에게는 도무지 부질없고, 그가 우리를 잘 이해하지 못하고 있다는 것을 스스로 드러내고 있을 따름이라고 생각했다.

나는 도착한 이튿날, 이러한 편지를 받았다.

그리운 제롬.

나는 네가 제의한 것을 곰곰이 생각해 보았어(내가 제의한 것이라고? 약혼을 이렇게 부르다니!). 나는 너보다 나이가 더 많은 것이 두려워. 너는 아직 다른 여자들을 사귈 기회가 없었기 때문에 어쩌면 아직은 그런 걸 느끼지 못하겠지만, 내 생각에는 내가 너와 결혼하고 나서 네 마음에 더 들지 못하는 나를 보게 된다면 나중에는 나마저 이런 걸 괴로워할 것 같아. 이 글을 읽으면서 아마 무척 화를 내겠지. 항변이 들리는 듯하구나. 그러나 네가 좀 더 인생을 알게 될 때까지 기다려 달라고 부탁하고 싶어.

이런 말을 하는 것도 오직 너를 위해서라는 걸 이해해 주었으면 좋겠어. 나로서는 내가 너를 사랑하지 않을 수는 결코 없으리라는 것을 잘 알기 때문이야.

알리사로부터

사랑하지 않게 된다! 그렇지만 이런 것이 새삼스럽게 문제될 수가 있을까? 나는 슬프다기보다는 오히려 어리벙벙했고, 하도 기가 막힌 일이었기 때문에 아벨에게 이 편지를 보이려고 곧장 뛰어갔다.

"그래, 너는 어떻게 할 셈이니?"

입술을 꼭 다문 채 편지를 읽고 난 아벨이 말했다.

"아무튼 답장은 하지 않는 게 좋을 거야. 여자하고 다툴 때는 져 주는 법이야. 토요일에 르아브르에서 밤을 지내면 일요일 아침에는 퐁그즈마르에 닿을 수 있고, 월요일 첫째 강의 시간에 맞추어 이곳으로 되돌아올 수 있어. 군대에 들어간 뒤로 여태 네 친척들을 만나 보지 못했으니까 이것으로도 핑계는 충분히 되거니와 나로서는 인사를 차리는 격이 되지. 혹시 알리사가 이런 걸 핑계에 지나지 않는다고 알아챘다면 일은 잘 되는 거야. 네가 알리사와 이야기할 동안 나는 쥘리에트를 맡고 있을게. 아무튼 어린애 같은 짓은 제발 하지 않도록 해. 사실 네 이야기 속에는 무엇인가 알 수 없는 게 있어. 아무래도 네가 다 털어놓지 않은 이야기가 있는 것 같아. 하지만 상관없어. 내가 알아내고 말 테니까. 무엇보다도 우리가 간다는 사실을 알리지 마. 느닷없이 네 외사촌 누이를 습격해서 깜짝 놀라게 해 주어야 한다고."

정원 사립문을 밀면서 나는 사뭇 가슴이 두근거렸다. 쥘리에트는 재빨리 우리를 맞으러 뛰어나왔다. 속옷을 넣어 두는 골방에서 일을 하고 있던 알리사는 얼른 내려오지 않고, 외삼촌과 애슈버튼 양은 우리가 이야기를 하고 있을 때에야 비로소 함께 응접실에 들어왔다. 느닷없는 우리의 도착은 그녀의 마음을 뒤흔들었겠지만, 적어도 그녀는 그런 내색을 조금도 드러내지 않았다. 나는 아벨이 하던 말을 생각하고서, 그녀가 이토록 한참 동안 나타나지 않고 있었던 것은 바로 내게 대비할 무장을 하기 위해서라고 생각했다.

신바람이 난 쥘리에트의 태도가 알리사의 차분한 태도를 한층 더 차갑게 보이도록 했다. 내가 돌아온 것을 그녀는 못마땅하게 여기는 듯했다. 적어도 그녀는 못마땅해 하는 빛을 자기의 태도로 내보이려는 듯싶었고, 나는 그런 감정의 이면에 숨어 있는 더욱 세찬 감정을 찾아내 볼 용기가 나지 않았다. 그녀는 우리로부터 꽤 떨어진 창가의 한 모퉁이에 앉아 수를 놓는 데에 온통 정신이 쏠린 듯, 입술을 움직이며 바늘 매듭을 세고 있었다. 다행스럽게도 아벨은 이야기를 하고 있었다. 왜냐하면 나로서는 이야기할 기력도 없었고, 따라서 그가 군대 생활과 여행에 대한 이야기를 하지 않았던들, 이 재회의 첫 시간은 침울하게 되었을 것이기 때문이다. 외삼촌마저도 유난히 근심어린 기색이셨다.

점심을 마치자 쥘리에트가 나를 따로 부르더니 정원으로 끌고 나갔다.

"글쎄, 나한테 청혼을 한 사람이 다 있어."

단둘이 있게 되자 그녀가 말을 꺼냈다.

"펠리시 고모가 어제 아버지한테 편지를 하셨는데, 님에서 포도 재배를 한다는 사람의 청혼을 전하셨어. 아주 훌륭한 사람이래. 고모 말씀으로는 올 봄에 사교계에서 나를 몇 번 보고선 홀딱 반했다는 거야."

"너도 그 남자를 눈여겨보았니?"

나는 나도 모르게 그 청혼자에 대해 약간 반감이 섞인 어조로 물었다.

"물론이지. 나도 누군지 알아. 사람 좋은 돈키호테 타입이야. 교양도 없고, 아주 못나고, 시시하지만 꽤 재미있는 사람이어서 그 사람과 대면하면 고모도 여느 때처럼 점잔만 빼고 있지는 못한대."

"그래, 그 선생이 유망해 보이니?"

나는 비웃는 투로 말했다.

"어머나, 제롬. 무슨 농담을……. 그 사람은 장사치야. 제롬이 한 번이라도 그 사람을 본다면 그런 말은 하지 않을걸."

"그래서…… 삼촌은 뭐라고 대답하셨지?"

"내가 대답한 그대로야. 시집가기에는 너무 어리다고……. 그런데 골치 아프게도……."

그녀는 웃으며 덧붙였다.

"고모는 반대할 걸 빤히 알면서도 추신에 뭐라고 쓰셨는지 알아? 에두아르 테시에르 씨께서는—이게 그 사람 이름이야—시기를 기다리는 데 찬성하며, 이렇게 대뜸 신청을 넣어 두는 것도 다만 차례에 끼려고 하는 것뿐이라고 쓰셨어. 우습지 뭐야. 하지만 달리 어떻게 할 수 있나? 그 사람이 너무 못나서 싫다고 전해 달라고 할 수는 없잖아."

"그럴 수는 없지. 하지만 포도 재배자에게 시집가고 싶지 않다고는 할 수 있잖아."

그녀는 어깨를 으쓱해 보였다.

"고모한테는 통하지 않는 이유야. 이런 이야기 그만해. 그건 그렇고 알리사 언니가 편지했어?"

그녀는 아주 쉽사리 말을 했지만 무척 흥분되어 있는 듯했다. 내가 알리사의 편지를 넘겨주자 쥘리에트는 얼굴이 빨개지며 읽어 내려 갔다.

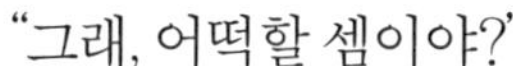

"그래, 어떡할 셈이야?"

그녀가 물었을 때, 나는 그녀의 목소리에서 노여움의 기색을 느낄 수가 있었다.

"이제는 모르겠어."

하고 나는 대답했다.

"막상 여기에 오고 보니 차라리 편지를 하는 게 더 손쉬웠을 듯도 하고, 그래서 온 것을 벌써부터 후회하고 있어. 알리사가 무엇을 의 도했는지 너는 알겠니?"

"내 생각에는 언니가 오빠를 자유롭게 해 주려고 그러는 것 같아."

"하지만 내가 뭐 그런 것을 바라기나 하니? 그 따위 자유를……. 그런데 알리사가 왜 이런 편지를 했는지 알겠니?"

"몰라."

그녀의 대답이 너무나도 퉁명스럽고 매몰찼기 때문에 나는 진정한 저의를 짐작할 수는 없었지만, 적어도 이 일을 쥘리에트가 전혀 모르 는 건 아니라고 그 순간부터 여기기 시작했다. 이윽고 우리가 따라 걷고 있던 오솔길의 돌아가는 굽이에서 그녀는 갑작스럽게 발길을 돌리며 말했다.

"이제는 갈게. 나하고 얘기하러 온 게 아니잖아. 너무 오래 같이 있었어."

그녀는 그렇게 말하고서 집 쪽으로 달려갔다. 응접실에 돌아와 보니, 쥘리에트는 아무렇게나 즉흥적으로 치는 듯한 피아노를 멈추지 않은 채 거기에 와 있던 아벨과 이야기를 나누고 있었다. 나는 둘을 남겨 두고 나왔다. 그러고는 한참 동안 정원 안을 헤매며 알리사를 찾아다녔다.

그녀는 과수원 깊숙한 흙담 밑에서 너도밤나무 숲의 가랑잎 냄새에 그 향기를 뒤섞고 있는 활짝 핀 국화를 꺾고 있었다. 완연한 가을이었다. 햇살도 이제는 나무 울타리에 간신히 훈기를 던져 줄 뿐이었지만 하늘은 동녘의 나라인 양 맑았다. 젤란드(네덜란드의 해안 지방 : 역주) 식의 큼직한 모자로 거의 다 가려진 그녀의 얼굴은 틀에 끼인 듯 네모반듯했다. 여행 선물로 아벨이 갖다 준 모자를 당장에 써 본 것이었다. 가까이 다가가도 처음에는 돌아보지 않았지만, 억누를 수 없었던 그녀의 가벼운 떨림은 분명히 내 발자국 소리를 알아들었구나 하고 짐작하게 했다. 그래서 나는 그녀의 꾸짖음과 그녀의 눈길이 나를 짓누를 준엄함에 벌써부터 대항하며 용기를 가다듬었다. 그러나 내가 아주 가까이 이르러 이미 두려운 듯 걸음을 늦추자 처음에는 얼굴을 돌리지도 않았지만, 그녀는 토라진 어린애처럼 잔뜩 수그린 채 꽃을 가득 쥔 손을 거의 등 뒤로 향해 내밀면서 오라고 청하는 시늉을 해 보였다.

그 몸짓과는 반대로 내가 일부러 멈추어 서자, 그녀는 드디어 몸을 돌려 내게로 몇 걸음 다가오면서 얼굴을 쳐들었다. 얼굴에는 미소가 함빡 담겨 있었다. 그녀의 눈길에 미치자 온갖 것이 갑자기 다시금 단순하고 쉽게만 여겨졌으므로 나는 변함없는 목소리로 힘들지 않게 말문을 열었다.

"나를 다시 오게 한 것은 바로 네 편지야."

"그럴 줄 알았어."

그녀는 곧 억양을 부드럽게 하면서 말을 이었다.

"그래, 내가 언짢게 생각하는 것도 그 점이야. 어쩌자고 내가 한 말을 오해하는 거야? 아무렇지도 않은 일이었는데—그러자 벌써 슬픔과 고통은 정말로 나 혼자 꾸며낸 것일 따름이며 이제는 내 마음에만 존재하는 듯싶었다—전에도 말했지만, 우리는 이대로 행복하잖아. 그러니 바꾸어 보자는 의견을 내가 거절했대서 깜짝 놀랄 게 뭐 있어?"

정말 그녀의 곁에 있으면 나는 행복하게만 느껴졌다. 한없이 행복한 그런 느낌. 내 생각은 이제부터 그녀의 생각과 조금도 달라지지 않을 것만 같았다. 그리하여 나는 이미 그녀의 미소밖에는 그리고 이렇게 그녀와 더불어 꽃이 만발한 따사로운 오솔길을 그녀의 손을 잡고 거니는 것밖에는 아무것도 바라고 있지 않았다.

"그러는 편이 더 좋다면……"

나는 단번에 모든 희망을 포기하고 그 순간의 티 없는 행복에 몸을 맡기며 무겁게 말했다.

"그러는 편이 더 좋다면 약혼하지 말자. 편지를 받고 내가 사실 행복했다는 것과 그리고 이제부터는 행복하지 못하리라는 것을 동시에 깨달았어. 아아, 내가 가졌던 그 행복을 돌려줘. 나는 그 행복 없이는 도저히 견딜 수가 없어. 평생 기다려도 좋을 만큼 나는 너를 사랑하고 있어. 하지만 네가 나를 사랑하지 않게 된다거나……. 알리사, 이런 생각만으로도 나는 참을 수가 없어."

"제롬, 내가 어떻게 의심할 수 있겠어?"

그녀의 목소리는 잔잔하고도 슬펐다. 이슬 같았다. 그러나 그녀를 환히 밝혀 주고 있는 그 미소가 변함없이 너무도 맑고 고왔기 때문에 나는 내가 두려움을 품고 항변하던 게 부끄러워졌다. 그녀의 목소리 깊이 내가 느낀 그 서글픔의 여운도 그러고 보면 모름지기 내 두려움과 항변에서만 나온 듯했다. 밑도 끝도 없이 나는 내 계획과 공부 그리고 얻을 바가 많을 것인 내 생활의 모습들을 이야기하기 시작했다. 그 무렵의 에콜르 노르말르는 최근에 개편된 그런 따위의 학교는 아니었다. 매우 엄격한 규율이기는 했지만 게으르거나 다루기 까다로운 학생들에게나 힘겨웠을 뿐 부지런히 노력하는 학생들에게는 오히려 안성맞춤이었다. 나는 거의 수도승적인 이런 관습이 사회로부터 나를 지켜 주는 것이 마음에 들었고, 게다가 사회란 별달리 내 흥미를 끄는 것도 아니었을 뿐만 아니라 알리사가 두려워한다면 나도 대번에 싫어질 것에 불과했다.

애슈버튼 양은 전에 파리에서 어머니와 함께 살던 아파트에 그냥 눌러 있었다. 그녀 말고는 파리에 아는 사람도 없으니 아벨과 함께 일요일이면 몇 시간이고 그녀 곁에서 보내리라. 그리고 일요일마다 알리사에게 편지를 써서 내 생활을 낱낱이 알게 하리라.

우리는 열려 있는 온실의 유리창틀에 걸터앉았다. 거기에는 마지막 열매마저 따 버린 오이의 굵직한 덩굴이 아무렇게나 뻗어 있었다. 알리사는 내 이야기에 귀를 기울이며 연방 이것저것을 캐물었다. 지금까지 이보다 더 정성스럽고 따사롭고 이보다 더 열렬한 그녀의 애정을 느낀 적은 없었다. 의구심과 걱정과 그리고 아주 가벼운 근심마저도 하늘의 티 없는 푸르름 속에 사라져 버리는 안개처럼 그녀의 미소 안에 증발되고, 이렇듯 애틋한 정다움 속에 다시금 흡수되었다.

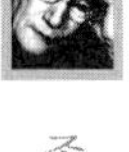

이윽고 쥘리에트와 아벨이 우리와 합세했고 너도밤나무 숲의 벤치에 앉아서 우리는 한 사람씩 번갈아 가며 스윈번의 〈시대의 개가〉를 한 절씩 읽으면서 나머지 시간을 보냈다. 저녁이 왔다.

"자! 그럼 이제부터는 그렇게 공상적인 사람이 되지 않겠다고 약속해 줘."

우리가 떠날 무렵, 알리사는 내게 입을 맞추며 말했다. 장난스럽기도 하고 반은 누님 같은 태도였다. 아마 지각없는 내 행동 때문에 그런 태도를 취한 것 같았다.

"그래, 약혼은 했니?"

다시금 둘이만 남자 아벨이 물었다.

"그런 것은 문제가 아냐."

나는 이렇게 대답하고서 모든 질문을 딱 잘라 버리는 어조로 덧붙여 말했다.

"그리고 이대로 있는 편이 훨씬 좋아. 이제껏 오늘 오후만큼 행복했던 적은 결코 없었어."

"나도 그래."

그는 부르짖었다. 그러고는 곧 느닷없이 내 목에 매달리며 속삭였다.

"기막히고 희한한 얘기 하나 해 줄까? 제롬, 나는 쥘리에트한테 홀딱 반했어. 지난해부터 그런 생각을 하고 있었지만, 그 후로 나는 세상맛을 보아 왔고 해서…… 네 외사촌 누이들을 다시 만나 보기 전에는 아무것도 너한테 말하려고 하지 않았던 거야. 이제는 끝났어. 내 인생이 결정되었다고. 나는 사랑하노라, 아니 사랑한다기보다…… 나는 쥘리에트를 존경하노라! 나는 오래 전부터 네게 형제 같은 정다움을 느껴 왔지."

아벨은 웃고 장난치다가 팔을 벌려 나를 껴안고는 우리가 탄 파리행 열차의 좌석 위에서 어린애같이 뒹굴었다. 나는 그의 고백으로 잔뜩 숨이 막히고 그에 내포된 과장된 표현의 꼬투리 때문에 적지 않게 괴로웠다. 하지만 그처럼 벅찬 감격과 희열에 무슨 도리로 맞설 수 있겠는가?

"그래, 어떻게 된 거야? 그래서 고백은 했어?"

쏟아져 나오는 이야기 사이로 내가 간신히 물었다.

"아니, 천만에! 역사의 가장 멋진 대목을 함부로 태워 버리고 싶지는 않아. 사랑의 가장 아름다운 순간은 '그대를 사랑하노라'고 말할 때가 아닐까? 어때, 나를 책망하지는 못하겠지? 느림보 대장이신 너로서는 말이야."

나는 약간 초조한 마음으로 말했다.

"아무튼 내 생각에는 그 애가, 그러니까 그 애 쪽에서도……."

"이봐 제롬, 나를 다시 만났을 때 그 애가 어쩔 줄 몰라 하던 모습도 보지 못했니? 우리가 거기에 있는 동안 줄곧 흥겨워하고 수줍어하며 끊임없이 이야기를 하고……. 그래, 너는 전혀 눈치채지 못했겠지. 알리사한테만 온통 정신이 쏠려 있었으니까. 그 애가 어찌나 이것저것 캐묻고 내 말을 다소곳이 귀담아듣는지, 작년보다 굉장히 똑똑해졌더라고. 도대체 네가 무엇을 보고 쥘리에트는 책 읽는 것을 좋아하지 않는다고 생각했는지 모르겠어. 너는 그저 책이라는 것은 알리사를 위해서만 존재하는 것인 줄 아는데, 쥘리에트가 별별 것을 알고 있는 데는 정말 기가 막혔지. 저녁 먹기 전에 우리 둘이서 무엇을 하고 놀았는지 알아? 우리는 단테의 칸초네를 암송했어. 둘이서 번갈아 한 구절씩 읊는데 내가 틀리기만 하면 그 애가 척척 고쳐 주지 뭐야. 너도 알지? '내 마음을 가득 채워 주는 사랑의 마음이여!' 그녀가 이탈리아어를 안다는 걸 네가 말해 주지 않았잖아."

"나도 몰랐는걸."

나는 어지간히 놀라며 말했다.

"칸초네를 시작할 때, 그녀 말로는 네가 가르쳐 준 것이라고 하던데?"

"아마 내가 자기 언니한테 읽어 주는 것을 들은 모양이로군. 그 애

는 늘 우리 곁에서 바느질이나 수를 놓고 있었으니까. 그렇지만 자기
도 알고 있다는 눈치는 전혀 내비치지 않았는데.”

“그랬을 거야. 알리사하고 너는 말이야, 아무튼 기막힌 이기주의자
거든. 자기네 사랑에만 깊이 빠져서 이러한 지성과 영혼이 찬란하게
꽃을 피우는 건 거들떠보지도 않으니까 말이야. 내가 나를 추켜세우
는 것은 아니지만 아무튼 나는 때맞춰 나타난 거야. 물론 너를 탓하
는 것은 아니야. 너도 잘 알잖아.”

그는 나를 껴안으며 말했다.

“단지 이것 하나만은 약속해 줘. 이 일에 대해서만큼은 알리사에게
한마디도 하지 않겠다고 말이야. 내 일은 나 혼자서 해결할 셈이니
까. 쥘리에트는 이제 내 거야. 틀림없어. 다음 방학 때까지 그대로 내
버려두어도 끄떡없을 정도야. 이제는, 그때까지 편지도 쓰지 않을 생
각이야. 그렇지만 신년 휴가 때 너하고 르아브르로 가서 방학을 보내
고, 그러고는….”

“그러고는?”

“알리사는 어느 날 갑자기 우리의 약혼을 알게 되는 거지. 이 일은
거침없이 해치울 셈이니까. 그러고는 어떻게 되는지 알아? 너는 낚
아 내지 못하는 그 승낙을 내가 본보기로 보여 주겠다, 이거야. 우리
둘이 알리사를 설복시키겠단 말이야. 너희들 결혼 전에는 우리도 결
혼할 수 없지 않느냐고…….”

그는 끊임없이 이야기를 계속해서 말의 흐름 속에 나를 잠기게
했다.

그의 이야기는 기차가 파리에 도착했을 때도, 노르말르에 돌아왔
을 때까지도 그칠 줄을 몰랐다. 그리고 우리가 역에서 에콜르 노르말
르까지 걸어왔음에도 불구하고 내 방까지 따라와서, 아침이 다 되도
록 그 이야기를 계속했다.

아벨은 현재와 미래를 제멋대로 생각했다. 그는 두 쌍의 결혼식을
미리 눈앞에 그리며 이야기하기도 했다. 저마다의 놀람과 기쁨을 상
상하며 묘사하기도 하고, 우리의 사랑 이야기, 우리의 우정 그리고
내 사랑에 있어서의 자기의 소임 등의 아름다움에 도취하기도 했다.
나는 그의 열정을 막아내지 못하고 마침내는 허무맹랑한 그의 제안
에 솔깃해져서 나도 모르게 넘어가고 말았다. 사랑 덕분에 우리의 야
망과 용기는 부풀어오르기만 했다. 에콜르를 졸업하자마자, 보티에
목사의 주례로 두 쌍의 축복된 결혼식을 올리고 우리 네 사람은 여행
을 떠나리라. 그리고 곧 큰일에 착수하면 아내들은 기꺼이 협력자가
되어 주리라. 교수직에는 별로 마음이 내키지 않고, 글 쓰는 소질만
타고났다고 자신하는 아벨은 몇 편의 희곡에서 성공을 거두어 여태
까지 없었던 재산을 삽시간에 모아 놓으리라. 부의 축적보다는 학문
자체에 더 마음이 끌리는 나로서는 종교 철학의 연구에 몰두할 생각
이니 그 역사를 써 보리라. 그러나 이제 와서 그 많은 희망을 불러일
으켜 본들 무슨 소용이 있겠는가?
    그 이튿날부터 우리는 공부에 전념했다.

4

신년 휴가까지는 시일이 무척 짧았기 때문에 요전번 알리사를 만나 본 것으로 잔뜩 신이 난 내 믿음은 한시도 풀릴 줄 몰랐다. 마음속으로 기약했던 바와 같이 나는 그녀에게 일요일마다 아주 긴 편지를 썼다. 다른 날에는 같은 반 친구들과도 떨어져서 다만 아벨이나 만나 볼 뿐, 알리사를 그리는 마음과 더불어 살았다. 좋아하는 책에는 내 자신이 거기에서 찾는 재미보다도 알리사가 맛볼 수 있는 재미를 으뜸으로 여기면서 그녀를 위한 표적을 가득 적어 놓곤 했다. 하지만 그녀에게서 오는 편지는 여전히 나를 불안하게 했다. 비록 내 편지에 대해서 꽤 구체적으로 답장을 해 주기는 했지만, 그래도 나를 따라오는 그 정성에는 그녀 마음 스스로의 이끌림이라기보다는 차라리 내 공부를 격려해 주려는 염려가 엿보이는 듯했다. 또한 감상이나 토론, 비평 등이 내게는 다만 내가 생각하는 바를 나타내려는 방법에 지나지 않았음에 비해, 그녀는 반대로 이런 모든 것으로써 자신의 생각을 내게 숨기는 데 이용하려는 것처럼 보였다. 간혹 나는 그녀가 이렇게 숨기는 것을 장난처럼 하고 있지 않나 의심하기도 했다. 아무래도 좋다! 아무런 불평도 늘어놓지 않기로 굳게 다짐한 나는 그런 불안이 내 편지에서는 조금도 표현되지 않도록 주의했다.

섣달이 저물어 갈 무렵 아벨과 나는 르아브르로 떠났다. 나는 플랑티에 이모님 댁에서 머물렀다. 내가 들어섰을 때 이모님은 집에 계시지 않았다. 그러나 내 방에 들어가 앉자마자 하인이 오더니 응접실에서 이모님이 기다리고 계신다고 전해 주었다.

건강이니 숙소 형편이니 공부에 관해서 대강 들으신 이모님은 그 다정스러운 호기심이 이끄는 대로 역시 조심성 없이 말씀하셨다.

"여태 말하지 않았구나, 얘야. 퐁그즈마르에 가 있던 것이 만족스러웠는지 어쨌는지 말이야? 일은 좀 진척시켰니?"

나는 이모님의 어설픈 친절을 참아야만 했다. 그러나 아무리 맑고 부드러운 말씨라도 역시 거칠어지는 듯한 감정을 이토록 줄잡아 다루는 것은 역겨운 일이긴 하지만, 그 말이 너무도 구김살 없고 정다운 어조였기에 언짢게 여긴다는 것은 주책없는 짓일 것이다. 그런데도 처음에 나는 적지 않게 쏘아붙였다.

"지난봄에는 약혼이 너무 이르다고 말씀하시지 않았나요?"

"그랬지. 나도 알고 있단다. 처음에는 누구나 다 그렇게 말하는 법이지."

하고 이모님은 내 한 손을 잡아 당신의 손안에 꼭 쥐면서 말씀하셨다.

"그리고 나 역시 너의 공부라든가 병역 때문에 몇 해 더 기다리지 않으면 안 된다는 것도 잘 안단다. 하지만 내가 생각하기에 오래 끄는 약혼은 별로 좋을 게 없을 것 같구나. 그렇게 되면 처녀들이 지쳐 버리지. 물론 때때로 아주 감동적인 일이 있기도 하다만……. 그리고 약혼은 반드시 널리 알려 둘 필요가 있어. 그렇게 해 두면 남들이…… 그러니까 은근히 짐작으로라도…… 이제부터는 이 처녀에게 손을 뻗쳐서는 안 된다는 걸 알아차리게 된단다. 약혼을 사람들에게 알림으로써 너희들의 편지나 교제도 떳떳해지는 거야. 그리고 만약 다른 누군가가 청혼을 해 오면 말이야…… 이거야 있을 법한 일이 잖니?"

이모님은 그럴듯하게 미소를 지으며 빗대어 말씀하셨다.

"사람들에게 이미 약혼 사실을 알려 두었으니까 이럴 때는 은근히 대답할 수도 있지. '아니요, 그렇게 하실 필요 없어요.' 하고 말이다. 쥘리에트에게 청혼이 들어왔다는 건 알고 있지? 올 겨울에는 그 애가 남의 눈에 무척 띄었단다. 그 애는 아직 자기 나이가 어리다고 대답한 모양이지만 그 청년은 기다리겠다는구나. 물론 정확히 말해서 아직 청년이라고 할 수도 없지만 말이다. 아무튼 훌륭한 배필이기는 해. 아주 틀림없는 사람이거든. 그렇지 않아도 내일이면 그 청년을 만나 볼 수 있을 게다. 크리스마스트리를 보러 내일 우리 집에 올 참이니까. 그때 그 청년을 보거들랑 인상이 어떤지 내게 말해 주렴."

"모르긴 하지만 이모, 그 사람이 헛수고하는 게 아닐까요? 쥘리에트의 마음속에 딴 사람이 있을지도 모르잖아요."

나는 아벨의 이름을 가르쳐 주지 않으려고 무척 애를 쓰면서 말했다.

"뭐라고?"

이모님은 설마 하는 표정으로 입을 뾰족 내밀고 머리를 갸우뚱하면서 미심쩍게 말씀하셨다.

"그것이 사실이라면 정말 놀랍구나. 어쩌자고 그 애가 그런 말을 여태까지 숨기고 있었을까?"

나는 더 이상 말하지 않으려고 입술을 깨물었다.

"원 참! 두고 보면 알겠지. 요즘 쥘리에트가 아파서……."

이모님은 말씀을 이으셨다.

"그건 그렇고. 지금 문제는 그 애가 아니다. 알리사도 참 귀여운 애야. 그런데 했니, 안 했니? 그 애한테 선언을 했어?"

너무나 어울리지 않고 촌스런 '선언'이라는 말에 나는 정말 발끈했다. 하지만 정면으로 질문을 받은 데다가 거짓말을 잘 꾸며대지 못하는 나였기에 그만 얼버무리고 말았다.

"네."

나는 얼굴이 화끈 달아올랐다.

"그러니까 뭐라고 하더냐?"

나는 고개를 숙였다. 대답하고 싶지 않았기 때문이다. 나는 더욱 얼버무리며 내키지 않는 어조로 말했다.

"약혼은 원하지 않는대요."

"그래? 그것도 일리가 있구나. 정말 깜찍한 애야."

이모님은 소리치셨다.

"너희들이야 아무 때나 할 수 있는 거니까, 아무렴……."

"아아! 이모, 이런 이야기는 그만해요."

나는 말을 막으려 했으나 허사였다.

"그건 그렇고, 나는 그 애가 그렇게 했다 하더라도 별로 놀랍지 않구나. 그 애는 언제나 너보다 지각이 있어 보였거든, 네 외사촌 누이 말이다."

나는 그때 무엇 때문인지 몰라도 이렇게 다져 물으신 것 때문에 흥분된 탓인지 갑자기 가슴이 메어지는 것 같았다. 어린애인 양 나는 마음씨 좋은 이모님의 무릎 위에 이마를 비벼 대면서 흐느꼈다.

"이모, 그렇지 않아요. 이모는 알지 못해요."

나는 거의 울부짖었다.

"알리사는 기다려 달라고도 하지 않았어요."

"아니, 뭐라고! 그럼 그 애가 너를 싫어하기라도 한단 말이니?"

이모님은 손으로 내 이마를 받쳐 올리면서 매우 따뜻하고 측은한 어조로 말씀하셨다.

"그것도 아니에요. 아니라고요. 확실히 그렇다는 것도 아니에요."

나는 서글프게 머리를 흔들었다.

"그 애가 너를 사랑하지 않을까 두렵니?"

"아니, 아니에요. 제가 두려운 것은 그런 게 아니에요."

"애야, 내가 알아듣기 쉽게 좀 더 분명히 설명해 봐라."

나는 내가 약한 마음에 이끌려 버린 것이 너무나도 부끄럽고 서글

폈다. 이모님은 필경 내 모호한 태도의 이유를 짐작하지 못하셨다. 그러나 만약 알리사가 거절한 이면에 어떤 뚜렷한 동기가 숨어 있다면, 이모님이 그녀에게 부드럽게 물어보심으로써 어쩌면 나를 거들어 그 동기를 발견해 주실 수도 있을 듯했다. 이모님은 곧 당신 편에서 그 이야기를 꺼내셨다.

"얘야."

이모님은 말씀을 이으셨다.

"알리사가 내일 아침에 크리스마스트리를 꾸미러 올 테니 어떻게 된 영문인지 내가 당장 알아보겠다. 점심때쯤 네게 알려 주마. 너는 아무 걱정할 필요가 없어."

나는 뷰콜렝 댁으로 저녁 식사를 하러 갔다. 아닌 게 아니라 며칠 전부터 몸이 아프다는 쥘리에트는 사람이 변한 듯이 보였다. 그녀의 눈초리에는 적지 않게 표독스럽고 거의 쏘는 듯한 표정이 깃들어 있었다. 그게 그녀를 평소보다 그녀의 언니와 훨씬 달라 보이게 했다. 나는 그날 저녁, 두 사람 중 어느 누구와도 별다른 이야기를 하지 못했다. 게다가 그러기를 바라는 것도 아니었거니와 외삼촌이 피로해 보이셨기 때문에 식사를 마치자 곧 물러 나왔다.

플랑티에 이모님이 마련하시는 크리스마스트리는 해마다 많은 아이들과 친구들을 모여들게 했다. 트리는 2층의 층계참이기도 한 현관 어귀에 세워졌고, 이 현관은 첫 번째 문간방, 응접실 그리고 찬장을 들여놓은 온실 비슷한 방의 유리문 등으로 통해 있었다. 트리의 장식이 끝나지 않았기 때문에 잔칫날 아침, 즉 내가 도착한 이튿날 알리사는 이모님이 말씀하신 대로 꽤 이른 아침부터 와서는 여러 가지 장식이니 조명, 과일, 과자, 장난감 등을 나뭇가지에 달아매며 이모님을 거들었다. 나 역시 알리사 곁에서 이런 일을 거든다면 커다란 즐거움을 맛볼 수 있을 것 같았지만, 이모님이 그녀에게 이야기를 하도록 해야 했기 때문에 참여하지 않았다. 나는 그녀를 만나 보지 않고 집을 나왔다. 그러고는 아침 한나절 동안 불안한 마음을 억누르려고 애썼다.

쥘리에트를 다시 만나 보고 싶었기 때문에 나는 우선 뷰콜렝 댁으로 갔다. 아벨이 벌써 쥘리에트를 찾아왔다는 말을 듣고 그들의 이야기에 방해될까 염려되어 나는 곧 물러 나왔다. 나는 선창가와 거리를 점심때까지 쏘다녔다.

"저런 못난이!"

내가 돌아오자마자 이모님이 소리치셨다.

"그 따위 쓸데없는 생각으로 인생을 망치려 하다니. 오늘 아침에 네가 들려준 이야기는 도무지 이치에 닿지 않는구나. 아무렴, 나는 단도직입적으로 그 애에게 물었다. 우리 일을 돕느라고 피곤해진 애슈버튼 양에게 바람 좀 쐬고 오라고 내보낸 후, 나는 알리사와 단둘이 있게 되었단다. 나는 대뜸 무엇 때문에 올 여름에 약혼을 하지 않으려는 건지 물어보았지. 이렇게 말하면 아마 너는 그 애가 난처했을 거라고 생각하겠지? 하지만 그 애는 조금도 당황해하지 않았단다. 대신 아주 침착하게 대답을 하는데, 뭐라고 했는지 아니? 자기는 동

생보다 먼저 시집가고 싶지 않다고 하더라. 너도 그 애한테 솔직히
물어보았다면 아마 나한테 말한 그대로 대답했을 거야. 혼자서 고민
하는 까닭이 바로 거기 있는 거란다. 그렇지 않니? 가엾은 알리사는
자기 아버지에 대해서도 말하더구나. 아버지 곁을 떠날 수는 없다고
말이야. 우리는 별별 이야기를 다했지. 그 애는 참 분별력이 있더구
나. 그 깜찍한 애가 자기가 너한테 어울리는 배필이라는 점에 아직까
지도 뚜렷한 확신이 서지 않는다고 하더라. 그리고 너보다 나이가 너
무 많은 것이 아닌가 두렵고, 차라리 쥘리에트 또래의 아가씨가 네게
바람직할 것 같다고도 하더구나."

　이모님은 말씀을 계속했다. 그러나 나는 이미 귀를 기울이고 있지
않았다.

　내게 중요한 것은 다만 한 가지, 알리사는 제 동생보다 먼저 결혼
하기를 원하지 않는다는 것뿐이었다. 하지만 여기에는 아벨이 있지
않은가. 그러고 보니 그 녀석 말이 옳았다. 잘난 체하던 그 녀석의 말
마따나 그녀는 한꺼번에 우리 두 쌍의 혼인을 성사시켜 놓으려는 것
이다…….

　무척 단순한 것이기는 하지만 이모님의 말씀은 나를 흥분시켰고,
나는 최선을 다해 그것을 숨겼다. 대신 나는 이모님을 흡족하게 하는
기쁨만을 내보였다. 점심을 마치고 나는 당장에 이모님한테 핑계를
대고 아벨을 만나러 달려갔다.

　"어때! 내가 뭐라고 했어!"

　내가 기쁜 소식을 알려 주자마자 그는 나를 껴안으며 부르짖었다.

　"오늘 아침에 내가 쥘리에트와 한 이야기는 거의 결정적인 것이었어. 하긴 거의 너에 대한 이야기밖에는 하지 않았지만 말이야. 그렇지만 그 애는 피곤하고 뒤숭숭해 보이기도 했어……. 지나치게 깊이 들어가면 그 애를 자극할까 두려웠고, 또 너무 오래 머물러 있으면 그녀가 흥분할까 두려웠지. 네 말을 듣고 보니 일은 다된 셈이야. 가서 단장과 모자를 가지고 올게. 혹시 도중에 날아가려고 하면 한번 붙잡아 주는 셈치고 뷰콜렝 댁 문전까지만 따라와 줘. 난 위포리옹보다도 몸이 더 가벼워진 것 같아. 제 언니가 승낙을 하지 않는 이유가 단지 자기 때문이라고 쥘리에트가 깨닫게 될 때, 내가 대뜸 청혼을 하면 아, 나는 우리 아버지가 오늘 저녁에 크리스마스트리 앞에서 행복에 겨워 눈물을 흘리면서 주님을 찬양하고, 축복에 넘치는 손을 무릎 꿇은 네 사람의 머리 위에 뻗으시는 게 벌써부터 보여. 애슈버튼 양은 항아리 속으로 숨을 것이고, 플랑티에 아주머니는 속옷 속으로 들어가 녹아 버릴 거야. 그리고 불이 환히 켜진 크리스마스트리는 하나님의 영광을 노래할 것이고, 성경에 나오는 산들같이 손뼉을 칠 거야."

　크리스마스트리에 불이 켜지고 아이들이랑 친척들, 친구들이 그 둘레에 모여든 것은 해가 질 무렵이었다. 아벨과 헤어지고 난 나는 불안과 초조로 가득 차서 일이 손에 잡히지 않았다. 나는 기다리는 동안의 초조함을 잊기 위해 성 아드레스의 낭떠러지까지 걸어갔다가 길을 잃었다. 가까스로 플랑티에 이모님 댁으로 돌아왔을 때는 다행히 조금 전부터 성찬이 시작되고 있을 때였다.

현관에 들어서자 나는 알리사를 보았다. 그녀는 나를 기다리고 있었는지 얼른 내게로 왔다. 목이 패인 얇은 겉옷을 입은 그녀는 오래되고 자그마한 자수정 십자가를 달고 있었다. 어머니께서 내게 주신 것을 다시 그녀에게 준 것이었지만 그녀가 달고 있는 것은 처음이었다. 긴장된 그녀의 얼굴과 그 괴로운 표정은 나를 가슴 아프게 했다.

"왜 이렇게 늦게 와? 너한테 말하고 싶은 것이 있었는데."

그녀는 억눌린 듯한 목소리로 다급하게 말했다.

"낭떠러지에서 길을 잃었어. 그런데 알리사, 얼굴이 왜 그렇게 안 좋니?"

그녀는 입술을 파르르 떨며 어리벙벙한 듯한 표정으로 얼마 동안 내 앞에 서 있었다. 벅찬 괴로움이 나를 억눌렀기 때문에 나는 감히 이유를 캐묻지 못했다. 그녀는 내 얼굴을 끌어당기려는 듯, 내 목에 손을 감았다. 무엇인가 할 이야기가 있다는 걸 나는 깨달았다. 그러나 바로 그 순간 손님들이 들어왔다. 그녀의 손이 다시 아래로 힘없이 떨어졌다.

"이제는 시간이 없어."

그녀는 중얼거렸다. 그러고는 내 눈에 가득 고인 눈물을 보더니, 이런 보잘것없는 변명이 나를 안심시킬 수 있다는 듯 내 눈길의 물음에 대답했다.

"아니야, 안심해. 그저 머리가 아픈 것뿐이야. 애들이 어찌나 법석을 떠는지……. 그래서 이곳으로 달려온 거야. 이제는 그 애들 곁으로 다시 돌아가 봐야지."

그녀는 갑작스럽게 내게서 떨어져 갔다. 사람들이 떼를 지어 들어오면서 나는 그녀와 떨어져 있어야 했다. 나는 응접실에 가서 그녀를 또 만나리라 생각했다. 방 한쪽 구석에 모여 있는 아이들에게 둘러싸여 놀이를 짜 주고 있는 그녀가 보였다. 그녀와 나 사이에는 여러 사람들이 있었고, 그 옆을 지나치다가는 반드시 붙잡힐 것 같았다. 인사나 이야기는 나눌 수 없을 것 같았다. 이 벽을 따라나가다 보면 혹시…… . 나는 그렇게 할 요량으로 발길을 옮겼다.

정원으로 난 커다란 유리문 앞을 막 지날 때였다. 누군가 내 팔을 잡았다. 문간에 반쯤 숨어 커튼으로 몸을 휘감은 쥘리에트가 거기 있었다.

"온실로 가."

그녀는 다급한 목소리로 말했다.

"꼭 할 말이 있어. 그쪽으로 혼자 가. 내가 곧 갈게."

그러고는 문을 조금 열고 정원으로 달아나 버렸다.

무슨 일일까? 나는 아벨을 다시 만나 보고 싶었다. 아벨이 무슨 말을 했을까? 현관으로 되돌아오며 나는 쥘리에트가 기다리고 있는 온실로 들어섰다.

그녀의 얼굴은 빨갛게 상기되어 있었다. 찌푸린 눈썹은 그녀의 눈초리에 날카롭고 괴로운 표정을 띠게 했다. 신열이라도 있는 듯 그녀의 눈은 반짝였다. 그리고 목소리마저도 까칠까칠하고 경련을 일으키고 있는 듯이 보였다. 무엇인지 분노 같은 것이 그녀를 흥분시키는 것만 같았다. 불안한 마음에도 불구하고, 나는 그녀의 아름다움에 놀랐고 갑자기 거북스러워졌다. 우리는 단둘이었다.

"알리사 언니가 무슨 이야기를 했어?"

그녀는 물었다.

"겨우 두어 마디 정도밖에 나누지 못했어. 내가 많이 늦었거든."

"언니보다 내가 먼저 결혼하기를 언니가 바란다는 거 알고 있어?"

"응."

그녀는 뚫어지게 나를 쳐다보았다.

"그리고 언니는 내가 누구와 결혼하길 바라고 있는지도 알고 있어?"

나는 잠자코 있었다.

"그건 바로 오빠야."

그녀는 부르짖듯 말을 이었다.

"무슨 소리야?"

"바로 오빠란 말이야!"

그녀의 목소리에는 절망과 승리감이 동시에 깃들어 있었다. 그녀
는 몸을 일으켰다기보다는 몸을 온통 뒤로 내젖혔다.

"지금 나는 내가 무엇을 해야 하는지 알았어."

그녀는 정문 쪽 문을 열면서 희미하게 말하더니 등 뒤로 문을 쾅 닫
고 나갔다.

내 머리와 가슴은 온갖 것으로 뒤죽박죽이었다. 나는 관자놀이에
서 맥이 뛰는 것을 느꼈다. 다만 하나의 생각이 내 마음의 혼란에 버
티고 있었다. '아벨을 찾자. 그러면 아마 이 두 자매가 말한 괴상망측
한 이야기를 설명해 줄 수 있을 거야.' 그러나 내 혼란한 모습을 사람

들이 알아볼 것 같아 다시 응접실에 들어갈 용기가 나지 않았다. 나는 밖으로 나왔다. 정원의 차가운 공기가 내 마음을 가라앉혀 주었다. 나는 한동안 그대로 있었다. 안개가 내려 바다를 온통 뒤덮었다. 잎이 다 떨어져 나간 앙상한 나무와 땅과 하늘이 한없이 처량해 보였다. 노랫소리가 들려왔다. 정녕 크리스마스트리 둘레에 모인 아이들의 합창일 것이다. 나는 현관으로 다시 들어왔다. 응접실과 문간방의 문이 열려 있었다. 인기척이 없는 응접실에 쥘리에트와 이야기를 하고 계시는 이모님의 몸이 피아노 뒤에 반쯤 가려져 있었다. 아이들이 찬송가를 마친 후 잠잠해지더니, 보티에 목사님이 트리 앞에서 무슨 설교 비슷한 이야기를 시작하셨다. 그분은 ‘좋은 씨를 뿌리기’ 위해서는 어떠한 기회도 놓치지 말라고 말씀하셨다. 나는 불빛과 훈기가 역겨워 도로 나가고 싶어졌다. 그때 문에 기대어 서 있는 아벨이 보였다. 분명 조금 전부터 거기 있었던 것이리라. 그는 나를 매섭게 노려보고 있었다. 그러고는 시선이 마주치자 어깨를 들썩거렸다. 나는 그에게로 천천히 다가갔다.

“바보 자식!”

그는 나지막하게 내뱉었다. 그러고는 갑자기,

“나가자, 제롬! 좋은 말씀은 이제 지겨워.”

하고 말했다. 우리는 밖으로 나갔다. 나는 말없이 그를 걱정스럽게 바라보았다.

“바보 자식!”

또다시 그가 말했다.

"그녀가 사랑하는 것은 바로 너란 말이야, 이 바보 자식아. 나한테 왜 그런 걸 말하지 않았지?"

나는 순간 아찔했다. 그리고 더 알고 싶지도 않았다.

"물론 말할 수 없었겠지! 너는 그런 것을 깨닫지도 못했으니까!"

그는 내 팔을 움켜잡더니 미친 듯이 나를 흔들어 댔다. 이를 악다문 그의 목소리는 떨리고 숨이 찼다.

"아벨, 부탁이야."

나는 잠시 잠자코 있다가 역시 떨리는 목소리로 말했다. 그는 나를 성큼성큼 마구 끌고 갔다.

"이렇게 흥분하지만 말고 무슨 일이 있었는지 말해 봐. 나는 아무 것도 몰라."

나는 애원하듯 그에게 말했다. 가로등의 흐린 불빛 아래서 그는 느 닷없이 나를 세우더니 내 얼굴을 찬찬히 뜯어보았다. 그러고는 나를 와락 끌어안으며 내 어깨에 머리를 기대고는 흐느끼듯 중얼거렸다.

"미안해. 나는 바보였어. 나는 너처럼 똑똑히 볼 줄을 몰랐어."

그는 한참 동안 울고 나더니 좀 진정된 모양이었다. 그는 얼굴을 들 고 다시 걸으면서 말했다.

"무슨 일이 있었느냐고? 이제 와서 되돌아간들 무슨 소용이 있겠 어. 너한테 말했다시피 나는 아침에 쥘리에트에게 이야기했어. 그 애 는 굉장히 예쁘고 푸릇푸릇했지. 난 그것이 나 때문일 거라고 생각했 어. 하지만 알고 보니 그것은 우리가 너에 관한 이야기를 하고 있었 기 때문이야."

“그때는 그런 걸 짐작하지도 못했어?”

“못했지, 확실히는. 하지만 이제 와서는 아무리 작은 대목이라도 훤히 짐작이 가.”

“잘못 생각하고 있는 건 아니고?”

“뭐? 잘못 생각하고 있다고? 그 애가 널 사랑한다는 걸 알지 못한다면 그건 장님이지.”

“그래서 알리사가…….”

“그래, 알리사는 자기를 희생하고 있는 거야. 자기 동생의 비밀을 알게 되자 그 애는 자기 자리를 양보하려고 들었단 말야. 어때, 네가 이해하기 어려운 일은 아니지? 하기야 난 쥘리에트에게 다시 이야기해 보고 싶었어. 내가 말을 꺼내서라기보다도 내 말뜻을 알아듣기 시작하자마자 그 애는 우리가 앉아 있던 긴 의자에서 벌떡 일어서더니 여러 번이나 되풀이하더군. ‘그럴 줄 알았어요.’ 하고 말이야. 그런데 도무지 그럴 줄은 몰랐다는 말투로…….”

“농담은 제발 그만해!”

“어째서? 참 재미있는 이야기야. 그 애는 자기 언니 방으로 쫓아갔어. 그런데 느닷없이 격렬한 목소리가 들려서 깜짝 놀랐지. 쥘리에트를 다시 봐야겠구나 하고 마음을 먹고 있는데, 얼마 있다가 나온 사람은 바로 알리사였어. 그 애는 모자를 쓰고 있었는데, 내게 어색하게 ‘안녕하세요.’ 하더니 휙 지나가더라고. 그것뿐이야.”

“쥘리에트를 다시 보지는 못했어?”

아벨은 조금 망설이며 말했다.

"봤어. 알리사가 나간 후 나는 그 방문을 열어 보았지. 쥘리에트는 난로 앞 대리석 위에 팔꿈치를 세우고 두 손으로 턱을 받친 채 꼼짝하지 않고 서 있었어. 거울 속의 제 모습을 뚫어지게 노려보면서 말이야. 내 기척을 듣더니 돌아다보지도 않고서 '제발! 혼자 있게 해 주세요.' 하고 소리치면서 발을 구르더군. 그 말투가 너무나 매몰차서 나는 더 있지도 못하고 도로 나와 버렸지. 이게 다야."

"그럼 이제는?"

"아, 털어놓고 나니깐 기분이 좀 나아지는군. 글쎄, 이제부터 너는 쥘리에트의 상사병을 고치도록 힘써야 할걸. 내가 알리사를 잘못 본 게 아니라면 말이야. 그러기 전에는 알리사가 너한테 돌아오지 않을 거야."

우리는 꽤 오랫동안 잠자코 걸었다.

"돌아가자."

마침내 그가 말했다.

"손님들도 이제는 다 갔을 거야. 아버지가 나를 기다리실지도 몰라."

우리는 돌아왔다. 응접실은 과연 텅 비어 있었다. 장식을 모두 떼어 낸 알몸에 불도 다 꺼져 있는 문간방의 트리 곁에는 이모님과 그 두 자녀, 뷰콜렝 외삼촌, 애슈버튼 양, 목사님, 외사촌들 그리고 퍽 우스꽝스러워 보이는 사나이—한참 동안 이야기하고 있는 것을 보기는 했지만 쥘리에트가 내게 말하던 그 청혼자인 줄을 그때야 비로소 알게 되었다—밖에는 없었다. 우리들 중 어느 누구보다도 몸집이 크고 다부지며 얼굴이 벌건 거의 대머리인 데다, 다른 계급, 다른 사회, 다

른 태생인 그 사나이는 우리 사이에 끼인 자기가 이방인인 듯 느끼고 있는 것 같았다. 그는 거추장스러운 콧수염 아래로 나 있는 희끗희끗한 황제 수염 끝을 연신 초조하게 끌어당겼다가는 비비꼬았다. 현관은 문이 다 열려 있는 채 이제는 불도 켜 있지 않았다. 우리가 소리 없이 들어섰기 때문에 아무도 우리의 기척을 알아채지 못했다. 그러자 온몸이 오싹해지는 어떤 예감 같은 것이 내 몸을 죄어 왔다.

"멈춰!"

아벨이 내 팔을 움켜쥐며 말했다.

순간 우리는 그 낯선 사나이가 쥘리에트에게 다가가서는, 그녀가 시선을 돌리지도 않고 아무런 반항도 없이 내맡긴 손을 잡는 것을 보았다. 캄캄한 밤이 내 마음을 뒤덮었다.

"도대체 아벨, 이게 무슨 일이니?"

마치 아직도 깨닫지 못한 듯이, 또는 내가 잘못 알고 있기를 바라는 듯이 나는 중얼거렸다.

"음, 저 애는 제 값을 에누리해서 부르고 있는 거야."

그는 잇새로 새어 나오는 듯한 목소리로 말했다.

"자기 언니에게 지고 싶지 않은 거야. 하늘에서 천사들이 박수갈채를 보내고 있을걸!"

외삼촌이 나오시더니 애슈버튼 양과 이모님에 둘러싸여 있는 쥘리에트의 뺨에 입을 맞추셨다. 보티에 목사님도 다가서셨다. 나는 한 걸음 앞으로 나섰다. 알리사가 나를 보고 뛰어오더니 오들오들 떨며 말했다.

"제롬, 이럴 수는 없어. 저 아이는 저 사람을 사랑하지 않아. 오늘 아침에도 저 애는 그렇게 말했어. 말려 줘, 제롬. 저 애가 어떻게 되려고 그러는지……."

그녀는 절망적인 애걸을 하면서 내 어깨에 매달렸다. 그녀의 고통을 덜어 주기 위해서라면 나는 내 목숨이라도 내주고 싶었다.

트리 곁에서 갑자기 외치는 소리, 혼잡한 웅성거림……. 우리는 그곳으로 뛰어갔다. 쥘리에트는 의식을 잃고 이모님 팔에 쓰러져 있었다. 저마다 다급히 그녀에게 몸을 굽혔다. 그래서 나는 그녀를 잘 볼 수가 없었다. 헝클어진 머리카락이 무섭도록 창백한 그녀의 얼굴을 위로 끌어당기는 듯했다. 그녀의 몸이 그토록 소스라쳐 있는 것을 보면 결코 예사로운 까무러침이 아닌 것 같았다.

"아니야! 아니야!"

이모님은 기겁을 한 뷰콜렝 외삼촌을 안심시키려고 큰 소리로 말씀하셨다. 보티에 목사님은 집게손가락으로 하늘을 가리키시며 벌써부터 외삼촌을 위로하고 계시다가,

"아니오, 아무렇지도 않을 것이오. 흥분한 탓이지요. 그저 신경이 좀 발작한 것뿐이에요. 테시에르 씨, 날 좀 거들어 줘요. 당신은 튼튼하지 않소. 내 방으로 올라갑시다. 내 침대에다……."

그러시더니 이모가 당신 맏아들 쪽으로 몸을 굽히시고 귀에다 무슨 말씀을 하시자, 의사를 부르려는 듯 그가 얼른 자리를 떠났다.

이모님과 그 청혼자는 그들 팔에 안겨 반쯤 젖혀져 있는 그녀를 어깨 밑으로 손을 넣어 받치고 있었다. 알리사는 자기 동생의 발목을

들어 다정하게 껴안았다. 아벨은 뒤로 떨어질 듯한 머리를 받쳐 주고 있었는데, 흩어진 머리카락을 쓸어 모으며 마구 입을 맞추고 있는 꾸부정한 그의 모습이 내 눈에 들어왔다.

나는 방문 앞에서 멈추어 섰다. 쥘리에트는 침대에 뉘어졌다. 알리사는 테시에르 씨와 아벨에게 내가 알아듣지 못하는 몇 마디 말을 했다. 그녀는 두 사람을 문간까지 따라 나와서는 플랑티에 이모님과 단둘이서 남아 있을 작정이니, 자기 동생이 좀 안정을 찾을 수 있도록 우리더러 나가 달라고 당부했다.

아벨은 내 팔을 움켜쥐고 나를 밖의 어둠 속으로 이끌었다. 우리는 오래오래 거닐었다. 목적도, 기력도, 생각도 없이……

5

오직 알리사에 대한 사랑만이 내가 사는 유일한 이유였고, 나는 그것에 매달렸다. 사랑하는 이에게서 나오는 것이 아니라면 나는 아무것도 기대하지 않았고, 이제는 기대하고 싶지도 않았다.

그 다음날 그녀를 만나러 가려고 준비를 하고 있는데, 이모님이 나를 부르시더니 방금 이모님께서 받으셨다는 편지를 내미셨다.

…… 쥘리에트의 극심한 흥분은 의사 선생님이 처방해 주신 물약을 먹고 아침이 되어서야 누그러졌어요. 앞으로 며칠 동안은 부디 제롬이 오지 말기를 바랍니다. 쥘리에트가 발자국 소리나 목소리를 알아들을지도 모르거든요. 지금 쥘리에트에게는 절대 안정이 필요해요.

쥘리에트의 병세가 아무래도 저를 여기에 꼭 붙들어 놓을 모양이에요. 떠나기 전에 제롬을 부르지 못하거든 나중에 제가 편지할 거라고 전해 주세요…….

방문 금지의 대상은 나뿐이었다. 이모님에게나 다른 누구에게나 뷰콜렝 댁의 초인종을 누르는 것은 자유였다. 더구나 바로 이날 아침에도 이모님은 그곳으로 가실 셈이었다. '내 발자국 소리라고? 그 무슨 시원하지 않은 핑계람. 상관없어.'

"좋습니다. 가지 않기로 하지요."

알리사를 당장에 만날 수 없다는 것은 매우 쓰라린 일이었다. 그렇기는 하지만 나는 그녀를 만나는 것이 두렵기도 했다. 자기 동생의 병을 내 탓으로 돌리고 있지나 않을까 두려웠기 때문이다. 그래서 나는 화가 난 그녀를 보느니 차라리 견디기 힘들더라도 만나지 않는 편을 선택했다.

그래도 아벨만은 다시 보고 싶어졌다. 그의 집 문간에서 하녀가 내게 쪽지 하나를 건네주었다.

네가 걱정할까 봐 몇 자 적는다. 이토록 쥘리에트가 가까이 있는 르 아브르에 머물러 있는 것이 견디기가 힘들구나. 간밤에 너와 헤어진 후 나는 사우샘프턴 행 배표를 끊었단다. 방학은 런던에 있는 S의 집에서 지낼 거야. 나중에 학교에서 다시 만나자.

인간의 모든 도움이 한꺼번에 내게서 사라져 갔다. 쓰라린 일밖에 없었던 그곳을 떠나 나는 개학하기 전에 미리 파리로 돌아왔다. '모든 진실을 위한 모든 은총 그리고 모든 완전한 은혜가 비롯하는' 하나님께 나는 눈을 돌렸다. 내가 고행을 바친 것은 바로 주님에게로였

다. 나는 알리사 역시 주님에게서 안식처를 구하고 있으리라 생각했
고, 그녀가 기도하고 있을 것이라는 생각은 내 기도를 북돋았다.

알리사의 편지와 내가 그녀에게 쓴 편지 외의 별다른 사건도 없이
명상과 공부로써 기나긴 시일이 지났다. 나는 그녀의 편지를 모두 간
직해 두었다. 내 추억은 여기서부터 어렴풋해지기 때문에 이 편지들
로써 갈피를 잡는다.

이모님을 통해—그리고 처음에는 이모님만을 통해—나는 르아브
르의 소식을 들었다. 나는 이모님을 통해 처음 며칠 동안 쥘리에트의
병세가 얼마나 사람들에게 걱정을 끼쳤는지 알게 되었다. 내가 떠나
온 후 열이틀 만에야 비로소 나는 알리사로부터 다음과 같은 반가운
편지를 받았다.

좀 더 일찍 편지하지 않은 것을 용서해 줘, 그리운 제롬. 가엾은 우
리 쥘리에트의 병세가 도무지 그렇게 할 틈을 주지 않았어. 네가 떠난
뒤로 나는 그 애 곁을 거의 떠나지 못했어. 우리 소식을 전해 주십사
하고 고모님한테 당부해 두었는데, 아마 그렇게 해 주셨겠지. 알고 있
겠지만 사흘 전부터 쥘리에트가 좋아지고 있어. 나는 벌써부터 하나
님께 감사드리고 있지만 그래도 아직은 기꺼운 마음이 될 수 없어.

지금까지 그에 관해 별로 이야기한 바 없지만, 로베르는 나보다 며
칠 뒤에 파리로 돌아와서 자기 누이들의 소식을 전해 주었다. 그녀들
때문에 나는 내 성격이 나를 이끄는 이상으로 자연스럽게 그를 보살

펴 주었다. 그가 입학했던 농업 학교가 쉴 때마다 나는 그를 돌보았고, 그의 기분을 풀어 줄 궁리를 하곤 했다.

내가 알리사에게나 이모님에게 감히 여쭈어 볼 수 없는 일은 그를 통해 알게 되었다. 에두아르 테시에르는 쥘리에트의 경과를 알아보러 꾸준히 찾아왔지만, 로베르가 르아브르를 떠날 때까지 쥘리에트가 만나 주지 않았다는 것이다. 나는 또한 내가 떠나온 후로 쥘리에트가 자기 언니 앞에서 아무것도 이겨 낼 수 없는 외로운 침묵을 지키고 있었다는 것을 알았다.

그런 일이 있은 지 얼마 후에 나는 이모님을 통해 알리사가(내 짐작이기는 하지만) 당장 깨지기를 바라는 쥘리에트의 약혼을, 쥘리에트 자신은 하루바삐 사람들에게 알려 주기를 간청했다는 사실을 알았다. 충고도, 명령도, 탄원도 좌절되고 만 이 결심은 쥘리에트의 이마에 아로새겨졌고, 그녀의 눈물을 가렸으며, 그녀를 침묵 속에 에워쌌다.

시일이 지나갔다. 나는 알리사로부터, 하기는 나도 그녀에게 뭐라고 편지를 써야 할지 몰랐지만 너무나도 실망스러운 쪽지들밖에는 받아 보지 못했다. 짙은 겨울 안개가 나를 휩쌌다. 학업의 등잔불도, 내 사랑과 내 믿음의 모든 열정도, 아아! 내 마음에서 어둠과 추위를 거두어 가지 못했다. 시일이 지나갔다.

느닷없는 어느 봄날 아침, 그때 마침 르아브르에 계시지 않았던 이모님께 부쳐 온 알리사의 편지를 이모님이 내게 전해 주셨다. 그 편지에서 나는 이 이야기를 밝혀 줄 수 있는 부분을 적어 보겠다.

……제 순종을 칭찬해 주세요. 고모님이 시키시는 대로 테시에르 씨를 오라고 청했어요. 저는 그분과 한참 동안 이야기를 했어요. 나무랄 데 없는 사람이라는 것도 알게 되었고, 사실대로 말씀드리자면 이 결혼이 제가 처음에 두려워했던 것처럼 불행하게 되지는 않으리라는 것도 거의 믿게 되었어요. 분명 쥘리에트가 그분을 사랑하고 있지는 않지만, 저는 그분이 한 주일 한 주일이 지날 때마다 점점 사랑받을 가치가 있는 사람이라고 생각되기 시작했어요. 그분은 이번 일에 대해 정확히 보시고, 또 쥘리에트의 성격도 그릇되게 보고 계시지는 않아요. 하지만 그분은 쥘리에트를 사랑하는 마음에 대단한 자부심을 갖고 있기 때문에, 그분의 꾸준한 마음이 이겨 내지 못할 것은 아무것도 없다고 확신하고 계세요. 말하자면 아주 반하신 거죠.

그리고 제롬이 로베르를 보살펴 준다는 사실에 대해 저는 말할 수 없이 고마움을 느끼고 있어요. 그렇지만 아무래도 제롬은 의무감으로 그렇게 하는 것 같아요. 로베르의 성격이 제롬의 성격과는 별로 닮은 점이 없잖아요—그리고 아마 저를 기쁘게 하려고 그러는 것도 같아요—그렇지만 제롬도 받아들이는 의무가 벅차면 벅찰수록 의무는 영혼을 가꾸어 주며 향상시킨다는 것을 알았을 거예요. 아주 숭고한 생각이죠? 맏조카 딸을 두고 너무 웃지는 마세요. 왜냐하면 쥘리에트가 결혼을 좋은 일로 바라보도록 힘쓰는 저를 도와주는 것이 바로 이러한 생각이기 때문이에요. 정다우신 염려가 제게는 얼마나 흐뭇한지 몰라요, 고모님. 그렇지만 제가 불행하다고 생각하지는 마세요. 오히려 그 반대라고 할 수 있어요. 왜냐하면 쥘리에트가 휩쓸고 간 시련이 제 마음속에서 반동을 일으켰기 때문이에요. 별달리 이해하지도 못한 채 되풀이하던 성경의 이 말씀이 갑자기 제게는 환히 밝혀지더군요.

'사람을 믿는 자는 불행하니라.'

제 성경책에서 이 말씀을 찾아내기 훨씬 전에 저는 이 말씀을 제롬이 채 12살도 되기 전, 제가 갓 14살이 되던 해에 저에게 보냈던 자그마한 크리스마스카드에서 읽은 적이 있어요. 그 카드에는 그 무렵의 저희에게 무척 아름답게 보였던 꽃다발 곁에 코르네유의 주석이 달린 이런 시구가 있었어요.

그 무슨 승리자의 매력이기에

세상에서 오늘 나를 주께로 이끄는가?

인간의 무리 위에 주춧돌을 쌓는 자는 불행하도다!

사실을 말씀드리자면 저는 이 주석보다도 예레미야의 그 간결한 구절을 훨씬 좋아해요. 필경 제롬도 그 당시에는 이 구절에 별다른 주의를 하지 않은 채 카드를 골랐겠죠. 그렇지만 제롬의 성향이 요즘은 제 성향과 꽤 비슷해요. 그래서 저는 날마다 하나님께 우리 두 사람을 한꺼번에 가까이 해 주신 것을 감사드리고 있답니다.

고모님과 나누었던 이야기를 생각하고서 저는 제롬의 공부를 방해하지 않기 위해 그전처럼 긴 편지를 쓰지 않기로 했어요. 제롬에 대한 이야기만 함으로써 제가 직접 그와 이야기하지 못하는 것을 보상받으려 한다고 생각하시겠죠? 자꾸만 그쪽으로 쓰게 될까 봐 이만 끝내야겠어요. 이번만은 너무 꾸중하지 마세요.

　이 편지로 인해 나는 얼마나 많은 생각을 했는지 모른다. 또한 이모님의 주책없는 참견과 이 편지를 내게 전해 주도록 한 그 친절을 저주했다. 그리고 내가 알리사의 침묵을 견딜 수 없게 된 바에야, 그녀가 이제는 내게 하지 않는 말들을 다른 누구에게는 써 보내고 있다는 사실을 차라리 몰랐더라면 얼마나 좋았을까 하는 생각에 이르자 나는 모든 것에 짜증이 났다. 자기와 나 사이의 그 사소한 비밀들을 이렇게도 쉽게 이모님께 이야기하다니……. 게다가 그 자연스러운 어조, 그 침착함, 그 정직한 태도, 그 시원시원한 글…….

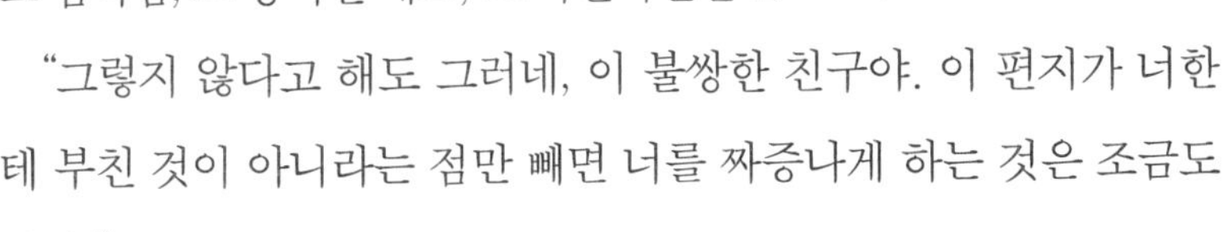

　"그렇지 않다고 해도 그러네, 이 불쌍한 친구야. 이 편지가 너한테 부친 것이 아니라는 점만 빼면 너를 짜증나게 하는 것은 조금도 없어."

　아벨이 말했다.

　그는 내 일상생활의 단짝이었고, 성격의 차이에도 불구하고 아니 오히려 그 차이 때문에 나도 아벨에게만은 여러 가지를 이야기할 수 있었다. 또 내가 외로울 때면 약한 마음, 동정을 구하는 마음, 스스로에 대한 불신임 그리고 내가 난감한 처지에 있을 때는 그의 충고에 대해 내가 지니고 있는 신뢰의 마음이 언제나 나를 그에게로 기울게 했다.

　"이 편지나 좀 연구해 보자."

　그는 편지를 책상 위에 펼치며 말했다.

이미 나는 사흘 밤을 노여운 마음으로 보냈으며, 그 노여움을 나흘이나 가슴 깊이 간직하고 있었다. 그러다가 아벨의 그럴듯한 이야기에 그만 이끌리고 말았다.

"쥘리에트와 테시에르, 이 한 쌍은 사랑의 불길 속에 내던져 버리자꾸나. 너나 나나 사랑의 불꽃에 대해서는 잘 알잖아. 테시에르는 그 불꽃에 타 버리기에 안성맞춤인 나방이지. 그렇게 생각하지 않니?"

"그런 이야기는 집어치워."

나는 그의 농담이 역겨워 말했다.

"나머지 문제나 이야기하자."

"나머지 문제?"

그가 말했다.

"나머지 문제야 모두 너에 관한 것이지. 한탄할 것이 있으면 한탄해 봐. 네 생각이 넘치지 않는 것이라고는 단 한 줄, 단 한마디도 없어. 편지 사연이 온통 너한테 부쳐진 것이라고 말할 수 있을 정돈데 뭘 그래. 펠리시 아주머니는 너한테 이 편지를 보여 주심으로써 결국은 편지가 진정한 수신인한테로 돌아오게 한 거야. 알리사가 이 마음씨 좋은 아주머니께 편지를 부칠 수밖에 없었던 것은 모두 네 탓이야. 도대체 네 이모한테 코르네유의 시구가 무슨 소용이 있겠니, 그렇지 않니? 말이 나는 김에 하는 말이지만 이것은 라신의 시야. 그러니까 알리사와 함께 이야기하고 있는 사람은 바로 너란 말이야. 알리사가 이런 것을 말하고 있는 것은 모두 네게야. 앞으로 두 주일 내에 알리사가 너한테 이만큼 길고 거리낌 없는 편지를 쓰도록 하지 못한다면, 너는 정말이지 바보야.”

“알리사가 도무지 그렇게 하지 않는데도!”

“알리사가 그렇게 하고 하지 않고는 네게 달려 있어. 내 생각 좀 들어 볼래? 지금부터 한동안은 너희들의 사랑이나 결혼에 대해서 한마디도 내비치지 마. 동생의 일 이후 알리사가 원망을 품고 있는 것이 바로 그 일 때문이란 걸 모르겠어? 그러니 앞으로는 로베르에 대해서만 공작을 하란 말이야. 너는 그 바보 녀석을 보살피는 참을성을 갖고 있으니까 계속해서 그것으로 알리사의 머리만 즐겁게 해 주면 돼. 나머지 일은 모두 잘될 거야. 아, 편지를 써야 할 사람이 나였다면…….”

“너는 그녀를 사랑할 자격이 없어.”

나는 아벨에게 쏘아붙였다. 그러면서도 나는 아벨의 의견을 따랐다. 그러자 과연 알리사의 편지는 다시금 생기를 띠기 시작했다. 그러나 나는 쥘리에트의 상황이 행복은 아니더라도, 그러니까 쥘리에트의 상황이 무엇으로든 결정되기 전에는 알리사로부터의 참다운 기쁨이나 거리낌 없이 내게 맡겨 버릴 마음을 기대할 수 없었다.

알리사가 보내 주는 쥘리에트에 대한 소식은 차차로 좋아졌다. 쥘리에트의 결혼식이 칠월에 거행된다는 것이다. 그리고 그때쯤에는 아벨과 내가 학업에 단단히 얽매어 있으리라는 것을 잘 알고 있다고도 써 보내 왔다. 나는 우리가 식에 참석하지 않는 편이 더 좋을 것으로 그녀가 판단하고 있다는 것을 짐작했다. 그래서 우리는 시험을 핑계 삼아 축하의 편지를 보내는 것으로 인사를 대신했다.

결혼식이 끝나고 약 2주일 정도 지나자 알리사에게서 편지가 왔다.

그리운 제롬.

내가 얼마나 얼떨떨했는지 짐작해 보렴. 네가 준 라신의 그 아름다운 시집을 어제 우연히 펼치다가 거의 십 년이 다 되도록 내 성경책 속에 간직하고 있는 너의 그 오래되고 자그마한 크리스마스카드에 적힌 몇 줄의 시구를 거기서도 발견했단다.

그 무슨 승리자의 매력이기에
세상에서 오늘 나를 주께로 이끄는가?
인간의 무리 위에 주춧돌을 쌓는 자는 불행하도다!

나는 이것이 코르네유가 주석을 단 시에서 뽑은 것인 줄 알았는데, 솔직히 말해 별로 신통하다고 여기지도 않았어. 그랬는데 영적인 제4송가를 읽다가 네게 알려 주지 않을 수 없을 만큼 아름다운 몇 구절을 찾아냈단다. 그 책의 여백에다 네가 함부로 적어 놓은 첫 글자들로 미루어 보면 아무래도 네가 알고 있는 모양이지만—아닌 게 아니라 나는 내가 좋아해서 그녀에게 알려 주고 싶은 구절이 있을 때마다 내 책이나 알리사의 책에 그녀의 이름 첫 글자를 함부로 써넣어 두는 버릇이 있었다—상관없어. 내가 옮겨 적은 것은 내 즐거움 때문이니까. 내가 발견했다고 생각했던 것이 사실은 네가 가르쳐 준 것이라는 걸 알게 되자 처음에는 속이 상했지만, 너도 나처럼 이것을 좋아했구나 하고 생각하니 어리석은 생각이 내 기쁨 앞에서 사라져 버렸단다. 여기에 다시 적으면서도 나는 꼭 너와 함께 이 글을 다시 읽는 듯해.

불멸하는 지혜의 목소리

울리며 우리를 가르치나니

인간의 아이들아, 너희의 심려가

맺는 열매는 무엇이뇨?

그 무슨 잘못으로, 허황한 영혼들아,

너희의 혈관의 가장 맑은 피로써

자양을 주는 빵이 아니라

더욱 허기지게 하는 그림자를

그래도 번번이 사 들이느뇨?

너희를 기르는 빵이 아니요,

전보다 한결 더 굶주리게 하는

한 줄기 그림자뿐인 것을.

내가 너희에게 권하는 이 빵은

천사들의 양식으로 쓰이는 것이려니

주께서 손수 밀알의 정수로써

만들어 내시는 양식이로다.

이토록 향기로운 이 빵이야말로

너희가 따르는 세상의 무리는

결코 식탁에 올리지 않는 것이니라.

나를 따르는 자에게 주리라.

가까이 오라. 살기를 원하느뇨?

잡거라, 먹거라 그리고 살라.

(중략)

행복되이 가치 있는 중생의 영혼은
주의 굴레 아래 평화를 찾으며
영원토록 마를 리 없는
힘찬 샘물로 목을 축이도다.
누구나 찾아와 마실 수 있는 물
이 물은 온갖 중생을 부르노라.
그러나 우리는 미친 듯이 날뛰며
진흙 구렁, 더러운 샘물이거나
언제나 생명의 물 달아나 버리는
거기에 가득 찬 괸 물을 찾노니.

얼마나 아름답니! 제롬, 이 얼마나 아름답느냐 말이야! 너도 나만큼
이 시를 아름답다고 생각할까? 내가 가지고 있는 판(版)의 조그만 주
석을 보면 도말르 양이 부르는 이 송가를 들으면서 맹트농 부인이 감
탄에 잠겨 '눈물마저 흘리고는' 그 곡의 일부를 되풀이시켰대. 나도
이제는 이 송가를 암송할 수 있는데, 아무리 읊어도 싫증나지 않아.
그저 하나 섭섭한 일은 네가 이 송가를 읽는 것을 들어 보지 못했다는
점이야.

신혼여행을 떠난 부부에게서는 계속해서 좋은 소식이 들려온단다. 지독한 더위에도 불구하고 배욘느와 비아리츠 등에서 쥘리에트가 얼마나 재미를 느꼈는지는 너도 이미 아는 일. 둘은 그 후에도 퐁타라비와 뷰르고스에 머물렀다가 피레네 산맥을 두 차례나 넘었대. 지금은 몽세라에서 쥘리에트가 감격에 찬 편지를 보내 왔어. 에두아르의 포도 수확을 준비하기 위해 9월 이전에 님으로 돌아올 예정인데, 그때까지 한 열흘쯤 바르셀로나에 머물 생각이래.

며칠 전부터 아버지와 나는 퐁그즈마르에 와 있단다. 애슈버튼 양도 내일이면 올 것이고 로베르도 나흘 후에는 오기로 되어 있어. 가엾게도 그 애가 시험에 실패했다는 것은 너도 알고 있겠지? 어려웠던 건 아니겠지만 시험관이 워낙 기묘한 문제들을 내는 바람에 그 애가 그만 당황했나 봐. 네 편지에 그 애가 열심히 공부한다고 쓰여 있어서 로베르가 시험 준비를 다하지 못했으리라고는 생각하지 않아. 아무래도 그 시험관은 학생들을 어리둥절하게 하는 것이 재미있는 모양이야.

제롬, 너의 합격에 대해서는 새삼스럽게 축하한다고 말할 필요가 없을 만큼 내게는 당연한 것으로 생각돼. 나는 너를 믿고 있을 뿐이야. 제롬, 네 생각을 하면 내 가슴은 온통 희망으로 부풀어 오른단다. 전에 이야기하던 그 연구를 당장에라도 시작할 수 있겠니?

이곳 정원은 무엇 하나 변하지 않았어. 그렇지만 집 안이 아주 텅 빈 것 같아. 내가 올해는 왜 오지 말라고 당부했는지 이해할 수 있겠지? 그렇게 하는 편이 좋을 것 같아. 속으로 이 말을 날마다 되풀이하고 있단다. 이렇게도 오랫동안 너를 만나지 않고 지내는 게 쓰라리기 때문에, 이따금 나도 모르게 너를 찾고 있을 때가 있어. 책을 읽다가 느닷없이 고개를 돌리곤 하지. 꼭 네가 거기 있는 듯해서 말이야!

다시 편지를 계속한다. 지금은 밤이야. 모두 잠들어 있어. 네게 편지를 쓰느라고 이렇게 늦게까지 열어젖힌 창 앞에 앉아 있단다. 정원이 온통 향긋한 냄새로 가득해. 바람도 따스하고. 생각나니? 우리가 어렸을 때, 무척 아름다운 무엇을 보거나 듣기만 하면 '감사합니다, 하나님. 이런 것들을 만들어 주셔서……' 하고 말하던 것을. 이 밤 나는 내 모든 마음으로 생각해. '감사합니다, 하나님. 이렇게 아름다운 이 밤을 만들어 주셔서!' 문득 네가 여기 있었으면 하는 생각이 들어. 아니, 네가 여기 있다는 걸 느끼고 있어. 바로 내 곁에. 아마 너도 느낄 수 있을 만큼이나 사무치는 힘으로 너를 느끼고 있어. 편지에서 너는 흔히 '고귀하게 태어난 영혼에게는' 감탄이 감사와 함께 얽혀 있다고 말했지. 아직도 쓰고 싶은 게 얼마나 많은지. 나는 지금 쥘리에트가 써 보낸 빛나는 나라를 생각해 보고 있어. 더 넓고, 더 빛나고, 더 황량한 나라들도 생각하고 있지. 언제 어떻게 될지 모르지만 우리가 잘 모르는 신비롭고 커다란 나라를 함께 보게 되리라는 이상한 신념이 내 마음속에 자리 잡고 있어.

얼마나 큰 기쁨의 용솟음으로, 그리고 얼마나 큰 사랑의 흐느낌으로 내가 이 편지를 읽었을지는 아마 쉽사리 짐작할 것이다. 다른 편지들도 뒤이어 왔다. 물론 알리사는 내가 퐁그즈마르에 가지 않은 것을 고마워했다.

분명히 그녀는 내가 그해에도 자기를 만나려고 하지 말기를 간청했다. 그러나 그녀는 내 부재를 아쉬워했고, 이제는 내가 있기를 바라고 있다. 한 장 한 장마다 나를 부르는 그녀의 한결같은 외침이 귓전에 울렸다.

이를 참아 낼 힘을 나는 어디서 얻었을까? 필경 아벨의 충고에서 얻었을 것이고, 갑자기 내 기쁨을 허물어뜨리지나 않을까 하는 두려움에서일 것이고, 그리고 내 마음의 이끌림에 대한 자연적인 긴장에서였을 것이다. 뒤이어 온 편지들 가운데서 나는 이 이야기와 관련 있는 것들을 모두 적어 보겠다.

그리운 제롬!

네 편지를 읽으면서 나는 기쁨으로 녹아들고 있어. 오르비에토에서 부친 네 편지에 답장을 하려는 참이었는데, 페루즈와 아시지에서 부친 편지가 동시에 도착했어. 내 마음은 여행 중이고 내 몸만 여기 있는 기분이야. 정말이지 나는 너와 함께 옹브리아의 하얀 길을 걷고 있단다. 아침이면 너와 함께 길을 떠나고, 새로운 눈으로 동터 오는 것을 보고……. 정말로 코르토느의 언덕에서는 나를 불렀니? 그래, 나는 들었단다……. 아시지 위의 그 산에서는 무섭게 목이 말랐지! 그렇지만 프란체스코회의 그 수도사가 주는 한 잔의 물이 어떻게나 맛이 좋았는지!

오오, 내 제롬! 나는 너를 거쳐서 무엇이든 보고 있어. 성 프란체스코에 대해 써 보내 준 이야기는 얼마나 좋았는지 몰라. 정말이야, 그렇잖니? 찾아야 할 것은 결코 마음의 해방이 아니라 바로 '감격'이야. 마음의 해방이란 것에는 언제고 그 얄미운 오만이 따르는 법이야. 야망이란 반항을 하기 위해서가 아니라 봉사하기 위해 써야 할 거야.

님에서 오는 소식들은 너무나도 좋은 것이어서 이제는 내가 보기에도 내가 기쁨에 몸을 맡기는 것을 하나님께서 허락해 주시는 것 같아. 이번 여름에 내게 있는 오직 하나의 근심은 가엾은 아버지의 상태야. 내 정성에도 불구하고 아버지는 늘 쓸쓸하게 보이신단다. 아버지 혼자 계시면 곧 그 쓸쓸한 기분에 사로잡혀서는 마음을 돌려 드리기가 점점 어렵게 돼. 자연의 온갖 기쁨이 우리 둘레에서 들려주는 이야기도 아버지에겐 낯선가 봐. 이제는 그런 이야기를 들으시려고도 하지 않아. 애슈버튼 양은 잘 지내고 계셔. 나는 두 분께 네 편지를 읽어 드린단다. 편지 하나면 사흘 정도는 이야깃거리가 되지. 그러다 보면 다음 편지가 도착하고…….

로베르는 그저께 여기를 떠났어. 남은 방학을 R이라는 친구 집에서 보내기로 했는데 R의 아버지는 모범 농장을 경영하고 계시대. 떠나겠다고 말할 때도 나는 그 애의 계획에 찬성할 수밖에 없었어.

할 말이 무척 많아. 나는 끊임없는 이야기에 목이 마르단다. 때때로 말이나 뚜렷한 생각이 더 이상 떠오르지 않을 때가 있는데—오늘 저녁도 나는 꿈꾸듯이 글을 쓰고 있지만—그저 어떤 무한한 행복을 주고받는 듯한 거의 숨막히는 느낌만을 지닌 채 말이야.

어떻게 우리가 그토록 긴 몇 달씩이나 서로 침묵하고 지낼 수 있었을까? 아무래도 동면을 하고 있었던 모양이야. 오, 그 무서운 침묵의 겨울이 영원히 끝나 버리기를! 너를 다시 찾고부터 삶도 생각도 우리의 영혼도 모두가 내게는 한없이 아름답고 사랑스럽고 풍요롭게만 여겨져.

9월 12일

피사에서의 네 편지는 잘 받았어. 우리가 있는 이곳 또한 희한한 날씨란다. 여태껏 내게는 노르망디가 이처럼 아름다워 본 적이 없어. 그제는 혼자서 발길 가는 대로 벌판 곳곳을 오랫동안 거닐었단다. 태양과 기쁨에 흠뻑 취해 돌아왔을 때는 피곤하다기보다 오히려 흥분되어 있었지. 활활 타는 태양 아래서 볏단들이 얼마나 아름다웠는지! 굳이 내가 이탈리아에 있다고 상상하지 않아도 온갖 것들이 놀랍도록 아름답게 보여.

그때 네가 말했듯이 자연의 '아련한 찬미가' 속에서 내가 듣고 이해한 것은 환희에의 권유야. 그 권유를 나는 새소리 하나하나에서 들으며, 꽃 하나하나의 향기 속에서 맡는단다. 그래서 나는 기도의 유일한 형식에는 예찬밖에는 없다는 사실을 이해할 수 있었고, 성 프란체스코와 함께 '주여! 주여!' 하며 '그것만이'를 형용할 수 없는 사랑에 가득 찬 마음으로 되풀이하고 있지.

그렇다고 내가 무식한 여인이 되지 않았나 하고 걱정하지는 마. 요즈음 책을 많이 읽었거든. 며칠 동안 비가 온 덕택에 나는 내 예찬을 흡사 책 속에 접어 넣다시피 했어. 《말르블랑슈》를 읽고 나서는 곧 라이프니츠의 《클라크에게의 편지》를 읽기 시작했지.

그러고는 좀 휴식할 생각으로 셸리의 《체인지》를 별로 즐거움 없이 읽었어. 《미모사》도 읽고. 네가 성을 낼지도 모르지만, 지난해 여름에 우리가 함께 읽었던 키츠의 오드네 편과 바꾼다면 셸리와 바이런 전부를 주어도 아깝지 않을 것 같아. '위대한 시인'이란 말은 아무런 의미도 없어. '순수한 시인'이라는 것, 그것이 중요하다고 생각해. 오, 제롬! 내게 이러한 모든 것을 알게 하고 이해시켜 주고 사랑할 수 있게 해서 고마워.

아니, 며칠 동안 만나 보는 즐거움을 위해 여행을 단축시키지는 말아. 아직은 만나지 않은 편이 더 나을 것 같아. 나를 믿어 줘. 네가 내 가까이에 있으면 나는 더 이상 지금보다 너를 생각하지 못할 거야. 나는 너를 괴롭히고 싶지 않지만, 네가 여기 있기를 더 바라지 않게 되었단다. 솔직히 말해서 네가 오늘 저녁에 온다는 것을 내가 알게 된다면 나는 달아나 버릴 거야. 오오, 제발 이 감정을 설명하라는 말은 말아 줘. 내가 알고 있는 것은, 나는 끊임없이 너를 생각하고 있고—네 행복을 위해서는 이것만으로도 충분할 테지만—그리고 나는 이대로도 행복하다는 거야.

이 마지막 편지를 받고 얼마 지나지 않아서, 그리고 이탈리아에서 귀국한 후 나는 곧 징집 명령을 받았고 낭시로 보내졌다. 나는 당시 아는 사람이 없었지만 혼자 있게 됨을 기꺼워했다. 왜냐하면 그녀의 편지만이 내 유일한 안식처이며, 또 그녀에 대한 추억만이 롱사르가 말했듯이 내 '유일한 완성의 실현'이라는 사실을 이렇게 고독한 상태에서 한결 더 뚜렷이 나타내기 때문이다.

솔직히 말하면, 우리에게 부과된 상당히 힘겨운 규율도 무척 유쾌한 마음으로 견뎌 냈다. 나는 모든 것에 대해 마음을 도사리고 있었고, 알리사에게 쓰는 편지들에서도 함께 있지 못함을 아쉬워할 뿐이었다. 그래서 우리는 이렇게 헤어져 있는 오랜 기간에도 우리의 용기에 어울리는 시련을 찾아내기까지 했다. '결코 하소연하지 않는 너'라고 알리사는 편지를 했다. 그녀의 말에 대한 증거를 보이기 위해서라면 무엇인들 내가 견디지 못했을까?

우리가 마지막으로 본 후 거의 일 년이 흘러갔다. 알리사는 그런 것을 생각해 보지도 않는 것 같았고, 그저 이제부터 자기의 기다림을 시작하는 모양이었다. 나는 그 점에 대해 그녀를 비난했다.

이탈리아에서 나는 너와 함께 있지 않았니(라고 그녀는 회답해 왔다). 은혜도 모르는 제롬, 나는 단 하루도 너를 떠난 일이 없어. 그러니 이제 잠시만 내가 너를 따라가지 않는 것을 이해해 다오. 그러니 이것이, 다만 이것이 내가 '이별'이라고 부르는 그것이야. 나는 군인 차림의 너를 상상해 보려고 무척 애를 써. 이건 정말이야. 하지만 그렇게 되지를 않아. 저녁 무렵, 걀베타 거리의 조그마한 방에서 글을 쓰고 있거나 책을 읽고 있는 너를 생각해 내는 것이 겨우 고작이야. 그리고 이것마저도 뚜렷하지를 않아. 정말 나는 1년 후 퐁그즈마르나 르아브르에서만 너를 만날 것 같아.

1년! 이미 지나 버린 날들을 나는 세지 않아. 내 희망은 오고 있는 미래의 한 점에 못 박고 있어. 천천히, 천천히 다가오고 있는 기억을 되살려 보렴. 정원의 깊숙한 안쪽 그 낮은 울타리, 그 밑에 바람을 피해 국화를 옮겨 놓고, 그 위로 우리가 위험스레 돌아다니던 곳을 쥘리에트와 너는 곧장 올라가서는 회교도처럼 겁도 없이 그 위를 성큼성큼 걸어 다니곤 했지. 그런데 나는 몇 걸음만 떼어놓아도 현기증이 났고 네가 밑에서 고함을 치곤 했지. '그러니까 발밑을 보지 말란 말야. 앞을 봐. 목표를 정해서 쉬지 말고 그대로 나가!' 그리고 마침내—말보다는 그리는 것이 더 나았지—너는 담 저쪽 끝으로 뛰어 올라가서는 나를 기다려 주었지. 그러면 나는 떨리지 않았어. 더 이상 현기증도 나지 않았고. 나는 너 이외에는 아무것도 보지 않았고, 팔을 벌리고 있는 네게로 뛰어갔지. 너에 대한 믿음이 없었다면 제롬, 나는 어떻게 되었을까? 나는 네가 강하다고 느껴야 해. 네게 나를 의지하는 것이 필요해. 약해지지 말아 줘.

일종의 반항심에서 일부러 그러는 듯 우리의 기다림을 연장하며, 또 불완전한 재회에 대한 두려움에서 나는 며칠 간의 설 휴가를 파리에 있는 애슈버튼 양의 곁에서 지내기로 했다.

앞에서도 말했지만 내가 옮겨 적고 있는 것은 편지의 전부가 아니다. 이월 중순경에 나는 다음과 같은 편지를 받았다.

그저께 파리의 거리를 지나다가 M 서점 진열대에서 나는 놀라운 것을 발견했어. 네가 알려 주기는 했지만 그 사실이 전혀 믿어지지 않았던 아벨의 책이 아주 거리낌 없이 진열되어 있는 것을 본 거야. 나는 참을 수가 없어서 서점으로 들어갔어.

하지만 그 제목이 내겐 너무도 야릇해 보여서 점원에게 말하기가 망설여졌어. 아무거나 다른 책을 하나 사 들고 책방을 뛰쳐나오는 장면까지 생각해 보았지. 다행히도 《교태》의 조그마한 더미가 계산대 옆에서 손님을 기다리고 있기에 한 권 뽑아 쥐고는 입을 열 필요도 없이 돈을 던졌어.

아벨이 자기 책을 보내 주지 않은 것에 대해 정말 감사하고 있어. 얼굴을 붉히지 않고는 책장을 넘길 수가 없더라고. 그 창피함은 책 자체 때문이라기보다는—그 책에서 나는 결국 야비함이라기보다는 우둔함을 한결 더 많이 본단다—아벨이, 내 친구인 아벨 보티에가 이 책을 썼구나 하고 생각하기가 창피한 거야. 《르탕》지의 평론가가 그 책에서 발견했다는 그 '훌륭한 재능'을 나는 페이지마다 찾아보았지만 헛수고였어. 르아브르의 조그만 사회에서는 아벨이 곧잘 화젯거리가 되는데, 나는 그 책에 대한 평이 무척 좋다고 듣고 있어. 이 고칠 길 없는 경박성을 평론가들은 '경묘함'이나 '우아함'으로 부르고 있지. 물론 나는 조심성 있게 신중함을 보이고 있고, 내가 읽은 것에 대해서는 오직 네게만 말할 뿐이야.

처음에는 올바르게 해석하시던 그 가엾은 보티에 목사님도 이제는 오히려 그 책에서 무슨 자랑거리나 될 게 없나 하고 생각하시기 시작한 것 같아. 그분 주위에 있는 사람들이 저마다 목사님이 그렇게 믿으시도록 애를 쓰고 있거든. 어제 플랑티에 이모님 댁에서 V라는 부인이 불쑥 '아주 기쁘시겠어요, 목사님. 아드님이 이토록 훌륭하게 성공을 하셨으니…….'라고 말씀하시니까, 목사님은 좀 당황해서 대답하시기를 '뭘요, 저는 아직 그렇게까지 생각하고 있지 않는데…….'라고 하시는 거야. '하지만 곧 그렇게 생각하실 거예요.'라고 이모님이 말씀하시자, 물론 악의는 없었지만 그 말씀하시는 투가 워낙 용기를 북돋우시는 투여서 모두 웃기 시작했지, 목사님까지도.

불바르의 극장에서 상연하려고 아벨이 준비하고 있다는 말이 들리고, 신문에서도 벌써부터 떠들어대기 시작한 〈신(新) 아벨라르〉가 상연되면 도대체 무슨 꼴이 될까? 가엾은 아벨, 그가 바라고 있는 만족할 수 있는 성공이라는 것이 정말 이런 것에 지나지 않는 걸까?

어제 나는 《마음의 위로》에서 이러한 글을 읽었어.

'진실하고도 영원한 영광을 참으로 바라는 자는 일시적인 영광을 마음에 두지 않느니라. 마음속에서 일시적인 영광을 멸시하지 않음을 스스로 거침없이 표시하는 자이니라.' 그리고 나는 생각했지. '주여, 지상의 아무런 영광과도 비길 수 없는 이 성스러운 영광을 위해 제롬을 선택해 주신 것에 감사하나이다.'

몇 주일 몇 달이 단조로운 근무 속에서 흘러갔다. 그러나 내 생각이 갖가지 추억이나 희망에만 걸려 있음인지 나는 세월이 느리다거나 시간이 길다는 것을 별로 느끼지 못했다.

외삼촌과 알리사는 6월에 님 가까이로 쥘리에트를 만나러 가기로 되어 있었다. 쥘리에트는 당시 해산을 기다리고 있었다. 하지만 좋지

못한 소식이 그들의 출발을 서두르게 했다. 알리사한테서 다음과 같
은 편지가 왔다.

르아브르로 부친 너의 마지막 편지가, 우리가 그곳을 떠난 직후에
도착했어. 1주일이 지나서야 겨우 이곳에 있는 내 손에 들어왔구나.
어떻게 된 영문인지?

한 주일 내내 나는 무언가 빈 것 같고, 무섭고, 불안하고, 오므라드
는 느낌 속에서 지냈어. 오, 내 제롬. 나는 이제 더 이상 내가 아니고,
너와 함께 할 때만 나 자신일 수 있어.

쥘리에트는 다시 건강해져 가고 있단다. 별다른 걱정 없이 그 애의
해산을 기다리고 있는 중이야. 오늘 아침 그 애는 내가 네게 편지 쓰고
있다는 것도 알고 있어. 우리가 에그비브에 도착한 다음날 그 애가 묻
더구나.

"제롬은 어때? 오빠 여전히 언니한테 편지하지?"

그래서 내가 감추지 못하고 말을 하자,

"이번에 언니가 편지할 때는 오빠에게 말해 줘."

하고 한동안 망설이더니 아주 부드럽게 미소를 지으면서 내게 말
했어.

"내가 다 나았다고."

한결같이 즐겁기만 한 쥘리에트의 편지를 받아 보면서도 나는 그 애
가 억지로 행복을 가장하고 있지나 않을까 걱정했는데, 그 애가 행복이
라고 생각하는 것들은 전에 꿈꾸던 것, 그 애의 행복을 좌우하는 듯싶

던 것들과는 너무도 거리가 멀어졌어. 아, '행복'이라고 하는 것은 어쩌면 그렇게도 영혼과 밀접한 것일까. 그리고 행복을 외적으로 형성하고 있는 듯한 요소들은 어쩌면 이다지도 부질없는 것일까? 벌판을 홀로 걸으면서 내가 생각했던 그 많은 일들을 모두 네게 쓰지는 않겠어. 다만 벌판을 산책하면서 내가 놀란 건 이제는 나 자신이 즐거운 마음을 느끼지 못한다는 사실이야. 쥘리에트의 행복이 나를 걷잡을 수 없는 우울에 사로잡히게 한 것일까? 내가 느끼는, 아니 적어도 내가 바라보는 이 고장의 아름다움조차 오히려 설명할 길 없는 슬픔을 돋우어 줄 따름이야. 또한 네가 이탈리아에서 편지하던 그 무렵 나는 너를 통해 모든 것을 바라볼 줄도 알았어. 그런데 지금은 네가 없이 나 혼자서 바라보는 모든 것이 내가 네게서 훔쳐 내고 있는 것만 같아. 결국 나는 퐁그즈마르나 르아브르에 있을 때는 울적한 날에 대비하기 위해 견디어 내는 힘을 기르고 있었는데, 여기 와서 보니 이 힘은 이미 아무런 소용도 되지 않고 있으니, 항상 불안하기만 해. 사람들과 이 고장의 즐거움도 역겨워. 어쩌면 내가 슬프다고 부르는 상태란 단순히 그들처럼 떠들썩한 상태가 아니라는 것에 불과할까? 아무래도 전에는 내 기쁨에 무슨 오만이 깃들어 있었나 봐. 지금 이 지방의 즐거운 분위기에 휩싸여 있으면서도 나는 무엇인가 굴욕적인 기분을 느끼고 있어.

이곳에 있게 된 후로는 기도도 별로 드리지 못했어. 하나님도 이제는 그전 자리에 계시지 않는다는 어린애 같은 느낌을 맛보고 있지. 잘 있어. 이만 총총히. 이러한 모욕적인 말, 내 약한 마음, 내 서글픔이 부끄럽고 또 그것을 고백한다는 것과, 우체부가 오늘 저녁에 가져가지

않는다면 내일은 갈기갈기 찢어 버릴 것 같은 이런 모든 것을 내보낸
다는 것이 부끄럽기만 하다.

다음번에 온 편지는 그녀 자신이 대모가 되는 조카딸의 출생과 쥘
리에트의 기쁨, 외삼촌의 기쁨에 대해서만 이야기할 따름이었다. 그
녀 자신의 느낌에 대해서는 더 이상 문제삼지도 않았다.
그러자 퐁그즈마르의 소인이 찍힌 편지가 오기 시작했고, 쥘리에
트도 칠월에는 그곳에 와 있었다.

오늘 아침 에두아르 씨와 쥘리에트가 우리를 떠났어. 무엇보다도
그 귀여운 갓난아기가 떠난 것이 서운해. 여섯 달 후에 다시 보게 되겠
지만, 그때는 이미 그 몸짓도 알아보지 못하게 되겠지. 나는 그 아이의
몸짓 하나하나를 모두 빼놓지 않고 지켜보았어. 생성이란 언제나 참
으로 신비롭고 놀라워. 우리가 평소 조금만 주의를 기울인다면 놀랄
일은 더 많을 거야. 희망에 가득 찬 그 조그만 요람을 굽어보며 나는
몇 시간을 보냈는지 몰라. 그 무슨 이기심 때문인지 만족과 선에 대한
갈망은 그토록 쉽게 감퇴되고, 발전은 그리도 빨리 멈추는지, 온갖 피
조물은 왜 그처럼 하나님에게서 멀리 자리를 잡는 걸까? 오, 그러나
우리가 주께로 좀 더 가까이 갈 수만 있다면, 가까워지기를 원하기만
한다면…… 얼마나 아름다운 격려를 받을 것인가!
쥘리에트는 아주 행복해 보여. 처음에 나는 그 애가 피아노도, 독서
도 그만두는 것을 보고 슬펐지만 에두아르 씨는 음악을 좋아하지도 않

고, 책에도 별다른 취미를 갖고 있지 않은 것 같아. 남편이 자신을 따라오지 않는다면 즐거움을 찾지 않는 쥘리에트야말로 분명 현명한 것인지도 몰라. 반대로 쥘리에트는 남편의 일에 흥미를 붙이고 있고, 그 애 남편도 자기가 하는 모든 사업에 대해 그 애가 잘 알 수 있도록 해 주는 모양이야. 금년 들어서는 사업 규모가 무척 커졌대. 르아브르에 귀한 단골손님들이 생긴 것도 다 이 결혼 때문이라고 에두아르는 곧잘 농담을 한단다.

요전번에는 로베르도 사업차 에두아르 씨와 동행했는데, 에두아르 씨가 그 애를 무척 잘 보살펴 주나 봐. 그 애의 성격을 잘 안다고 장담하면서 그 애가 이런 종류의 사업에 진정으로 재미를 붙이게 될 것이라고 즐거워하고 있단다.

아버님은 훨씬 나아지셨어. 딸이 행복해하는 것을 보시자 다시 젊어지시는 것 같아. 농장이나 정원 일에도 전처럼 재미를 붙이셨지. 또 애슈버튼 양과 셋이서 시작했다가 테시에르 가족이 와서 중단되었던 책 낭송을 나더러 다시 해 달라고 청하셨어. 내가 그런 식으로 두 분에게 읽어 드리고 있는 것은 휴브너 남작의 여행기인데, 정작 나 자신도 아주 재미있게 읽고 있어. 이제부터는 나도 책 읽을 시간을 좀 더 많이 갖게 될 거야.

하지만 네가 어떤 책을 읽으라는 지시를 내리기를 기다리는 중이지. 오늘 아침 여러 가지 책을 뒤적여 보았지만 어느 하나도 마음에 들지 않았어……

알리사의 편지는 이때부터 더욱 혼란해지고 더욱 절박해졌다. 여름이 끝날 무렵 그녀는 이런 편지를 내게 써 보냈다.

네가 걱정하고 있지나 않을까 하는 두려움이 내가 너를 얼마나 기다리고 있는지를 말하지 못하게 하지만, 너를 다시 만날 때까지의 하루하루가 무거운 짐이 되어 나를 짓누른다. 아직도 2달……. 그 시간이 내게는 너와 멀리 떨어져 지낸 그 모든 시간보다 훨씬 길게 느껴져. 기다리는 마음을 잊어버리려고 애를 쓰면서 우스꽝스럽게도 보는 것마다 거짓으로 생각되고, 그래서 나는 아무것에도 마음을 기울이지 못하겠어. 책도 이제는 내게 힘이 되어 주지 못하고, 산책도 아무런 재미가 없으며, 대자연도 그 위력을 잃고, 정원도 퇴색되어 향기를 잃어버린 것 같아. 차라리 너의 그 고된 과업이, 네가 선택하는 것이 아닌 의무적인 그 훈련, 끊임없이 너를 네 자신에게서 떼어놓고 너를 피곤케 하며 하루의 일을 쏜살같이 만들고 저녁이면 피곤해서 축 늘어지는 너를 잠 속으로 휘모는 그 고된 과업이 부러워. 훈련에 대해 써 보낸 너의 감동적인 묘사가 내 마음을 온통 사로잡고 있어. 잠을 이루지 못하는 요즘의 며칠 밤, 몇 번씩이나 나는 기상나팔이 울리는 소리에 벌떡 일어나곤 했지. 정말 그 소리가 들리는 것 같았거든. 네가 이야기해 준 그 가벼운 도취, 새벽녘의 그 기쁨, 눈부신 그 순간의 황홀감, 나는 정말 이러한 것들을 쉽게 상상할 수가 있어. 새벽의 그 얼어붙은 눈부심 속에서 말제빌르의 고지가 얼마나 아름다웠을지…….

얼마 전부터 나는 몸이 좋지를 않아. 그러나 대수로운 건 아냐. 그저 너를 좀 지나치게 기다린 탓이라고 생각해.

그리고 6주일 후에.

이것이 내 마지막 편지야. 제롬, 네 귀환 일자에 대해 아직 확정되지 않았다고는 하지만 그 날짜가 아주 늦어질 수는 없을 거야. 그래서 이제는 네게 편지할 시간도 없을 것 같아. 퐁그즈마르에서 너를 만나고 싶었지만 요즘 날씨가 나빠지고 몹시 추워서 아버지는 시내로 돌아가자는 말씀밖에 하지 않으셔. 이제 쥘리에트도 없고 로베르도 없어서 네가 이곳에 머무르기가 훨씬 쉬울 수도 있겠지만, 아무래도 네가 펠리시 고모님 댁에 있는 편이 좋을 것 같아. 고모님도 그렇게 하는 걸 좋아하실 테고…….

재회의 날이 가까워져 올수록 기다리는 마음이 점점 더 걱정스런 마음으로 바뀌어 거의 두려움이라고 할 만한 느낌이야. 그토록 바라고 바라던 너의 귀환이 이제는 두려워지는 것 같아. 더 이상 이런 것을 생각하지 않으려고 애쓰고 있지만, 네가 누르는 초인종 소리, 층계를 올라오는 네 발자국 소리를 상상하기만 해도 심장의 고동이 멈추고 가슴이 꽉 막히는 듯해. 무엇보다도 내가 얘기할 것에 대해 조금도 기대를 갖지 마. 내 과거가 거기서 끝장나 버리는 것 같으니까. 내 삶이 멈추는 듯, 그 너머 저쪽으로는 아무것도 보이지 않을 때…….

그러나 그로부터 나흘 후에, 즉 내 제대 1주일 전에 아주 짧은 편지를 다시 한 번 받았다.

제롬, 르아브르에서의 너의 체류와 우리가 처음 만나는 시간을 지나치게 연장시키려고 노력하지 않는 것에 나는 전적으로 찬성해. 벌써 서로 편지하는 것 말고 또 무슨 말이 남아 있겠니? 그러나 학교 등록 때문에 28일까지 파리에 가야 한다면 조금도 주저하지 말고 가도록 해. 함께 있는 시간이 이틀밖에 되지 않는다고 해서 섭섭하게 여기지는 말아 줘. 우리에게는 앞으로도 많은 날들이 남아 있잖아.

6

우리의 첫 재회가 이루어진 곳은 플랑티에 이모님 댁이다. 군복무 때문인지 나는 갑자기 내가 둔해지고 무거워진 느낌이었다. 이어서 나는 그녀도 내가 변했다고 여기고 있다는 것을 느낄 수 있었다. 그러나 우리 사이에 이런 거짓된 첫인상이 뭐 그리 중요하겠는가? 나는 이제 더 이상 그녀를 똑바로 쳐다볼 수 없지나 않을까 하는 두려움 때문에 처음에는 그녀를 바라보지도 못했고, 아니 사람들이 우리에게 약혼자끼리 하는 어처구니없는 구실을 억지로 떠맡기던 것과 우리 둘만을 남겨 놓으려고 저마다 서둘러 우리 앞을 물러나 버린 것이 오히려 우리를 난처하게 했다.

"하지만 고모님, 우리에게는 고모님이 조금도 방해되지 않아요. 우리에게는 남몰래 소곤거릴 비밀 얘기가 없거든요."

이모님이 자리를 피하시려고 지나치게 애쓰시는 것을 보고 마침내 알리사가 이렇게 부르짖었다.

"천만에, 그렇지 않을 게다. 애들아, 나는 너희들을 아주 잘 알아. 서로 만나지도 못하고 오랫동안 떨어져 있었을 때는 서로에게 할 애기가 산더미같이 있는 법이지……."

"제발 부탁이에요, 고모님. 고모님이 나가신다면 우리는 기분이 무척 상하고 말 거예요."

이 말을 할 때의 목소리는 거의 화가 난 것 같아서 알리사의 목소리라고 여겨지지 않았다.

"이모님, 만약 이모님이 나가 버리시면 우리는 아마 한 마디도 주고받지 못할 거예요."

나는 웃으면서 덧붙였다. 그러나 나는 단둘이 남게 된다는 생각에 자신도 모르는 두려움에 휩싸여서 말했다.

그래서 세 사람 사이에는 짐짓 즐거운 척하면서도 저마다 억지 신명을 내는 너절한 이야기가 계속되었다. 외삼촌이 점심에 나를 부르셨기 때문에 우리는 그 다음날 다시 만났다. 그래서 그날 오후에는 이런 희극을 끝내는 것이 오히려 다행스러워 우리는 아무렇지도 않게 헤어지고 말았다.

나는 식사 시간 훨씬 전에 찾아갔으나, 알리사는 어떤 여자 친구와 이야기를 나누고 있었다. 알리사는 일부러 그 친구를 돌려보내지 않았고, 그 친구도 눈치 있게 돌아가려고 하지 않았다. 마침내 그 애가 우리 둘만을 남겨 놓았을 때, 나는 알리사가 그 친구를 붙들지 않는 것에 짐짓 놀라는 척했다. 전날 밤 잠을 잘 이루지 못해 피곤했던 우리는 둘 다 신경이 날카로웠다. 외삼촌이 들어오셨다. 알리사는 내가 외삼촌도 늙으셨구나 하고 생각하고 있음을 눈치챘다. 외삼촌은 귀가 어두워져서 이제는 사람의 말소리를 잘 알아듣지 못하셨다. 그래서 알아들으시도록 큰 소리를 내야 하는 까닭에 내 이야기는 뒤죽박죽 김이 빠졌다.

점심 식사 후 플랑티에 이모님은 약속대로 우리를 마차로 데리러 오셨다. 이모님은 알리사와 내가 가장 기분 좋은 곳을 걸어오게 하실 작정으로 오르셰까지 태워다 주셨다.

계절에 비해 날씨는 무척 더웠다. 우리가 걸어오게 된 언덕길 부근은 햇살에 드러나 아무런 정취도 없었다. 헐벗은 나무들은 우리에게 그늘을 허락해 주지 않았다. 이모님이 기다리고 계실 마차가 서 있는 데까지 빨리 다다르려는 잔격정에 사로잡힌 우리는 무리하게 걸음을 빨리 했다. 골이 패는 듯이 죄어진 머리에서 나는 아무런 생각도 짜내지 못했다. 외양을 갖추기 위해서인지, 이러한 동작이 말을 대신할 수 있다는 것에서인지 나는 걸어가면서 알리사가 내맡긴 손을 쥐고 있었다. 흥분, 빠른 걸음의 숨가쁨, 그리고 침묵이 주는 어색함, 그런 것들 때문에 우리의 얼굴에는 피가 몰려 왔다. 나는 관자놀이가 뛰는 소리를 들었다. 알리사의 얼굴은 보기 흉할 만큼 상기되었다. 그러자 곧 우리는 땀에 젖은 손을 붙들고 있다는 어색함을 느끼고 쓸쓸히 손을 내려뜨렸다.

우리가 너무 급히 왔고, 우리에게 이야기할 시간을 주시려고 이모님은 딴 길로 돌아서 아주 천천히 마차를 몰고 오셨기 때문에 우리는 이모님보다 훨씬 전에 네거리에 도착했다. 우리는 언덕 비탈에 앉았다. 갑자기 불기 시작한 찬바람이 우리를 오싹하게 했다. 땀에 젖어 있었기 때문이다. 그때 우리는 마차를 마중하기 위해 일어섰다.

그러나 무엇보다도 안된 일은 이모님의 그 지성스러운 염려였다. 우리가 실컷 이야기했을 것이라고 믿고 계시는 이모님은 대뜸 우리의 약혼에 대해 캐묻기 시작하셨다. 참다못해 두 눈에 눈물이 가득 어린 알리사는 머리가 몹시 아프다며 핑계를 댔다. 그 귀가는 조용한 가운데 끝이 났다.

다음날, 나는 온몸이 뻐근하고 아픈 가운데 잠에서 깼기 때문에 정오가 지나서야 뷰콜렝 댁에 가 보기로 마음먹었다. 공교롭게도 알리사는 누군가와 같이 있었다. 펠리시 이모님의 손녀 중 한 명인 마들레느 플랑티에가 거기 있었다. 나는 알리사가 그 애와 곧잘 이야기하기를 좋아한다는 것을 알고 있었다. 그 애는 며칠 동안 제 할머니 댁에 머물렀는데, 내가 들어서자 큰 소리로 말했다.

"여기서 가실 때 산마루로 돌아가신다면 같이 갈 수 있을 거예요."

나는 기계적으로 승낙해 버렸다. 그렇게 되어 나는 알리사와 단둘이 만나지 못했다. 하지만 그 귀여운 애가 있는 것이 확실히 우리에게는 도움이 되었다. 전날과 같은 견디기 힘든 어색함을 겪지 않을 수 있었기 때문이다. 우리 세 사람 사이에는 곧 쉽게 이야기가 이루어졌고, 처음에 내가 두려워했던 것보다 겉치레는 훨씬 덜했다. 내가 알리사에게 작별 인사를 하자 그녀는 미묘한 미소를 지어 보였다. 그녀는 그때까지도 그 다음날이면 내가 떠난다는 것을 알지 못하고 있는 듯했다. 게다가 며칠 내에 다시 만나리라는 예상은 내 작별 인사가 일으킬 수도 있었을 씁쓸함을 거두었다.

그러나 저녁을 마친 다음 알 수 없는 불만이 밀려와 나는 다시 시내로 내려가 뷰콜렝 댁의 초인종을 누르기로 작정할 때까지 근 한 시간이나 헤매고 다녔다. 내게 문을 열어 준 것은 외삼촌이었다. 알리사는 몸이 불편해서 이미 제 방에 올라갔는데, 아마 곧 드러누웠을 것이라는 말씀이었다. 나는 잠시 외삼촌과 이야기를 나누다가 나왔다.

이렇게 빗나가 버린 모든 일에 너무도 화가 나지만, 이제 와서 통탄해 본들 부질없는 일일 것이다. 설령 모든 일이 우리를 도와주었다고 해도 우리는 역시 그런 서먹서먹한 느낌을 꾸며냈을지도 모른다. 그러나 알리사도 마찬가지로 그 서먹서먹함을 느꼈다는 것, 그것이 무엇보다도 나를 슬프게 했다. 파리로 돌아와서 곧 받은 편지가 여기 있다.

제롬, 그 무슨 서글픈 재회였냐 말이야. 그렇게 된 잘못을 너는 남에게 돌리는 듯 보였지만, 네 자신도 꼭 그렇다고 확신하진 못했을 거야. 이제 나는 앞으로도 언제나 이러하리라는 생각이 들어. 아, 제발, 이제는 더 이상 만나지 말자꾸나.

서로 할 이야기가 많은데도 자리를 잘못 잡은 듯한 그 어색한 느낌과 침묵은 도대체 무슨 까닭일까? 네가 돌아온 첫날, 나는 그 침묵조차도 즐거웠어. 그 침묵은 흩어져 버릴 것이며 너는 내게 희한한 것들을 들려주리라고 믿었기 때문이야. 그러기 전에 네가 떠나 버릴 수는 없었어.

　그러나 오르셰에서의 침울한 산책이 침묵 속에서 끝나는 것을 보았을 때, 특히 우리의 손이 서로의 손을 아무런 희망도 없이 떨어뜨렸을 때 내 가슴은 비탄과 고통으로 일그러지는 줄 알았어. 그러고도 나를 가장 서글프게 한 것은 네 손이 내 손을 놓아 버렸다는 그 사실이 아니라, 혹시 네 손이 그렇게 하지 않고 있었다면 반드시 내 손이 먼저 그랬으리라고 느껴지는 일이었지.

　그 이튿날—바로 어제였지—나는 아침 내내 너를 미칠 듯이 기다렸어. 집에 가만히 있기에는 너무도 답답하고 초조해서 네가 방파제 어디로 오면 나를 만나리라는 말을 집에 남기고서 나는 뛰쳐나왔어. 한참이나 바다의 거친 파도를 바라보며 꼼짝하지 않고 있는데, 너 없이 나 혼자서 바라본다는 것이 너무나도 가슴 아픈 느낌이었어. 나는 갑자기 네가 이 방에서 나를 기다리고 있을지도 모른다는 생각이 들어서 집으로 다시 돌아왔어. 오후에는 나 혼자 있지 못하리라는 것을 알고 있었지. 마들레느가 그 전날 우리 집에 들르겠다고 했거든. 너와는 아침에 만나게 될 줄 알고서 마들레느에게 들러도 좋다고 말했지. 그러나 마들레느가 와 있던 덕택에 이번 우리의 재회에서 유일한 즐거운 시간을 가질 수 있었던 것 같아. 나는 거리낌 없는 이 대화가 이제부터 오래오래 계속되리라는 야릇한 생각을 잠시 동안 지니기도 했지. 내가 마들레느와 함께 앉아 있던 긴 의자로 네가 다가와 나를 향해 몸을 굽히면서 '잘 있어.' 했을 때 나는 아무런 대답도 할 수 없었어. 모든 것이 다 끝나는 듯했지. 나는 갑자기 네가 떠난다는 것을 깨달았어.

네가 마들레느와 함께 나가 버리자, 그런 일이란 결코 있을 수 있는 일이 아닐 뿐 아니라 아무래도 견딜 수 없는 일이라고 여겨졌어. 내가 다시 뛰쳐나왔다는 걸 너는 알까? 네게 다시 말을 하고 싶었고, 내가 하지 않았던 모든 이야기를 그때서야 비로소 들려주고 싶었던 거야. 나는 이미 플랑티에 댁으로 달리고 있었어. 그러나 너무 늦었지. 내게는 시간도 없었고, 감히 할 수도 없었어. 실망한 나는 다시 돌아왔어. 편지를 쓰려고 말이야. 나는 더 이상 네게 편지하고 싶지 않았지만…… 작별의 편지를 쓰기로 했어. 왜냐하면 우리가 편지를 주고받는 일은 도대체 하나의 커다란 환영에 지나지 않아. 우리는 슬프게도 저마다 자기 자신에게만 편지를 썼던 거야……. 아, 제롬! 우리는 언제나 멀리 떨어져 있었다는 것을 그때서야 비로소 너무도 뚜렷이 느꼈어.

그러나 나는 그 편지를 찢어 버렸어. 그리고 지금 또다시 쓰고 있는 거야. 거의 처음과 똑같은 편지를. 오, 나는 결코 너를 전보다 덜 사랑하고 있는 게 아니야. 제롬! 오히려 그 반대로 네가 내게로 가까이 오던 순간에 나는 어색하고 굳은 표정을 짓긴 했지만, 그때처럼 나는 너를 깊이 사랑하고 있다고 필사적으로 느낀 적은 없었어. 솔직히 말해서 나는 너와의 재회가 두려웠고 또 너와 멀리 떨어져 있을 때에 더욱 너를 사랑했기 때문이야. 이미 전부터 너와의 재회 때 이럴까 봐 걱정하고 있었지만 아, 그토록 바라던 상봉은 내 추측이 옳았음을 일깨워 주고 말았어. 제롬, 너 역시 이것만은 인정하지 않을 수 없을 거야. 잘 있어. 이토록 사랑하는 제롬, 하나님이 너를 지켜 주시고 인도해 주시

기를. 인간은 오직 하나님 곁으로만 마음 놓고 가까이 갈 수 있는 것인
가 봐.

그리고 이 사연만으로는 아직도 나를 충분히 고통스럽게 만들지
않았다는 듯이, 다음날 그녀는 여기에 다음과 같은 추신을 덧붙였다.

　우리 두 사람 모두에게 관계되는 일에 네가 좀 더 신중한 생각을 하
길 부탁하지 않고는 이 편지를 네게 보내고 싶지 않아. 너와 나 사이에
남아 있어야 할 일을 쥘리에트나 아벨에게 들려줌으로써 네가 내 마음
을 쓰라리게 한 적이 몇 번인지 몰라. 바로 이런 점에서도, 네가 짐작
하기 훨씬 전부터 내게는 네 사랑이 무엇보다도 먼저 머릿속의 사랑이
었고, 애정과 신의에 대한 아름답고 지적인 집착에 지나지 않는다고
생각했어.

내가 이 편지를 아벨에게 보이지나 않을까 하는 의구가 마지막 몇
줄을 적어 넣게 했음에 틀림없었다. 도대체 그 무슨 날카로운 예감이
그녀를 이처럼 조심성 있게 만들었을까. 요즘 그녀는 내 이야기 가운
데서 아벨의 조언이 다소 반영되었다고 느꼈던 것일까?
　나는 이때부터 나 자신이 아벨과는 무척 거리가 있음을 느꼈다. 우
리는 서로 다른 두 갈래 길을 더듬고 있었다. 그러니 이런 충고는 내
설움의 쓰라린 점을 나 혼자서 짊어지도록 가르쳐 주기 위한 것이라
면 아무 소용도 없었다.

뒤이은 사흘 동안을 나는 고민 속에서 보냈다. 나는 알리사에게 답장을 쓰고 싶었다. 그러나 너무 차근차근한 논쟁이나 너무 격렬한 항변, 어설프게 빗나간 단 한마디 말 때문에 우리의 상처를 아물게 할 길이 없을 정도로 깊게 할까 봐 두렵기도 했다. 내 사랑이 몸부림치는 편지를 열 번도 더 고쳐 쓰게 만들곤 했다. 마침내 부치기로 결심했던 편지의 사본, 눈물에 씻긴 이 종이는 오늘에 와서도 눈물 없이는 다시 읽을 수가 없다.

알리사! 나를 그리고 우리를 불쌍히 여겨 다오. 네 편지는 나를 아프게 했어. 네 걱정을 그저 웃어넘길 수 있다면 얼마나 좋을까. 그래, 네가 내게 써 보낸 모든 것을 나도 느끼고 있었어. 하지만 나는 네게 그 말을 하기가 두려웠어. 한낱 상상에 지나지 않는 것에다 너는 얼마나 무서운 현실성을 부여하고 있으며, 또 너는 그것을 너와 나 사이에 얼마나 두텁게 만들고 있는지……

만약 네가 나를 그전처럼 사랑하지 않는다면, 이제 아아! 네 편지 전체가 부인하고 있는 이런 참혹한 가정을 떨쳐 버리고 싶어. 그러나 그러고 보면 일시적인 네 두려움쯤이야 아무래도 좋아. 알리사! 이름을 부르려고 하면 입이 얼어붙는다. 오직 내 가슴의 신음 소리밖에는 아무것도 들리지 않아. 기교를 부리기에는 나는 너무도 너를 사랑하고 있어. 그리고 너를 사랑하면 할수록 점점 더 나는 말을 하지 못하겠구나. '머릿속의 사랑'…… 이것에 대해 내가 무어라고 말을 해야 할까? 내 온 넋을 다해 널 사랑하고 있는데, 어떻게 내가 내 지성과 애정을 구분할 수 있을까? 너의 가혹한 비난의 원인이 되어 있는 우리의 편지 왕래가, 또 그러한 편지 왕래 때문에 기분이 잔뜩 고무되었던 우리에게 뒤이어 찾아온 현실에의 전락이 이토록 쓰라린 상처를 주었기 때문에, 더욱이 네가 편지를 한다 하더라도 이제는 다만 너 자신에게 편지를 하는 것뿐이라고 생각할 것이기 때문에, 그리고 이번 편지와 비슷한 또 다른 편지를 견뎌 내기에는 내가 너무 힘에 겹기 때문에 부탁하는데, 우리 사이의 편지 왕래는 당분간 멈추기로 하자.

이 편지에 계속해서 나는 그녀의 판단에 항변하고 생각을 다시 하도록 호소했으며, 다시 한 번 만날 약속을 해 달라고 간청했다. 요전 번은 모든 것이 뒤틀린 상봉이었다. 무대 장치며 단역 배우며 계절이며 도무지 어긋난 것뿐이었고, 열이 올라 있던 편지 왕래마저도 우리의 재회를 위해 별다른 준비를 하지 못한 것이었다. 이번에는 우리가 서로 만나기 전에 오직 침묵만을 지키리라……. 나는 돌아오는 봄에, 퐁그즈마르에서 우리의 재회를 갖고 싶었다. 그곳에서라면 외삼촌도 반갑게 맞아 주실 것이고, 또 부활절 방학 때 그녀가 좋다고 생각되는 며칠 동안 그곳에서 머무르고 싶었다.

내 결심은 아주 확고했기 때문에 나는 편지를 부치고 나서 곧 학업에 열중할 수 있었다.

그해 그믐이 가기 전, 나는 알리사를 다시 만나지 않을 수 없었다. 몇 달 전부터 건강이 나빠지고 있던 애슈버튼 양이 크리스마스 나흘 전에 돌아가셨기 때문이다. 군대에서 돌아온 이후 나는 다시금 그녀와 함께 살고 있었고, 그리고 거의 그녀 곁을 떠나지 않았다. 그래서 나는 그녀의 임종도 지켜볼 수 있었다. 알리사에게서 온 엽서는 그녀가 내 슬픔보다도 우리의 침묵의 맹세를 더욱 마음에 간직하고 있다는 것을 깨닫도록 해 주었다. 외삼촌이 참석하시지 못하기 때문에 자기가 매장만이라도 보기 위해 잠시 들르겠다는 것이었다.

장례식에서도, 또 상여를 뒤따라 갈 때도, 사람이라곤 그녀와 나 둘뿐이었다. 옆에서 나란히 걸어가면서도 우리는 겨우 몇 마디만을 나누었을 뿐이다. 그러나 교회에서 그녀가 내 곁에 앉아 있었을 때, 나는 그녀의 눈길이 내 위에 다정히 얹혀 오는 것을 몇 번이나 느꼈다.

"그럼 잘 알았지?"

헤어질 무렵에 그녀가 말했다.

"응, 하지만 부활절에는……."

"기다리고 있을게."

우리는 묘지 어귀에 있었다. 나는 역까지 바래다주겠다고 말했다. 그러나 그녀는 지나가는 마차를 향해 손짓하더니 작별 인사 한마디 없이 나를 떠나갔다.

7

"알리사가 정원에서 널 기다리고 있다."

사월 그믐께 내가 퐁그즈마르에 도착했을 때였다. 아버지처럼 자애롭게 나를 껴안아 주신 외삼촌께서 말씀하셨다. 알리사가 나를 마중 나오지 않아 처음에는 실망했지만, 나는 곧 그녀가 다시 만나게 된 첫 순간의 범속한 인사치레를 서로 생략할 수 있게 해 준 것이 고마웠다.

그녀는 정원 깊숙한 안쪽에 있었다. 해마다 이 계절이면 활짝 피는 라일락, 마가목, 금잔화, 웨즐리아 등의 꽃 덩굴로 빽빽이 둘러싸여 있는 둥그런 길 갈림터 쪽으로 나는 천천히 발걸음을 떼었다. 너무 멀리서부터 그녀의 모습이 눈에 들어오지 않게 하려고, 아니면 내가 다가가는 것을 그녀가 보지 못하도록 하기 위해 나는 정원의 다른 편 나뭇가지 아래로 서늘하게 그늘진 길을 따라갔다. 나는 천천히 나아갔다. 하늘은 내 기쁨과도 같이 따뜻하고 눈부시게 빛나며 미묘하게 밝았다. 그녀는 내가 딴 길로 올 줄 알고 기다렸던 모양이다. 나는 알리사 가까이, 바로 등 뒤에까지 갔다. 그런데도 그녀는 알아채지 못했다. 나는 문득 걸음을 멈추었다. 그러자 시간마저 나와 함께 멈춘 듯했다. 바로 이 순간이야말로 나는 행복 그 자체도 도저히 미칠 수 없는 가장 감미로운 순간이라고 생각했다.

나는 그녀 앞에 무릎을 꿇고 싶었다. 나는 한 걸음 더 가까이 다가갔다. 그녀는 그 소리를 들었다. 그녀는 불쑥 일어섰다. 그녀의 정신을 빼앗고 있던 수틀이 땅에 떨어지는 것을 내버려두면서, 그녀는 내게로 팔을 내밀어 자신의 손을 내 어깨 위에 얹어 놓았다. 얼마 동안 우리는 그렇게 있었다. 그녀는 팔을 뻗치고 미소 띤 얼굴을 갸웃거리고는 말없이 다정한 눈길로 나를 바라보고만 있었다. 그녀는 온통 하얀 옷차림이었다. 나는 지나칠 정도로 경건한 그녀의 얼굴에서 언제나 변함없는 그 앳된 미소를 다시 보았다.

"이봐, 알리사?"

나는 느닷없이 외쳤다.

"앞으로 나는 12일 동안 방학이야. 그렇지만 네가 좋아하지 않는다면 나는 단 하루도 머무르지 않을 거야. 그러니 퐁그즈마르를 떠나야 하는 게 내일이라는 걸 표시해 줄 신호를 정해 두도록 하자. 그러면 나는 그 다음날 아무런 항의도 불평도 없이 조용히 떠나겠어. 어때?"

미리 준비한 말이 아니었기 때문에 나는 한결 수월하게 말할 수 있었다. 그녀는 잠시 생각하더니 말했다.

"음…… 식사하러 내려갈 때 내가 좋아하는 그 자수정 십자가를 달지 않은 저녁……, 알았어?"

"그게 내 마지막 저녁이란 말이지?"

"하지만 눈물이나 한숨 없이 떠날 수 있어야 해."

그녀가 말했다.

"작별 인사도 없이 떠나겠어. 전날 저녁에 했던 것과 똑같이 말이야. 얘가 아직 알아차리지 못했나 하고 네가 의아할 정도로 간단하게 말이야. 하지만 이튿날 아침 네가 나를 찾을 때쯤이면 나는 이미 그 자리에 없을 거야."

"이튿날 아침 나는 너를 찾지 않을 거야."

그녀는 내게 손을 내밀었다. 나는 그 손을 내 입술에 갖다 댔다.

"지금부터 그 마지막 저녁까지 어떠한 눈치도 보이지 마."

나는 또 말했다.

"너도 뒤에 오는 작별에 대해서 아무런 눈치도 보여서는 안 돼."

이제 이 재회의 엄숙한 기분으로 말미암아 자칫하면 우리 둘 사이에 일어날 수도 있는 서먹서먹함을 어떻게든 깨뜨려야만 했다.

"내가 몹시 바라는 건데……."

나는 말을 이었다.

"네 곁에서 지낼 이 며칠 동안이 우리의 지난 옛날과 꼭 같았으면 좋겠어. 말하자면 이 며칠을 너무 특별한 날로 여기지 말았으면 해. 그리고 너무 이야기만 하려고 기를 쓰지 않았으면 해."

그녀는 웃기 시작했다. 나는 덧붙여 말했다.

“우리가 함께 할 만한 일 없을까?”

전부터 우리는 정원을 손질하는 일에 재미를 붙이곤 했다. 얼마 전에는, 전에 있던 사람에 비해 별 경험이 없는 정원사가 들어왔고, 또 2달 동안이나 버려진 채 있었기 때문에 정원은 손볼 일이 많았다. 그 중에서도 기운차게 자라나는 것들이 시든 가지와 함께 잔뜩 뒤엉켜 있었다. 어떤 것들은 뻗어 나가다가 밑으로 처져 있었다. 또 웃자란 가지들이 덜 자란 가지들을 시들게 했다. 이 장미나무들은 우리가 접붙여 놓은 것들이었다. 우리가 가꾸던 것들이라 한눈에 알아볼 수 있었다. 처음 사흘 동안 우리는 정원을 손보는 일로 분주해서 심각한 말을 전혀 하지 않고도 여러 가지 이야기를 주고받을 수 있었다. 잠자코 있을 때라도 그 침묵이 전혀 힘겹게 느껴지지 않았다.

이렇게 해서 우리는 서로에게 익숙해졌다. 나는 어떠한 설명보다도 서로에게 익숙해져 간다는 것에 대해 더 기대를 가졌다.

헤어져 있었다는 기억마저도 이미 우리 사이에서는 지워져 갔고, 번번이 내가 그녀에게서 느끼던 근심도 그녀가 두려워하던 마음의 긴장도 이미 사라져 갔다. 지난 가을의 내 서글픈 방문 때보다도 한층 더 앳되어 보이는 알리사는 지금까지의 그 어느 때보다도 아름다워 보였다.

그녀와는 키스해 본 적이 없었다. 나는 저녁마다 그녀의 윗도리 위에 매달려 있는 그 조그만 자수정의 십자가가 반짝이는 것을 보았다. 그럴 때마다 내 마음에서는 희망이 싹터 올랐다. 희망? 그것은 확신이었다. 나는 알리사 역시 이 확신을 느끼리라 짐작했다. 왜냐하면

이제 나는 나 자신을 거의 의심하지 않았기 때문에 알리사를 의심할
수 없었다. 차츰 우리의 대화는 대담해져 갔다.

"알리사!"

싱싱한 대기가 웃음 짓고, 우리의 가슴이 꽃처럼 피어나던 어느 날
아침 나는 그녀에게 말했다.

"쥘리에트가 행복한 지금, 우리가 이대로 있을 이유가 없어. 우
리도……."

나는 그녀 위에 눈길을 쏟으며 천천히 말했다. 그러나 갑자기 그녀
가 창백해지는 바람에 나는 내 말을 다 마치지 못했다.

"제롬!"

그녀는 내 쪽으로 시선을 돌리지도 않고 말했다.

"네 곁에서 나는 이보다 더 행복해질 수 없을 만큼 행복을 느끼고
있어. 우리는 행복하기 위해서 태어난 것이 아니야."

"그렇다면 인간의 영혼이 행복보다 더 바라고 있는 게 뭐지?"

나는 성급하게 소리 질렀다. 그녀는 중얼거렸다.

"성스러운 것을……."

그 목소리가 너무나 낮았기 때문에 나는 그 말을 들었다기보다는
그 말일 것이라고 짐작했다. 내 모든 행복은 날개를 펴고 나를 빠져
나가 하늘로 향했다.

"너 없이 나는 거기에 이르지 못해."

나는 그녀의 무릎에 이마를 묻은 채 어린애처럼, 그러나 서글픔이
라기보다는 사랑에 복받쳐서 울음을 터뜨리며 말을 이었다.

"너 없이는 안 돼, 너 없이는 안 돼!"

그날도 여느 때와 다름없이 흘러갔다. 그러나 저녁때 알리사는 그 조그만 자수정의 십자가를 달지 않았다. 나는 충실하게 약속을 지켰고, 그 이튿날 동이 트자마자 길을 떠났다.

그 다음날, 나는 아래와 같은 야릇한 편지를 받았다. 그 편지에는 셰익스피어의 시 몇 줄이 인용되어 있었다.

다시금 그 선율이! 그건 꺼질 듯 스러지는 선율이었다.

아, 오랑캐꽃 언덕 위로

향기를 불어 주며 달콤한 남풍처럼

내 귀에 들려왔지―되었어, 이제는 그만.

그건 이제 아까처럼 달콤하지가 않구나…….

나도 모르게 아침 내내 너를 찾았어. 제롬, 나는 네가 떠났다고 믿을 수가 없었어. 나는 네가 우리의 약속을 지킨 것이 원망스러웠어. 나는 장난이려니 생각했지. 덤불 뒤에서 네가 나타나지 않을까 하고 살펴보기도 했어. 하지만 나타나지 않았어. 네 출발은 사실이었지.

나는 끊임없이 내 머릿속에 떠도는, 당장 네게 알려 주고 싶은 몇 가지 생각에 사로잡혔고, 그 생각을 네게 알려 주지 않는다면 장차 네게서 꾸중을 듣게 될지 모른다는 이상하고도 뚜렷한 두려움에 사로잡혀 온종일을 보냈어.

퐁그즈마르에 네가 머물러 있던 처음 몇 시간 동안 나는 네 곁에서 느끼던 내 몸과 마음의 그 야릇한 충만감에 놀랐고, 이어 그 충만감이 불안스러워졌어. '더 이상 아무것도 바랄 것이 없을 정도의 충만감'이라고 너는 말했지만, 오오, 나를 불안하게 한 것은 바로 그 충만감이야.

내 말이 잘못 이해되지나 않을까 두려워. 가장 강렬한 내 심정의 표현에 지나지 않는 것을 하나의 까다로운 이론의 전개—오! 얼마나 어설픈 이론인가—로만 생각하지 않을지 나는 무엇보다도 두렵단다.

'충족시켜 주지 않는다면 그것은 행복이 아닐 거야.'라고 하던 네 말 기억나니? 그때 나는 어떻게 대답해야 할지 몰랐어. 하지만 그렇지도 않아, 제롬. 그것은 우리를 충족시켜 주지 않아. 충족시켜 주어서는 안 되는 거야.

더할 나위 없는 환희에 가득 찬 그 충만감, 나는 그것이 진실한 것이라고 생각할 수가 없어. 지난가을 우리는 그러한 충만감 뒤에 어떠한 슬픔이 있었는지 깨닫지 않았어?

진실한 행복! 아아, 주여! 그러한 충만감이 진실한 것이 아니도록 해 주옵소서. 우리는 다른 또 하나의 행복을 위해 태어났어. 전에 우리의 편지 왕래가 지난가을 우리들의 재회를 망쳐 놓았던 것처럼, 이제 네가 여기에 있었다는 추억은 오늘 내가 쓰고 있는 이 편지의 기쁨을 빼앗아 가 버리는구나. 네게 편지를 쓸 때마다 느끼던 그 황홀하던 기분이 이제는 어떻게 된 것일까? 편지를 주고받고, 또 서로 만나고 했기 때문에 우리의 사랑이 지향할 수 있는 순수한 기쁨을 온통 고갈시켜 버렸어. 그래서 이제는 나도 모르게 《십이야》에 나오는 오시노처럼 부르짖고 있어. '되었어, 이제는 그만. 그건 이제 아까처럼 달콤하지가 않구나……' 하고.

잘 있어, 내 사랑하는 제롬. 주를 사랑함은 여기에서 시작하노니. 아, 내가 너를 얼마나 사랑하고 있는지 네가 알까?

언제까지나 너의 알리사

'덕행'이라는 올가미에 대비해서 나는 아무런 방비도 없었다. 온갖 영웅주의가 나를 현혹하면서 내 마음을 줄곧 이끌었다. 나는 그러한 영웅주의를 사랑과 구별하지 않았다. 알리사의 편지는 가장 무모한 열정으로 나를 도취시켰다. 내가 좀 더 덕행을 쌓으려고 한 것도 오직 알리사만을 위한 것이었다는 사실은 의심할 여지가 없었다. 어떤 산길도 그것이 위로 올라가기만 하면 그 길은 나를 알리사가 있는 곳으로 인도해 줄 것이다. 아, 나는 그녀의 미묘한 가장을 알아채지 못했다. 그러므로 나는 봉우리에 이를 때 그녀가 다시금 내게서 도망쳐 버릴 수 있으리라고는 꿈에도 생각하지 못했다.

나는 긴 답장을 썼다. 내 편지 가운데 다소 통찰력이 있었다고 생각되는 한 구절만이 기억에 남는다.

나는 번번이, 내 사랑이란 내가 지니고 있는 것 가운데서 가장 훌륭한 것이라고 생각돼. 내 모든 덕행이란 거기에 달려 있으며, 사랑이야말로 나를 나 이상의 위치로 끌어 올려 주는 것처럼 생각되지. 또 만일 사랑이 없다면 나는 극히 평범한 사람들이 머무르고 있는 보통의 높이

로 다시 전락해 버릴 수밖에 없을 것 같아. 너와 함께 있게 되리라는
희망이 있으므로 제아무리 험준한 산길조차도 내게는 언제나 보람 있
는 길이라고 생각돼.

내가 여기에다 무슨 말을 덧붙여 놓았기에 그녀는 다음과 같은 회
답을 쓰게 된 것일까?

　그렇지만 제롬, 성스럽게 되는 것이란 선택이 아니라 하나의 의무
야(그녀의 편지에서는 이 낱말에 밑줄이 셋이나 그어져 있었다). 만약 네가 내
가 믿어 온 그 사람이라면 너 역시 이 의무를 피하지는 못할 거야.

이것이 전부였다. 우리의 편지 왕래는 이것으로 끝났고, 아무리 교
묘한 권유나 굳건한 의지로도 이제는 어쩔 도리가 없다는 것을 나는
이해했다기보다도 오히려 예감했다. 그런데도 나는 거듭 애정이 넘
치는 긴 편지를 써 보냈다. 세 번째 편지가 간 연후에야 나는 이러한
쪽지를 받았다.

　나의 벗!
　네게 다시는 편지를 쓰지 않겠다는 어떤 결심을 내가 한 것이라고
는 생각하지 말아 줘. 다만 나는 편지 쓰는 것이 더 이상 재미없을 뿐
이야. 하지만 네 편지는 아직도 나를 기쁘게 해. 그러나 나는 이렇게까
지 네 생각에만 점점 몰두해 가는 것이 죄스러워.

139

이제 여름도 멀지 않았구나. 잠시만이라도 편지 쓰는 걸 그만두고 퐁그즈마르로 와서 구월 하순의 2주일을 내 곁에서 보내도록 해. 그렇게 해 줄 거지? 승낙한다면 답장은 필요 없어. 네 침묵을 승낙의 표시로 여길 테니까. 그러므로 나는 네가 답장하지 않기를 바란다.

나는 회답하지 않았다. 분명 이 침묵은 그녀가 내게 부과했던 최후의 시험이었다. 몇 달 동안의 공부, 그리고 몇 주 동안의 여행 뒤에 나는 다시 퐁그즈마르로 갔다. 내 마음은 아주 안정된 상태였다.

이 짤막한 이야기로, 나도 처음에는 잘 이해하지 못했던 것을 어떻게 대뜸 독자들에게 이해시킬 수 있을까? 그때부터 내 모두를 온통 내맡긴 그 비탄의 원인을 여기서 어떻게 그려 낼 수 있을까? 오늘에 와서는 그녀가 더할 수 없이 억지로 꾸민 가면 밑에서 여전히 사랑이 팔딱거리고 있었음을 느끼지 못했던 나 자신에 대해 어떠한 용서도 구할 수 없지만, 처음에 나는 오직 그 가면밖에는 보지 못했고, 지난날의 내 애인의 모습을 다시 찾아볼 길 없다고 알리사를 비난했기 때문이다. 아니, 그때도 나는 너를 비난하지는 않았어. 알리사, 나는 다만 지난날의 너의 모습을 이제는 더 이상 찾아볼 수 없음에 절망적으로 울었던 거야. 너의 애정에서 오는 그 침묵의 술책과 가혹한 기교로써 네가 품었던 애정의 힘을 측정할 수 있게 된 지금, 나는 너를 더욱 사랑해야만 해.

경멸? 무관심? 아니, 이겨 내야 할 것은 아무것도 없었고, 내가 맞부딪쳐 싸울 아무런 대상도 없었다. 그래서 나는 이따금씩 망설였던 것이고, 내 불행이란 내가 꾸며낸 것이 아닐까 하고 의심해 보았다.
그토록 내 불행의 연유는 미묘한 것이었고, 그토록 알리사는 교묘하
게 시치미를 떼고 있었다. 그렇다면 도대체 나는 무엇을 한탄했던 것
일까? 그녀가 나를 대하는 태도는 그 어느 때보다도 애교가 있었다.
이보다 더 친절하고 더 상냥한 적이 있었던가. 첫날 나는 거의 속아
넘어갔다. 납작하게 졸라맨 새로운 머리 모양은 표정마저 달라 보이
게 할 정도로 그녀의 생김새를 딱딱하게 했지만 그것이 그리 중대한
일인가? 꺼칠꺼칠하고 보기 흉한 천으로 지은 어울리지 않는 윗도리
가 그녀의 우아한 몸매를 뒤틀어지게 한들, 그게 무슨 그리 중대한 일
인가? 이런 것쯤이야 얼마든지 고칠 수 있는 일 아닌가. 바로 내일이
라도 자기 스스로 혹은 내가 부탁이라도 하면 얼마든지 고칠 수 있는
일이라고 눈먼 나는 생각했다. 나는 그보다도 우리 사이에 좀처럼 없
었던 그녀의 상냥함과 친절한 보살핌이 더 서글펐다. 나는 거기에서
충동보다는 오히려 결심을, 그리고 말하기도 두려운 일이지만 애정
이라기보다는 오히려 예의를 찾아보는 것이 두려웠다.

　저녁때 응접실로 들어서면서 나는 언제나 그 자리에 놓여 있던 피
아노가 보이지 않아 깜짝 놀랐다.

"피아노는 지금 수리 중이야."

알리사는 아주 태연한 목소리로 말했다.

"얘야, 그러기에 내가 몇 번이고 말하지 않았니."

거의 엄하다고 할 정도의 나무라는 어조로 외삼촌께서 말씀하셨다.

"지금까지도 참아 왔던 건데, 기왕에 고칠 거 제롬이 떠날 때까지

기다릴 수도 있었잖니? 네가 서두르는 바람에 커다란 즐거움 하나를 잃었어."

"하지만, 아버지."

알리사는 새빨개진 얼굴을 감추기 위해 고개를 다른 곳으로 돌리며 말했다.

"요새는 정말 너무나 이상한 소리가 나서 제롬 역시 무엇 하나 제대로 쳐 보지 못했을 거예요."

"네가 칠 때 보니까 그렇게 나쁜 것 같지도 않던데 그래."

외삼촌께서 말씀하셨다.

그녀는 그늘진 쪽으로 몸을 기울인 채 안락의자 덮개의 치수를 재는 데에만 정신이 팔린 듯 한참을 말없이 있었다. 이윽고 훌쩍 방에서 나간 그녀는 외삼촌이 저녁마다 드시는 탕약을 쟁반에 받쳐 들고 한참 뒤에야 돌아왔다.

그 다음날도 그녀는 머리 모양이나 윗도리를 바꾸지 않았다. 그녀는 집 앞 벤치에 앉아 있는 아버지 곁에서 전날 저녁에 하던 바느질, 아니 바느질이라기보다는 깁는 일을 계속했다. 벤치 위인지, 탁자 위인지 아무튼 자기 곁에다 헌 양말짝이며 해어진 옷가지들이 가득 담긴 바구니를 놓아두고서는 줄곧 일감을 꺼냈다. 며칠 후에는 이것이 냅킨이나 홑이불 등으로 바뀌었다. 이 일에 완전히 골몰해서인지 그녀의 입술은 아주 표정을 잃어버린 듯했고, 눈은 광채를 찾아볼 수 없을 정도였다.

"알리사!"

첫날 저녁, 나는 그녀의 얼굴에서 아무런 생기도 찾아볼 수 없는 데 놀라서 크게 소리쳤다. 얼마 전부터 나는 그녀에게 시선을 고정시키고 있었지만 그녀는 내 시선을 의식하지 못하는 것 같았다.

"왜 그래?"

그녀가 고개를 들면서 말했다.

"내 말이 들리는지 알아보고 싶었어. 네 생각에서 내가 너무 멀리 떨어져 있는 것 같아서."

"아니야, 나는 여기 있는걸. 이것은 여간 주의하지 않고서는 꿰매지 못해."

"바느질하는 동안 내가 책이라도 읽어 줄까?"

"잘 들을 수 있을 것 같지가 않아."

"왜 그렇게 성가신 일을 하는 거야?"

"어차피 누군가는 해야 돼."

"이런 일로 밥벌이를 하는 아낙네들이 허다하잖아. 무슨 절약이나 하자고 설마 이런 보잘것없는 일들을 하는 것은 아니겠지?"

그녀는 대뜸 어떠한 일도 이보다 더 재미있지 않으며, 벌써 오래 전부터 이런 일을 해 왔고, 다른 일에는 도무지 일손이 들지 않는다고 단언했다. 그런 말을 하면서도 그녀는 줄곧 미소를 띠었다. 그녀의 음성이 이 순간보다 더 부드러웠던 적은 없었지만 나는 끝없이 서글퍼졌다. 그녀의 얼굴은 '당연한 얘기를 하는데 너는 왜 그렇게 슬퍼하니?' 하고 말하는 듯했다. 내 마음에서 일어나는 온갖 항변은 입술에까지 올라오지도 못한 채 내 호흡을 막아 버렸다.

이틀 후, 우리 둘이서 장미꽃을 꺾고 있는데 그녀는 그해 들어 아직 내가 들어가 보지 못했던 자기 방으로 꺾은 꽃을 옮겨 달라며 부탁해 왔다. 나는 갑자기 희망이 솟아오르면서 다시 한 번 내가 가진 서글 픔을 내 탓으로 돌렸다. 그만큼 그녀의 한마디에 내 마음의 병은 나 을 수 있었다.

그 방에 들어서면서 나는 가슴이 설레지 않은 적이 한 번도 없었다. 알 수 없는 아늑한 정적이 감돌아 늘 알리사의 모습을 떠오르게 했기 때문이다. 창과 침대 둘레에 쳐진 커튼의 푸른 그늘, 반들반들한 마 호가니 가구들, 방 안의 정결함과 단출함 그리고 고요함과 그 모든 것 이 알리사의 티 없는 순결함과 사색적인 우아함을 내게 이야기해 주 는 듯했다.

그날 아침 나는 그녀의 침대 옆 벽에 내가 이탈리아에서 가져다 준 두 장의 커다란 마사치오 사진이 보이지 않자 깜짝 놀랐다. 어떻게 된 거냐고 내가 막 물어보려는 참에, 내 시선은 그녀가 애독하는 책들 을 얹어 두는 바로 그 옆 선반 위에 멈추었다. 그 조그마한 장서들의 절반은 내가 준 책들이고, 절반은 둘이서 함께 읽은 것이며, 그 외 남 들이 준 것으로 이루어졌다. 나는 그 책들이 말끔히 치워지고 대신 그녀가 그저 경멸감으로 봐 주었으면 하는 통속적인 신앙심에 대한 너절한 소책자들이 꽂혀 있음을 보았다. 갑자기 눈을 들자 나를 지켜 보며 웃고 있는, 그렇다. 분명 웃고 있는 알리사가 그곳에 있었다.

"미안해."

그녀가 곧 말했다.

"내가 웃은 건 네 얼굴 때문이야. 책장을 살피면서 느닷없이 얼굴을 찌푸리는 게 어찌……."

나는 전혀 농담할 기분이 아니었다.

"아니, 알리사! 요즈음 정말 저런 책들만 읽는 거야?"

"응. 그런데 왜 그렇게 놀라지?"

"교양이 풍부한 양식에 길들여진 지성인이라면 저 따위 무미건조한 것들에 구역질을 느낄 텐데?"

"나는 너를 이해할 수 없어."

그녀가 말했다.

"이 책들을 쓴 사람들은 최선을 다해 자기가 생각하는 바를 표현하고, 또 아무런 꾸밈없이 나와 함께 이야기해 주는 겸허한 사람들이야. 나는 이런 이들과 함께 있는 것이 즐거워. 처음부터 이 사람들은 결코 미사여구의 함정에 빠지지 않을 거야. 그리고 나도 이들이 쓴 책을 읽으면서 하나님을 모독하는 헛된 찬양을 하지 않게 될 거야."

"그래서 이제는 이런 것들밖에는 읽지 않는 거야?"

"그렇다고 할 수 있지. 그래, 몇 달 전부터는 그랬어. 게다가 책 읽을 시간도 별로 없고. 사실은 아주 최근에도 전에 네가 감탄할 만하다고 가르쳐 주던 그 위대한 작가들 중에 어떤 이의 책을 다시 읽으려고 해 보았지만, 성경에 나오는 '제 키를 한 자만 늘여 보려고 애를 쓴 사나이'와 같은 결과가 되어 버렸어."

"너로 하여금 그런 이상한 생각을 일으키게 한 그 '위대한 작가'가 대체 누구지?"

"그 작가가 그런 생각을 일으키게 한 것은 아니지만, 그 작가의 저서를 읽다 보면 그런 생각이 들어. 바로 파스칼이야. 아마 별로 좋지 않은 구절을 읽었나 봐……."

나는 안타까운 몸짓을 했다. 그녀는 아직 가꾸지 못한 꽃다발에서 눈을 들지 않은 채 과제를 암송하듯 단조롭고 맑은 목소리로 말했다. 한순간 그녀는 내 몸짓에 말을 중단하더니, 다시 똑같은 억양으로 계속 말을 이었다.

"그 같은 호언장담이나 노력에 놀라지 않을 수 없었어. 하지만 그런 것을 증명하는 것은 거의 없잖니. 때때로 나는 파스칼의 그 비장한 어조가 신앙에서라기보다 오히려 회의의 결과가 아닌가 하는 생각이 들기도 해. 완전한 신앙은 그토록 눈물을 흘리거나 그토록 음성이 떨리는 일이 없으니까."

'파스칼의 음성이 아름다운 것은 바로 그런 떨림, 그런 눈물에 있는 거야.'라고 나는 기를 써서 반박하려고 했지만 도무지 그럴 용기가 나지 않았다. 왜냐하면 그녀의 말투에서 내가 알리사에게서 소중히 여기던 것을 거의 찾아볼 수 없었기 때문이다. 나는 지금 기억나는 대로 그 말을 옮기고 있다. 그리고 그 일이 지난 후 생각한 수식이나 논리를 거기에 갖다 붙이지 않았다.

"만일 그가 현세의 생활에서 자신의 즐거움이라는 것을 없애 버리지 않았다면……."

그녀는 말을 이었다.

"현세의 생활을 저울에 놓고 달아 본다면 아마……."

"그러면?"

나는 그녀의 이상한 이야기에 놀라서 물었다.

"파스칼이 제의하는 그 확실하지 않은 지복(至福)보다는 현세의 생활이 더 무거워질지도 몰라."

"그럼 너는 파스칼이 말하는 그 지복을 믿지 않아?"

나는 부르짖었다.

"그건 아무래도 좋아!"

그녀는 말을 이었다.

"상거래 같은 온갖 혐의를 벗어나기 위해서는 그 지복이 차라리 불확실한 편이 좋겠어. 주를 사모하는 영혼이 덕행에 몸을 바치는 것은 무슨 보수를 바라기 때문이 아니라 타고난 고귀한 마음씨 때문이 아니겠어?"

"바로 거기에서 파스칼과 같은 고귀한 안식처를 찾은 그윽한 회의주의가 나온 거야."

"회의주의가 아니라 얀세니즘(네덜란드의 가톨릭 신학자 코르넬리스 얀세니우스가 주창한 교의로, 초대 그리스도 교회의 엄격한 윤리로 되돌아갈 것을 촉구함과 동시에 인간의 자유 의지를 부정함 : 역주)이야."

그녀는 미소지으면서 말했다.

"그런 게 나랑 무슨 상관이 있지? 여기에 있는 이 가련한 영혼들은—그녀는 책들이 꽂혀 있는 데로 몸을 돌렸다—얀세니스트인지 정적주의자인지, 그렇지 않으면 또 다른 무엇인지 말해 보라고 하면 어지간히 난처해할 거야. 이들은 바람이 억누르는 풀잎처럼 아무런 악의도, 괴로움도, 아름다움도 없이 그저 주 앞에 고개를 숙이고 있어. 보잘것없는 존재라고 자처하면서 오직 주 앞에 자기들의 모습을 지워 버리는 것으로써 어떠한 가치를 얻는 것이라고 알고 있는 거야."

"알리사!"

나는 큰 소리로 불렀다.

"너는 왜 너의 날개를 뽑아 버리려 하니?"

그녀의 음성이 너무나도 차분하고 자연스러웠기 때문에 내 부르짖는 목소리는 나 자신이 듣기에도 너무나 우스꽝스럽게 과장된 것처럼 들렸다.

그녀는 고개를 흔들면서 미소를 지었다.

"이번에 파스칼을 읽고서 내가 얻은 거라고는……."

"그래, 그게 도대체 뭐야?"

그녀가 말을 멈추었으므로 내가 물었다.

"그리스도의 이 말씀뿐이야. '무릇 자기 목숨을 보존하고자 하는 자는 잃을 것이요.' 그 나머지에 대해서는……."

그녀는 전보다 더 크게 미소를 짓고는 나를 똑바로 바라보면서 말했다.

"이제는 정말 거의 이해가 되지 않아. 이 눈에 띄지 않는 사람들과 어울려서 얼마 동안 지내다가 위대한 사람들의 숭고함을 대하고 보면, 그런 숭고함이 얼마나 빨리 이쪽을 숨 가쁘게 하는지 몰라."

어리둥절해진 나는 대답할 말을 전혀 찾아내지 못했다.

"만일 오늘이라도 너와 함께 이 설교집과 수상록을 읽어야 한다면, 나는……."

"그렇지만……."

그녀는 내 말을 가로막았다.

"네가 이것들을 읽는 걸 보게 된다면 나는 더 서글퍼질 거야. 정말 너는 이런 것보다는 훨씬 나은 것을 위해 태어났다고 나는 믿고 있어."

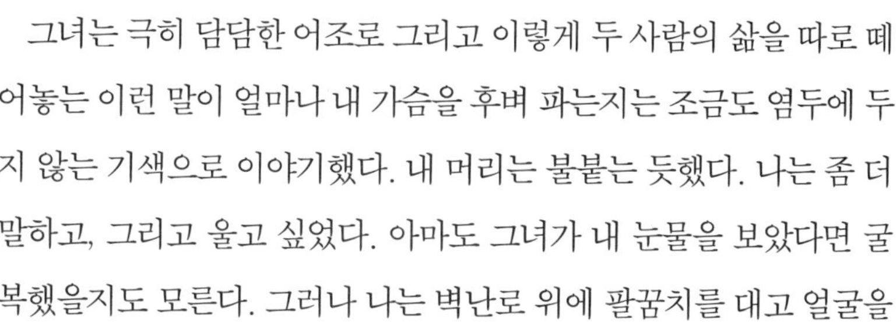

그녀는 극히 담담한 어조로 그리고 이렇게 두 사람의 삶을 따로 떼어놓는 이런 말이 얼마나 내 가슴을 후벼 파는지는 조금도 염두에 두지 않는 기색으로 이야기했다. 내 머리는 불붙는 듯했다. 나는 좀 더 말하고, 그리고 울고 싶었다. 아마도 그녀가 내 눈물을 보았다면 굴복했을지도 모른다. 그러나 나는 벽난로 위에 팔꿈치를 대고 얼굴을 두 손으로 감싼 채 잠자코 있었다. 그녀는 내 괴로움이 눈에 띄지 않았는지, 아니면 보고서도 시치미를 떼는 것인지 계속해서 조용히 꽃만 매만지고 있었다.

그때 식사를 알리는 종소리가 울렸다.

"어머나, 이러다간 점심 채비도 하지 못하겠네."

그녀가 말했다.

"어서 가 줘."

그러고는 무슨 장난 이야기에 지나지 않았던 것처럼 이렇게 말했다.

"이 이야기는 나중에 다시 하기로 해."

그녀의 얼굴에는 어떠한 표정도 없었다.

그 이야기는 다시 이루어지지 않았다. 알리사는 자꾸만 나를 빠져나갔다. 그렇다고 그녀가 몸을 피했다는 것은 아니다. 다만 급박한 일이 뜻하지 않게 밀어닥쳐 왔다. 나는 차례를 기다렸다. 그러나 내 차례는 끊임없이 일어나는 집안 살림이나, 꼭 하지 않으면 안 되는 곳간 일의 감독이나, 소작인들의 가정 방문, 그녀가 점점 더 정성을 기울이는 빈민들의 가정 방문이 다 끝난 다음에야 가까스로 돌아왔다. 내 차례는 그 나머지 시간, 즉 너무나 짧은 시간밖에는 오지 않았다. 나는 언제나 분주한 그녀의 모습을 그저 바라다볼 뿐이었다. 그러나 그녀가 자질구레한 일에 얽매이는 것을 보고서, 또 그녀 꽁무니를 따라다니는 일을 스스로 단념함으로써 알리사가 얼마나 나를 소홀히 대하고 있는지를 깨달았다. 짤막한 대화에서도 그런 느낌은 절실해졌다. 알리사가 잠시 틈을 내주어도 사실상 어설픈 이야기를 주고받기 위해서였고, 그녀는 그런 이야기조차 어린애가 장난하듯 곁들여 줄 뿐이었다. 그녀는 멍하니 웃음을 띠면서 내 곁을 빠르게 지나갔고, 나는 그녀를 전혀 알지 못했던 사람이라 생각될 만큼 그녀가 내게서 멀리 있는 것처럼 느껴졌다. 뿐만 아니라, 간혹 그녀의 미소에서 나는 무언지 모를 모멸과도 같은, 적어도 어딘지 비꼬는 듯한 느낌이나 그녀가 이렇게 함으로써 내 욕망을 피하는 데 재미를 느끼고 있는 것처럼 보이기도 했다.

그러면 나는 비난에 빠져들고 싶지 않았고, 내가 그녀에게서 기대하는 것이 무엇인지 몰라 마침내 모든 불평불만을 스스로에게 돌리곤 했다.

이렇게 해서 내가 그처럼 많은 행복을 나 자신에게서 기대했던 날들은 흘러가 버렸다. 나는 며칠이 이렇게 달아나는 것을 마비된 채 바라볼 따름이었다. 그렇다고 날짜의 수효를 늘려 본다거나 시간의 흐름을 천천히 만들고 싶지 않았다. 그만큼 하루하루는 내 고통을 키웠다. 그렇지만 나는 출발 이틀 전, 알리사가 나와 함께 버려진 이회암 채굴터의 벤치에 갔을 때—안개 한 점 없는 지평선에 이르기까지 모든 것이 파랗게 물들어 보이고, 흘러가 버린 과거의 어렴풋한 추억까지도 또렷하게 헤아려지는 것 같은 맑은 가을 오후였다—나는 내 하소연을 참을 수가 없어, 어떤 행복을 잃었기에 나는 이다지도 불행해졌느냐고 물었다.

"하지만 내가 어떻게 할 수 있겠어?"

그녀가 대뜸 말했다.

"너는 지금 어떤 환상에 대한 사랑에 빠져 있는 거야."

"아니야. 결코 환상이 아니야, 알리사."

"상상 속의 어떤 인물과……."

"나는 그런 걸 만들어 내고 있는 게 아니야. 알리사는 내 연인이었어. 나는 지금 옛날의 알리사를 기억하고 있어. 알리사, 너 도대체 어떻게 된 거니? 어떻게 되었느냐고?"

그녀는 얼마 동안 아무런 대꾸 없이 가만히 있었다. 그녀는 고개를 숙이고 한 송이 꽃잎을 천천히 뜯었다. 마침내 그녀가 입을 열었다.

"제롬, 너는 왜 전보다 나를 덜 사랑한다고 솔직히 말하지 않니?"

"그건 사실이 아니야. 사실이 아니기 때문에 말하지 않는 거야! 내가 지금보다 너를 더 사랑한 적은 없어."

나는 격분해서 소리쳤다.

"너는 나를 사랑하고 있고……, 그러면서도 너는 예전의 나를 아쉬워하고 있구나."

그녀는 억지로 미소를 지어 보이고는 어깨를 약간 들썩이며 말했다.

"나는 내 사랑을 과거에 놔둘 수는 없어."

대지가 내 발밑에서 무너지고 있었다. 나는 어느 것에나 매달려야만 했다.

"사랑은 다른 모든 것과 더불어 흘러가 버리는 거야."

"내 사랑은 죽는 날까지 너와 함께 있을 거야."

"그것도 차츰 스러져 갈 거야. 제롬이 지금도 사랑한다고 주장하는 그 알리사는 이미 제롬의 추억 속에 있을 뿐이야. 언젠가는 그 애를 사랑한 적이 있었지 하는 기억밖에 남아 있지 않을 날이 올 거야."

"너는 그 무엇인가와 내 가슴속의 알리사를 바꿀 수 있다거나 내 마음이 이제는 더 이상 사랑해서는 안 된다는 투로 말하는구나. 네 자신이 나를 사랑했다는 사실을 잊었어? 그런 거야? 그렇지 않고서 어떻게 이렇게 나를 괴롭히는 것이 기꺼운 듯 보일 수 있니?"

나는 그녀의 핏기 없는 입술이 바르르 떨리는 것을 보았다. 거의 알아들을 수 없는 목소리로 그녀는 중얼거렸다.

"아니야, 아니야. 알리사의 마음은 변하지 않았어."

"그럼 아무것도 변한 것이 없잖아."

나는 그녀의 팔을 꼭 쥐며 말했다.

그녀는 더욱 자신 있게 말을 이었다.

"한마디면 다 설명될 거야. 왜 터놓고 말하지 못하니?"

"무슨 말?"

"나는 나이가 많아."

"그만둬!"

나는 곧장, 나 또한 그녀 못지않게 나이를 먹었고, 우리 두 사람의 나이 차이는 예전이나 다름없다고 주장했다. 그러나 그녀는 다시 제정신을 차렸다. 유일한 기회는 이렇게 해서 지나가 버렸다. 나는 말다툼에 끌려 들어가 모든 유리한 점을 완전히 포기해 버리고 말았다. 나는 어찌할 바를 몰랐다.

이틀 후 나는 그녀와 나 자신에게 불만을 품으면서, 또 내가 그때까지도 '덕행'이라 부르던 것에 대해 막연한 증오와 내 마음에서 떠나지 않던 집념에 대해 원한을 품으면서 퐁그즈마르를 떠났다. 그 마지막 해후에서 나는 내 과장된 사랑 때문에 내 모든 열정을 소진한 것 같았다. 처음에는 내가 반대해 보려던 알리사의 말 한마디 한마디가 침묵에 잠겨 버린 다음에도 여전히 생생하고 의기양양하게 내 마음속에 머물러 있었다. 그래, 분명 그녀의 말이 옳았어! 나는 하나의 환영만을 사랑해 왔던 거야. 내가 사랑했던, 그리고 지금도 내가 사랑하고 있는 알리사는 이미 존재하지도 않아. 그래, 분명 우리는 나이를 먹었어. 내 가슴을 온통 얼어붙게 한 그녀의 그 소름끼치는 멋없는 변화도 결국 따지고 보면 본래의 상태로 돌아간 것에 지나지 않아. 만일 내가 조금씩 그녀를 더 높이 떠받들고, 내가 좋아하는 모든 것으로 그녀를 장식해서 하나의 우상으로 만들었다고 한들, 그러한 내 수고에서 지금은 피곤 외에 그 무엇이 남아 있는가 말이다. 혼자 있도록 내버려두자. 알리사는 자기의 수준, 그 평범한 수준으로 다시 내려온 거야. 나 자신도 그 수준으로 다시 내려와 있고……. 그러나 나는 그 수준에서는 이미 그녀를 사랑하고 싶지 않았다. 아, 나 혼자만의 노력으로 그녀를 올려놓았던 그 높은 곳에서 다시 그녀와 함께 있으려고 한 그 덕행에 대한 헌신적인 노력도 이제는 얼마나 어리석고 꿈같은 것인가! 조금만 긍지가 덜 했던들 우리의 사랑은 힘들지 않았을 것이다. 그러나 대상을 잃은 사랑에 집착하는 것은 무엇을 의미하는 걸까?

그것은 고집이다. 이제 그것은 충실한 것도 아니다. 구태여 충실하다고 말해 본들 무엇에 대한 충실인가? 하나의 과오에 대한 충실일 따름이다. 지금까지 내가 잘못 생각하고 있었다는 것을 인정하는 것이 가장 현명한 것 아닐까?

그러던 차에 나는 아테네 학원의 추천을 받고서 아무런 야망이나 흥미도 없이 다만 떠난다는 생각에 탈출하는 것처럼 기꺼이 입학하기로 결심했다.

8

　그런데도 나는 또다시 알리사를 만났다. 그것은 삼 년이 지난 후의 일이었다. 그 이전에 나는 그녀를 통해 외삼촌의 죽음을 알았다. 당시 나는 팔레스티나를 여행 중이었는데, 곧장 그녀에게 꽤나 긴 편지를 보냈지만 아무런 답장도 오지 않았다.

　르아브르에 있던 내가 어떤 구실을 만들어 천연스럽게 퐁그즈마르로 갔는지는 기억나지 않는다. 알리사를 거기서 만나리라는 것을 알고 있었지만, 그녀가 혼자 있지 않으리라는 것이 마음에 걸렸다. 나는 그곳에 간다는 것을 미리 전하지도 않았다. 일상적인 방문처럼 나타나야 한다는 생각에 혐오감을 품으면서 나는 불안한 마음으로 나갔다. 들어갈까? 아니면 차라리 만나지 말고, 구태여 만나려 하지도 말고 그냥 되돌아설까? 그래, 그렇게 하자. 그저 거리나 산책하자. 어쩌면 그녀가 와 있을지도 모르는 그 벤치에 가서 좀 앉아 볼까? 그러나 벌써 나는 내가 떠난 다음에라도 내가 왔다는 것을 그녀에게 알려 줄 무슨 표적을 남길 것인가를 궁리하고 있었다. 이런 생각을 하면서 나는 느린 걸음으로 걷고 있었다. 그녀를 만나지 않기로 결심하고 나자, 내 가슴을 죄는 씁쓸한 슬픔은 거의 달콤한 우울로 바뀌었다. 벌써 나는 거리에 이르렀고, 그리고 혹시 들키지나 않을까 걱정되어 농가의 안마당을 경계 짓는 둑을 따라 길 가장자리를 걸어갔다. 나는 알리사의 정원을 내려다볼 수 있는 둑의 한 지점을 알고 있었다. 나는 거기로 올라갔다. 내가 알지 못하는 한 정원사가 오솔길의 잡초를 긁어모으고 있었으나, 이윽고 내 시야에서 벗어났다. 새 울타리가 안마당을 둘러싸고 있었다. 내가 지나가는 발자국 소리를 듣고 개가 짖어 댔다. 좀 더 나아가 나무가 늘어진 길 끝에 이르러 정원이 흙담에 마주치자 나는 오른쪽으로 돌았다. 불쑥 빠져나온 길과 병행하는 너도밤나무 숲이 있는 곳으로 들어가 볼까 하는 생각이 나를 사로잡았다.

문은 잠겨 있었다. 그러나 안쪽 빗장이 별로 튼튼하지 못해 어깨를 대고 한번 밀치자 부러질 듯했다. 바로 그때 발자국 소리가 들려왔다. 나는 흙담의 움푹 팬 곳에 몸을 감추었다.

정원에서 나온 사람이 누구인지 나는 볼 수 없었다. 그러나 발자국 소리를 듣고서 그것이 곧 알리사라는 것을 알아차렸다. 그녀는 앞으로 걸어 나오며 힘없이 불렀다.

"제롬이니?"

맹렬하게 뛰던 내 심장이 멈췄다. 나는 목이 막혀 말이 나오지 않았다. 그녀는 더 크게 불렀다.

“너 제롬이지?”

이렇게 나를 부르는 그녀의 음성을 듣자 온몸을 죄는 감동에 너무도 벅차올라 나는 나도 모르게 무릎을 꿇었다. 여전히 내가 대답을 하지 못하자 알리사는 몇 걸음 앞으로 나와 흙담을 돌았다. 느닷없이 그녀가 나를 보는 것이 두려운 듯 나는 팔로 얼굴을 감추었다. 그녀가 느껴졌다. 그녀는 잠시 내 쪽으로 몸을 굽히며 가만히 있었다. 나는 연약한 그녀의 손에 입을 맞추었다.

“왜 숨어 있었니?”

삼 년 동안의 이별이 며칠밖에 되지 않았다는 듯 그녀는 이렇게 물었다.

“어떻게 나라는 걸 알았지?”

“나는 너를 기다리고 있었어.”

“네가 나를 기다리고 있었다고?”

나는 말했다. 나는 너무도 놀라서 그녀의 말을 의아한 듯이 되풀이할 수밖에 없었다. 내가 여전히 무릎을 꿇고 있자,

“벤치로 가자.”

하고 그녀가 말했다.

“나는 너를 다시 한 번 만날 줄 알고 있었어. 사흘 전부터 나는 매일 저녁 이곳에 와서 지금처럼 너를 불렀지. 그런데 왜 대답을 하지 않았어?”

나는 까무러칠 정도로 밀어닥치는 감동을 애써 억누르면서 말했다.

“네가 갑자기 오지 않았다면 나는 너를 만나지도 않고 떠나 버렸을

거야. 르아브르를 지나던 길에, 저 거리를 산책하고 정원 둘레도 돌아볼 겸, 요즘도 네가 와서 앉을 것 같은 이회암 채굴터의 벤치에서 잠시 쉬었다 갈까 했을 뿐이야……."

"사흘 전부터 내가 이곳에 와서 무엇을 읽었는지 좀 보렴."

그녀는 내 말을 끊고 말했다. 그러고는 편지 묶음을 내게 내밀었다. 내가 이탈리아에서 써 보냈던 편지들이었다.

그 순간 나는 그녀에게로 눈을 돌렸다. 그녀는 엄청나게 변해 있었다. 야위고 핼쑥한 그녀의 모습이 내 가슴을 무섭게 죄어 왔다. 그녀는 내 팔에 의지하면서, 추위나 무서움을 타듯 내게 바싹 붙어 있었다. 그녀는 아직도 정식 상복 차림이었다. 그래서인지 모자 대신 쓰고 있던 검정 레이스가 그녀의 얼굴에 틀이 되어 창백함을 더욱 도드라지게 하고 있었다. 그녀는 미소를 짓고 있었으나 기절할 것처럼 보였다. 나는 요즈음도 퐁그즈마르에 그녀 혼자 있는지 어떤지 알고 싶어졌다. 그녀는 로베르와 함께 산다고 했다. 쥘리에트와 에두아르 그리고 그들의 세 아이들이 팔월을 나기 위해 왔다는 말도 했다.

우리는 벤치로 가서 앉았다. 그리고 얼마 동안 진부한 이야기만을 주고받는 것으로 시간을 끌었다. 그녀는 내 작업에 관해서 궁금해했다. 내키지 않는 대로 나는 대답했다. 내 작업이 이제는 더 이상 내 흥미를 끌지 못한다는 것을 그녀가 느껴 주었으면 싶었다. 그녀가 전에 내게 환멸을 느끼게 한 것과 마찬가지로, 이번에는 내가 그녀에게 환멸을 느끼게 해 주고도 싶었다. 생각대로 되었는지는 지금도 모르지만 아무튼 그녀는 조금도 그런 내색을 보이지 않았다. 내 마음속에는 울분과 동시에 애정이 들어차 있었기 때문에 나로서는 될 수 있는 대로 쌀쌀맞게 말하려고 애썼다. 그러나 이따금씩 북받쳐 올라오는 감동에 목소리가 떨려 나와 스스로도 원망스러웠다.

아까부터 조각구름에 가려져 있던 석양이 우리 두 사람 앞 지평선이 맞붙은 저 멀리에 다시 나타났다. 그러더니 텅 빈 들판을 팔랑거리는 낙조로 채우고, 우리 발밑에 펼쳐진 조그마한 협곡을 갑자기 붉은빛으로 메우다가 이윽고 사라졌다. 나는 현혹되어 말없이 앉아 있었다. 나는 내 울분이 발산되어 나가는 일종의 황금빛 도취 같은 것이 다시금 나를 감싸고 온몸에 스며드는 것을 느꼈다. 내 속에서 나는 사랑 말고는 아무것도 듣지 못했다. 내게 몸을 기대고 있던 알리사가 다시 몸을 일으켰다. 그녀는 윗도리에서 엷은 종이로 싼 아주 작고 섬세한 상자를 꺼내어 내게 내밀려다 그만두었다. 망설이는 것 같았다. 내가 놀라서 그녀를 바라보자 그녀가 말했다.

"제롬, 들어 봐. 여기에 들어 있는 것은 내 자수정 십자가야. 오래전부터 네게 주고 싶어서 사흘 전부터 가지고 다녔어."

"그걸 어떻게 하라는 거야?"

나는 퉁명스럽게 말했다.

"나를 기념하기 위해 네가 갖고 있다가 네 딸에게 줘."

"무슨 딸?"

나는 무슨 말인지 깨닫지 못하고 알리사에게 소리쳤다.

"제발, 내가 하는 말을 침착하게 들어 줘. 아니, 그렇게 쳐다보지 말고. 벌써부터 네게 말하기가 몹시 고통스러워. 하지만 이건 네게 꼭 말하고 싶어. 제롬, 들어 봐. 언젠가는 너도 결혼할 게 아니니? 아냐, 내 말에 대답하지는 마. 제발 말을 막지 말아 줘. 내가 바라는 건 다만 내가 너를 몹시 사랑했다는 걸 네가 기억해 주었으면 하는 것뿐이야. 그래서…… 벌써 오래 전부터…… 그러니까 3년 전부터…… 나는 네가 좋아하던 이 작은 십자가를, 네 딸이 어느 날엔가 나를 기념하며 달게 되리라는 걸 상상해 왔어. 오, 물론 누구의 것인지는 모르겠지만 말이야……. 그리고 어쩌면 그 애에게…… 내 이름을 붙여 줄 수도 있을 거라고……."

그녀는 목이 메어 말을 멈추었다. 나는 거의 적의에 찬 목소리로 소리쳤다.

"왜 네가 직접 그 애에게 주지 않고?"

그녀는 더 이상 말하려 하지 않았다. 그녀의 입술은 흐느끼는 어린 애의 입술처럼 떨고 있었다. 그렇지만 그녀는 눈물을 흘리지는 않았다. 비상하게 반짝이는 그녀의 눈은 그녀의 얼굴을 초인간적이고 천사 같은 아름다움으로 물들였다.

"알리사, 도대체 내가 누구와 결혼하겠니? 나는 너밖에는 사랑하지 못한다는 걸 알면서……."

나는 갑자기 그녀를 미친 듯이 끌어안으며 그녀의 입술을 빨았다. 얼마 동안 나는 온몸을 내맡기는 듯한 그녀를 꼭 안고 있었다. 그녀의 눈에 그늘이 드리워지고 있었다. 그녀는 차츰 눈을 감더니 말할 수 없이 바르고 고운 음성으로 속삭였다.

"우리를 불쌍히 여겨 줘, 제롬. 우리의 사랑에 상처를 주지 마."

그리고 그녀는 아마 이렇게 덧붙였으리라. '비겁한 짓은 하지 마.'
라고. 아니, 어쩌면 그것은 내가 나 자신에게 하는 소리였을지도 모
른다. 나는 갑자기 그녀 앞에 무릎을 꿇고 조심스럽게 그녀를 감싸
안으며 부르짖었다.

"그렇게 나를 사랑하면서 언제나 날 밀쳐 낸 건 무슨 이유야? 자,
들어 봐. 처음에는 쥘리에트의 결혼을 기다렸어. 너 역시 그 애의 행
복을 기다리는 거라고 나는 생각했지. 그리고 그녀는 지금 행복해.
그건 네가 해 준 말이기도 하지. 그 다음에는 네가 계속해서 네 아버
지 곁에서 살고 싶어 하는 것이라고 나는 오랫동안 믿어 왔어. 하지
만 이제는 우리 단둘뿐이잖아."

"과거를 아쉬워하지는 마. 이제 나는 페이지를 넘겼어."

그녀가 중얼거렸다.

"그러나 아직도 늦지 않았어, 알리사."

"아니야, 제롬. 이제는 더 이상 시간이 없어. 사랑을 통해 우리가
서로를 위한 사랑보다 더 훌륭한 것을 엿보게 된 그날부터 때는 이미
늦었던 거야. 제롬 덕택에 내 꿈은 인간적인 만족이 떨어뜨릴 수 없
을 만큼 높이 올라갔어. 나는 우리가 서로 같이 생활하는 것을 곰곰
이 생각해 보았어. 그렇지만 혹시 우리의 사랑이 더 이상 완전하지
못하게 된다면 바로 그 순간부터 나는 더 이상 지탱할 수 없을 것만
같았어. 우리의 사랑을 말이야."

161

"서로가 서로를 상실한 우리의 생활에 대해 깊이 생각해 본 적은 있어?"

"아니, 한 번도."

"이제는 너도 알겠지. 3년 전부터 나는 너 없이 고통스럽게 헤매고 다녔어……."

밤이 가까워 오고 있었다.

"추워."

그녀는 몸을 일으키며, 내가 다시 그녀의 팔을 잡지 못하도록 숄을 꼭 여미면서 말했다.

"너는 우리를 불안하게 하고 또 혹시 우리가 잘못 이해하고 있는 게 아닐까 궁금하게 했던 그 성경 구절을 기억할 거야. 주님께서는 우리를 위해 가장 좋은 것을 간직해 두셨기에 저희들이 그 약속한 바를 얻지 못했다……."

"너는 그 말을 항상 믿고 있니?"

"믿어야 해."

우리는 더 이상 아무 말도 하지 않고 얼마 동안 나란히 걸었다. 그녀가 말을 이었다.

"그걸 생각해 보렴, 제롬. 그 '가장 좋은 것'이란 구절을."

그녀의 눈에서는 갑자기 눈물이 흘렀다. 그녀는 여전히 그 말을 되풀이하고 있었다.

우리는 아까 그녀가 나온 그 좁은 문 앞에 다다랐다. 그녀는 내게로 몸을 돌리며 말했다.

"잘 가. 아니, 더 이상 오지 마. 안녕, 사랑하는 나의 벗. 시작은 지금부터야, '가장 좋은 것'은."

그녀는 한동안 나를 바라보았다. 나를 붙들며 혹은 자기로부터 나를 밀어내면서, 팔을 뻗쳐 내 어깨에 손을 얹고 무어라 형언할 수 없는 사랑으로 가득 찬 눈을 하고서…….

문이 닫히고, 문 뒤에서 빗장 지르는 소리가 들리자 나는 참을 수 없이 복받쳐 오르는 절망에 사로잡혀 문에 기댄 채 쓰러졌다. 밤이 깊도록 나는 눈물을 흘리고 흐느끼면서 움직이지 않았다.

그러나 그녀를 붙들었다면……. 그 문을 억세게 밀어붙이고 어떻게 해서든 집 안으로 들어갔다면……. 하지만 아니다. 모든 과거를 되살리기 위해서 옛날로 되돌아간다는 것은……. 오늘에 와서도 역시 그런 짓을 할 수 없었다. 현재의 나를 이해하는 사람은 그때의 나를 이해할 것이다.

걷잡을 수 없는 불안 때문에 나는 며칠 후 쥘리에트에게 편지를 썼다. 나는 그녀에게 퐁그즈마르의 방문과 알리사의 창백함과 핼쑥함이 얼마나 나를 놀라게 했는지에 대해서 썼다. 그리고 앞으로 언니를 돌봐 줄 것과 이제는 알리사로부터 더는 기대할 수 없는 소식들을 내게 알려 달라고 부탁했다.

그 뒤 한 달도 채 못 되어 나는 다음과 같은 편지를 받았다.

그리운 제롬.

무척 슬픈 소식을 전하게 되었어. 우리의 가엾은 알리사가 이제는 이곳에 있지 않아. 슬프게도 오빠의 편지에서 엿볼 수 있었던 근심들은 정말 근거가 있는 것들이었어. 몇 달 전부터 언니는 어디가 특별히 아픈 것도 아닌데 몹시 쇠약해져 갔어. 언니는 내 간청에 못 이겨 르아브르에 있는 A박사의 진찰을 받기로 했지. A박사는 언니에게 별 이상이 없다는 편지를 내게 보내 주었어. 그런데 오빠가 언니를 만난 지 사흘 후에 언니는 갑자기 퐁그즈마르를 떠나 버렸어.

언니의 출발을 안 것은 로베르의 편지를 통해서야. 언니가 내게 편지하는 일은 좀처럼 없는 일이기 때문에 만약 로베르가 없었다면 나는 언니의 행방에 관해 아무것도 몰랐을 거야. 언니로부터 소식이 없다고 해서 그렇게 놀라지는 않았을 테니까. 언니를 그냥 떠나게 한 로베르에게, 게다가 파리까지 동행하지 않았다는 이유로 나는 로베르에게 대단히 화를 냈어. 글쎄, 언니가 떠나 버린 후로 언니의 주소도 모르고 있다면 아마 믿어지지 않을 거야. 언니를 만날 수도 없고 편지조차 할 수 없는 것에 대해 내가 얼마나 애를 태웠는지 짐작할 수 있겠지? 며칠 후 로베르가 파리에 갔지만 아무것도 알아내지 못했어. 로베르가 어찌나 꾸물대는지 도대체 언니를 찾을 열의가 있는지 의심할 지경이었어. 그래서 경찰에 신고할 수밖에 없었어. 고통과 불안 속에 가만히 앉아 있을 수가 없었거든. 에두아르가 앞장서서 드디어 언니가 피신해 있던 그 조그만 요양원을 찾아냈어. 하지만 슬프게도 때는 이미 늦고 말았어. 언니의 사망을 통지하는 원장의 편지와 언니의 임종조차

보지 못했다는 에두아르의 전보를 동시에 받았지.

마지막 날, 언니는 우리가 통지를 받을 수 있도록 우리 주소를 한 장의 봉투에다 적어 놓았고, 다른 한 장의 봉투에는 르아브르의 공증인에게 유언을 적어 부쳤던 편지의 사본을 넣어 두었어. 그 편지의 한 구절은 오빠에 관한 것이라고 생각되는데 곧 알려 줄게. 에두아르와 로베르가 엊그제 치렀던 장례식에 참석했어. 상여를 따라간 사람은 그들만이 아니었는데, 요양원의 환자 몇 사람이 장례식에 꼭 참석하고 묘지까지 따라가겠다고 나섰대. 나는 다섯 번째 아이의 해산을 기다리는 참이라 안타깝게도 자리를 뜰 수가 없었어.

그리운 제롬, 나는 이 부고로 인해 제롬이 느껴야 할 슬픔과 고통을 잘 알아. 나는 찢어지는 가슴을 안고 이 편지를 쓰고 있어. 이틀 전부터는 자리에서 일어나지도 못하고 있는데, 사실 지금 이 편지도 간신히 쓰고 있는 거야. 그러나 나 아닌 다른 사람에게—에두아르나 로베르일지라도—제롬과 나만이 이해할 수 있는 알리사에 관한 이야기를 맡기고 싶지 않았어. 이처럼 다 늙은 가정주부가 된 지금, 그리고 쌓이고 쌓인 잿더미가 불타오르던 과거를 뒤집어엎은 지금은 제롬을 다시 만나도 괜찮겠지. 볼일이 있거나 유람차 님에 오게 되면 언제든 에그비브까지 와 줘. 에두아르도 오빠를 안다면 기뻐할 것이고, 두 사람 다 알리사에 관한 이야기를 할 수 있을 거야. 안녕, 그리운 제롬. 무척 서글픈 마음으로 키스를 보내며.

며칠 후 나는 알리사가 퐁그즈마르의 집을 로베르에게 남겨 주었

으나, 제 방에 있던 모든 물건과 몇 가지 가구들을 쥘리에트에게 보내
도록 부탁했다는 것을 알았다. 알리사가 내 이름을 적어 봉함해 둔
서류는 가까운 시일 내에 받기로 되어 있었다. 그리고 또 내가 마지
막 방문 때 거절했던 그 작은 자수정 십자가를 자기 목에 달아 달라고
부탁했다는 것도 알았다. 그 부탁이 이루어졌다는 것을 나는 에두아
르를 통해 알았다.

공증인이 내게 전송해 준 봉함 봉투에는 알리사의 일기가 들어 있
었다. 그 일기 중 여러 개를 여기에 옮겨 보겠다. 아무런 설명도 붙이
지 않고 그대로 옮긴다. 이 일기를 읽으면서 내가 생각했던 여러 가
지와 글로 다 표현할 수 없는 내 마음의 혼란에 대해 독자 여러분들이
충분히 짐작할 수 있으리라 생각한다.

알리사의 일기

에그비브에서

엊그제 르아브르 출발. 어제 님에 도착. 내 첫 여행! 살림살이나 부엌일에 대한 아무런 걱정 없이 계속되는 나태 속에서 1887년 5월 23일, 내 25살 되는 생일날, 나는 일기를 쓰기 시작한다. 이렇다 할 즐거움을 찾기 위해서가 아니라 그저 벗을 삼아 보려는 것이다. 내 생애에서 나는 처음으로 홀로 있다는 느낌이 든다. 낯선, 그래서 거의 이방이라고 할 수 있는 그리고 아직껏 아무런 인연도 맺은 바 없는 고장에서. 이 땅이 내게 들려주는 것은 노르망디나 퐁그즈마르에서 줄기차게 듣던 것과 별로 다를 것이 없다. 주님은 어느 곳에서나 다름이 없으시니까. 그렇지만 이 땅, 이 남녘땅은 내가 아직 배우지도 못하고 놀라움으로 듣고 있는 언어를 쓰고 있다.

쥘리에트는 내 옆 긴 의자에서 졸고 있다. 정원으로 이어지는 모래 깔린 안뜰과 엇비슷한 높이로, 이탈리아 풍으로 지어진, 이 집에 매력을 더해 주는 활짝 트인 회랑 안이다. 쥘리에트는 의자에 앉아서도 저 너머 얼룩 집오리 떼가 뛰놀고 백조 두 마리가 헤엄치고 있는 연못에 이르기까지 펼쳐져 있는 잔디밭을 볼 수가 있다. 여름에도 마르는 법이 없다는 시냇물이 이 연못에 물을 대주고선, 차츰차츰 야생의 숲으로 변해 가는 정원을 가로질러 흐르고, 메마른 벌판과 포도밭 사이에 끼어서 점점 좁혀지다가 이내 완전히 사라지고 만다.

에두아르 테시에르는 어제 내가 쥘리에트와 있는 동안 아버님에게 정원, 농장, 지하실, 포도밭 등을 구경시켜 드렸다. 그래서 나는 오늘 아침에서야 혼자서 공원의 이것저것을 살펴보며 산책할 수 있었다. 알 수 없는 많은 초목들, 그 이름들을 알기 위해 나는 잔가지들을 꺾어 모았다. 제롬이 보르게즈라든가 도리아 팡필리 별장에서 눈여겨보았다던 초록 떡갈나무가 그 가운데에 끼어 있다는 것도 알아냈다.

우리가 살고 있는 북프랑스의 나무들과 약간 비슷한 종류에 속하지만 모양은 전혀 다르다. 그 떡갈나무들은 정원이 거의 끝나는 곳에서 좁다랗고 신비로운 터를 둘러싸고 있다. 그리고 발의 감촉이 폭신폭신한 잔디밭 위에 늘어져 요정들의 합창을 권유하고 있다. 퐁그즈마르에 있을 때는 그처럼 기독교적이던 내 자연관이 이곳에 오자 나도 모르는 사이에 얼마간 신화적으로 변해 가는 것이 놀랍고도 두려울 정도이다. 그러나 점점 더 나를 억누르던 그 두려움 비슷한 느낌도 역시 종교적인 것이었다. 나는 '여기에 있는 것은 성스러운 숲이니!'라고 중얼거렸다. 그곳은 수정같이 맑았다. 그리고 이상한 침묵이 깃들고 있었다. 바로 그때 오직 한 마리의 새소리가 들려왔다. 그 소리는 너무나 맑고 깨끗해서 모든 자연이 그 새의 소리를 기다리고 있었다는 느낌이 들었다. 그러자 내 가슴은 세차게 두근거렸다. 한동안 나무에 기대어 있다가 사람들이 일어나기 전에 집으로 되돌아왔다.

5월 26일

제롬에게서는 여전히 편지가 없다. 르아브르로 편지를 보냈다 하더라도 이리로 발송되었을 텐데……. 이와 같은 나의 불안은 오직 이 일기에 털어놓을 따름이다. 어제는 보오까지 소풍을 갔고, 사흘 전부터는 기도도 드리고 있지만 잠시도 내 기분을 돌이키지 못했다. 오늘은 여기에 그 무엇도 쓸 수가 없다. 에그비브에 도착한 이래로 나를 괴롭히는 이 야릇한 우울도 무슨 까닭이 있는 것 같지 않다. 그런데도 우울이 너무나 내 마음 깊은 곳에서 느껴져, 오래 전부터 그곳에 뿌리박고 있었던 것 같다. 나 자신을 자랑스럽게 여기던 기쁨이라는 것도 정말은 이 우울을 감싸고 있었던 것에 지나지 않는다는 생각이 든다.

무엇 때문에 나는 내 자신을 속이려 하는 것일까? 내가 쥘리에트의 행복을 기뻐하고 있는 것은 다만 이론적인 것이다. 내 행복까지 희생하면서 바라던 그 행복이 아무런 고통 없이 얻어지는 것을 보고 나는 괴로워하고 있다. 이 얼마나 복잡한 얽힘인가. 나는 그 애가 자기 행복을 내 희생과는 다른 곳에서 찾아냈다는 것과, 그 애가 행복해지기 위해서는 구태여 내 희생이 필요하지 않았다는 것에 대해, 내 마음속에 되돌아온 무서운 이기주의가 분개하고 있다는 것을 잘 알고 있다.

그리고 제롬의 침묵이 내게 얼마나 불안감을 야기하는지를 느낌에 따라, 나는 그러한 희생이 정말로 내 마음속에서 이루어졌던 것인가 지금 생각하고 있다. 주님께서는 그러한 나의 희생을 요구하시지 않는 데 대해 나는 부끄러움을 느낀다. 정말 나는 그러한 희생을 할 능력이 없었던 것일까?

내 슬픔을 이렇게 분석한다는 것은 얼마나 위험한 것인가! 벌써 나는 이 일기에 매달리고 있다. 극복했다고 믿었던 이기심이 여기서 또다시 자기의 권리를 주장하는 것일까? 아니다. 이 일기는 내 영혼이 그 앞에서 단장을 하는 만족을 주는 거울이어서는 안 된다. 처음에 내가 생각했듯이 내가 일기를 쓰는 것은 심심풀이 때문이 아니라 슬픔 때문이다. 슬픔은 '죄의 상태'이다. 그리고 그것은 내가 잊고 있던 것이며, 지금 내가 증오하고 그것으로부터 내 영혼을 '단순하게' 하고자 원하는 것이다. 이 일기는 내 마음속에 행복을 다시 찾아내도록 나를 도와주어야 한다. 슬픔이란 하나의 착잡함. 결코 나는 내 행복을 분석하고자 한 적이 없다.

풍그즈마르에서도 나는 혼자였다. 지금보다도 더 혼자…….

그런데 왜 나는 그것을 느끼지 못하고 있었을까? 그래서 제롬이 이탈리아에서 편지를 보냈을 때도 나는 그가 나 없이도 보고, 나 없이도 살아가는 것을 말없이 받아들였으며, 생각으로나마 그를 따라다녔고, 그의 기쁨을 내 것으로 했다. 그러나 지금은 나도 모르게 그를 부르고 있다.

제롬이 없으니 내가 보는 모든 새로운 것들이 나를 괴롭힐 뿐이다.

6월 10일

시작한 지 얼마 되지 않아 이 일기는 오랫동안 중단되었다. 귀여운 리즈의 출생, 쥘리에트를 간호하면서 보낸 긴 밤들, 제롬에게 편지로 쓸 수 있는 모든 것을 왠지 여기에 쓸 마음이 없다. 허다한 여성들에게 공통적인 '너무 자주 쓴다'는 그 견딜 수 없는 결점을 나는 삼가고 싶다.

이 일기를 자기완성의 도구로 생각할 것.

그 뒤의 일기는 독서 도중에 필기해 둔 것과 적어 둔 구절 등으로 한동안 계속되었다. 그러고는 다시금 풍그즈마르에서 적은 것이다.

줄리에트는 행복하다. 자신도 그렇게 말하고 있고 내가 보기에도 그렇다. 나는 그것을 의심할 권리도 이유도 없다. 그런데 지금, 그 애 곁에서 내가 느끼는 불만과 불편한 감정은 도대체 어디서 오는 것일까? 아마도 이 더할 수 없는 행복이 너무나 실제적이고 너무나 쉽사리 얻어진 것이며 또 너무나 '자로 잰 듯' 완벽한 것이어서, 그 행복이 영혼을 죄고 질식시키는 것처럼 보이는 것인지…….

그래서 나는 지금 내가 바라고 있는 것은 분명 행복 그 자체이기보다는, 오히려 행복으로 가는 도정이 아닌가 생각해 본다. 오, 주여! 내가 너무도 빨리 다다를 수 있는 행복으로부터 나를 멀리하게 해 주옵소서. 주 계시는 곳까지 내 행복을 연기하고 미루어 두는 길을 가르쳐 주옵소서.

그 뒤로는 여러 장이 찢겨져 있었다. 그것은 분명 르아브르에서의 우리의 고통스러운 상봉을 이야기하는 것이었을 게다. 일기는 다음 해에 가서야 다시 계속되었다. 날짜 없는 페이지들이 있었지만, 그것은 분명 내가 퐁그즈마르에 머무를 때 쓰여진 것이리라.

때때로 그의 이야기를 들으면 생각하고 있는 내 모습을 내가 보고 있다는 느낌을 갖는다. 그는 내게 나 자신을 설명하고 또 나를 발전시켜 준다. 그 없이 내가 존재할 수 있을지, 나는 오직 그와 함께 있을 때만 존재한다.

가끔 그에 대해 내가 느끼는 바가 정말로 남들이 사랑이라고 부르는 그것인지 망설여질 때가 있다. 남들이 보통 사랑이라고 말하는 것이 내가 그리는 사랑과 너무나도 다른 것 같다. 나는 아무런 말없이, 내가 그를 사랑하고 있다는 것도 깨닫지 못한 채 그를 사랑하고 싶다. 무엇보다도 그가 모르게 그를 사랑하고 싶다.

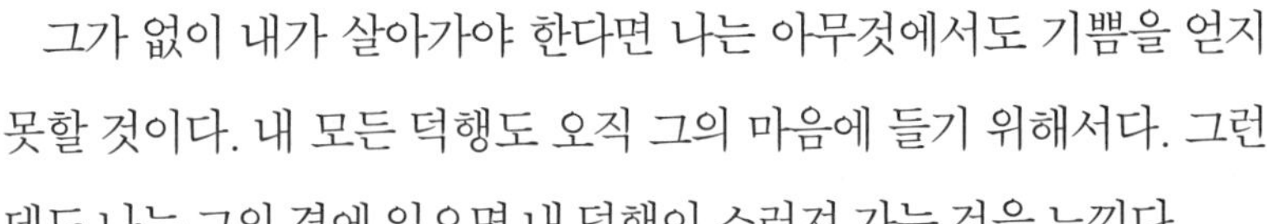

그가 없이 내가 살아가야 한다면 나는 아무것에서도 기쁨을 얻지 못할 것이다. 내 모든 덕행도 오직 그의 마음에 들기 위해서다. 그런데도 나는 그의 곁에 있으면 내 덕행이 스러져 가는 것을 느낀다.

나는 피아노 연습을 좋아했다. 왜냐하면 매일 조금씩 나아지는 것 같았기 때문이다. 이것은 동시에 내가 외국어로 된 책을 읽을 때 맛보는 즐거움을 설명해 주는 것이기도 하다. 물론 우리말보다도 어떤 외국어를 더 좋아한다거나 내가 탄복하는 몇몇 우리나라 작가들이 외국 작가들에 비해 손색이 있다고 생각하는 것은 결코 아니다. 그러나 의미와 감정을 추구하는 데 있어서의 약간의 곤란, 그 곤란을 극복해 나가며 차츰차츰 보다 더 잘 극복할 수 있게 될 때에 자기도 모르게 느끼는 자만심이 내 영혼에 만족감을 덧붙여 준다. 그러한 영혼의 만족감 없이는 아무것도 하지 못할 것만 같다.

아무리 행복하다 해도 나는 진보가 없는 상태를 바랄 수가 없다. 성스러운 기쁨이란 하나님 안에서의 융합이 아니고 무한히 계속되는 주님에의 접근이라고 나는 생각한다. 그래서 언어의 유희를 두려워하지 않는다면 나는 '진보'하지 않는 기쁨 따위에 코웃음 쳐 주고 싶다.

오늘 아침 우리는 가로수가 있는 거리의 벤치에 앉아 있었다. 우리는 아무것도 말하지 않았고, 또 무슨 말을 할 필요성도 느끼지 않았다. 갑자기 그가 내세를 믿느냐고 내게 물었다.

"물론이야, 제롬."

나는 큰 소리로 말했다.

"그건 내게 희망 이상의 것이야. 그것은 하나의 확신이지."

그런데 문득 내 신앙심이 그 외침 속에서 공허하게 느껴졌다.

"그런데……."

얼마 동안 말을 하지 않고 있다가 그가 덧붙였다.

"네게 신앙심이 없다면 너는 지금과 다르게 행동했을까?"

"그것을 어떻게 알겠니? 하지만 너 역시 네 자신의 생각이야 어떻든 더없이 열렬한 신앙에 빠진 이상 달리 행동할 수는 없을 거야. 그리고 만약 달라진다면 나는 너를 사랑하지 않을 거야."

라고 나는 대답했다.

아니야, 제롬. 아니야! 우리가 덕을 행하려고 애를 쓰는 것은 미래에 보상받기 위해서가 아니야. 우리의 사랑이 구하는 것은 보상이 아니야. 자신의 고통에 대한 보상이라는 생각은 고귀하게 태어난 영혼에게는 상처를 입히는 일이야. 덕이란 이러한 영혼을 위한 장식품이 아니야. 덕이란 그러한 영혼이 지니는 아름다운 형상이야.

아버지가 또다시 좋지 않으시다. 대단하지 않기를 바라지만, 사흘 전부터 우유만 들고 계시다.

어젯밤, 제롬이 막 제 방으로 올라간 다음 나와 함께 좀 더 앉아 계시던 아버지가 잠깐 동안 나를 남겨 두시고 방을 나가셨다. 나는 긴 의자에 앉아 있었다―아니, 앉아 있었다기보다는 내게 좀처럼 없는 일이지만 드러누워 있었다. 왜 그랬는지는 모르겠다. 전등의 갓이 불빛으로부터 내 눈과 상체를 가려 주었다. 나는 무의식적으로 내 발끝을 보았다. 발끝은 내 옷자락 밖으로 조금 나와 있었고 한 줄기 불빛이 거기에 걸려 있었다. 아버지가 들어오시더니 잠깐 문 앞에 서서 미소를 짓듯, 서글프신 듯 이상한 태도로 나를 찬찬히 보고 계셨다. 막연하게나마 나는 당황스러워 일어났다. 그때 아버지가 손짓하며 말씀하셨다.

"내 옆에 와 앉거라."

이미 밤이 깊었는데도 아버지는 차분한 어조로 어머님에 관해 말씀하시기 시작했다. 두 분이 헤어지신 후로 한 번도 말씀하지 않던 일이다. 어떻게 어머니와 결혼하게 되셨는지, 얼마나 어머니를 사랑하셨는지, 그리고 처음에 어머니가 어떻게 마음을 쓰셨는지에 대해 들려주셨다. 나는 마침내 말했다.

"아버지, 왜 그런 이야기를 하시는 거예요? 왜 하필 오늘 밤에 그런 이야기를 하시는지 말씀해 주세요."

"왜냐하면 말이다, 응접실에 들어오면서 긴 의자 위에 누워 있는 너를 보자 순간 네 어머니를 보는 듯했단다."

내가 그처럼 캐물은 것은 바로 그날 저녁, 제롬이 내 의자에 기대서서 내 어깨 너머로 몸을 굽혀 함께 책을 읽던 것이 생각났기 때문이다. 나는 그를 볼 수 없었지만 그의 숨소리를 느낄 수 있었고, 그는 내 체온과 떨림을 느끼고 있었다. 나는 계속해서 책을 읽는 척했지만 이미 아무것도 머리에 들어오지 않았다. 나는 더 이상 책의 줄조차 가려 볼 수도 없었다. 너무도 야릇한 마음의 동요가 나를 사로잡았기 때문에, 일어날 힘이 있는 동안 일어나자고 마음먹고는 얼른 의자에서 일어나지 않을 수 없었다. 다행히 그가 눈치채지 못하는 사이에 나는 잠시 방에서 나와 있었다. 그러나 얼마 후 아무도 없는 응접실의 긴 의자 위—아버지가 나를 어머니와 비슷하게 보았던 그 긴 의자—에 드러누워 있던 바로 그때, 나는 정말 어머니에 대한 생각을 더 들어 보고 있었다.

불안하고 답답하고 비참했을 뿐 아니라, 하나의 회한처럼 내 안에서 올라오고 있던 과거의 추억에 사로잡혀 나는 그날 밤 잠을 이룰 수 없었다. 주여, 악의 형상을 띤 모든 것에 대해 공포심을 갖는 법을 가르쳐 주소서.

가엾은 제롬! 그가 약간의 몸짓만 하면 되리라는 것을, 그 몸짓을 내가 기다리고 있음을 그가 알기만 한다면…….

내가 어렸을 때, 나는 이미 그 때문에 아름답기를 바랐다. 지금 생각해 보면, 내가 글의 뜻을 깊이 음미한 것은 오직 그를 위해서였다. 그런데 깊이 음미하며 읽는 것은 오로지 그가 없어야만 이루어질 수 있는 것, 오, 주여! 이것은 당신의 모든 가르침 중에서 나를 가장 아프게 하는 것입니다.

덕과 사랑이 한데 어우러질 수 있는 영혼을 지닐 수 있다면 그것은 얼마나 행복한 것일까. 나는 때때로 사랑한다는 것, 끊임없이 더욱 사랑한다는 것 말고 또 다른 덕이 있을까 의심해 본다. 그러나 또 어떤 날은 덕행이란 다만 사랑에 대한 항거로 보이기도 한다. 이럴 수가 있을까. 내 마음의 가장 자연스러운 '기울어짐'을 감히 사랑이라고 부를 수 있을까. 오, 매혹적인 궤변이여! 허울 좋은 권유여! 행복의 짓궂은 신기루여!

오늘 아침 라 브뤼예르의 저서에서 다음과 같은 구절을 읽었다.

'인생의 행로에는 때때로 금지되어 있지만 허용되었으면 하고 자연스럽게 바라는 것이 있다. 그것은 너무도 소중한 쾌락과 정다운 유혹이다. 이러한 매력은 덕행으로 그것을 포기하지 않고는 도저히 단념할 수 없다.'

그런데 나는 왜 여기서 변명을 찾아냈던 것일까?

사랑의 매력보다 더 흐뭇하고 더 강렬한 매력이 은근히 내 마음을 이끌고 있기 때문인가? 오, 사랑의 힘으로 우리 두 영혼을 한꺼번에 사랑의 저 너머로 이끌어 갈 수만 있다면!

슬프게도 이제 나는 너무나 그것을 잘 알고 있다. 주님과 제롬 사이에 나 이외에는 아무런 장애도 없다는 것을. 아마도 그가 말하는 것처럼 나에 대한 그의 사랑이 처음에는 그를 주님께 기울어지게 했다 하더라도, 이제 와서는 바로 그 사랑이 그를 가로막고 있다. 그는 내게서 머뭇거리고 나를 더 좋아하고 있다. 나는 그가 덕을 향해 앞으로 더 나아가지 못하도록 그를 붙잡고 있는 우상이 되었다. 우리 중한 사람이라도 거기에 도달하도록 해야 한다. 천한 내 마음으로는 내 사랑을 억누르지 못하오니 오, 주여! 제발 그가 저를 사랑하지 않도록 하게 할 힘을 제게 허락해 주옵소서. 그러하오면 저의 공덕보다 무한히 훌륭한 그의 공덕을 당신께 바칠 것이오니……. 그리고 오늘 그를 잃고서 저의 영혼이 흐느껴 울더라도, 그것은 장차 당신 안에서 그를 다시 찾으려 함이 아니옵니까?

오, 주여! 말씀해 주소서. 그 어떤 영혼인들 그의 영혼보다 당신에게 어울린 적이 있사옵니까? 저를 사랑하기 위해서보다는 더 훌륭한 일을 하기 위해서 태어난 그가 아니옵니까? 하므로 그가 저로 인해 걸음을 멈추게 된다면 저는 그만큼 더 그를 사랑하게 될 것이옵니까? 장하다 할 그 모든 것도 행복 안에서는 그 얼마나 위축되는 것인지요!

일요일

'주님께서는 우리를 보다 더 좋은 것을 위해 간직해 두셨기에.'

5월 3일 월요일

행복이 여기 아주 가까이에 손 내밀고 있으니, 손을 뻗치기만 하면 잡을 수 있을 텐데……. 오늘 아침 그와 이야기하면서 나는 희생을 성취했다.

그는 내일 떠난다.

사랑하는 제롬! 나는 끝없는 애정으로 여전히 너를 사랑하고 있다. 하지만 이제부터는 네게 그런 말을 하지 못할 것이다. 내가 내 눈과 내 입과 내 영혼에 부과하는 구속이 너무도 힘겹기에, 너와 헤어진다는 것이 내게는 해방이며 쓰디쓴 만족이기도 하다.

이성을 갖고 행동하고자 애쓰지만, 막상 행동하는 순간에는 나를 움직이게 하던 이성이 나를 저버리거나 아니면 어리석어 보인다.

내가 그를 피하는 이유는? 이제 나는 그런 것을 믿지 않는다. 그런데도 나는 그를 피하고 있다. 왜 내가 그를 기피하는지 그 까닭도 알지 못하고서.

주여! 제롬과 나, 서로 함께 의지하면서 당신께로 나아가도록 해 주옵소서. 때로는 한 사람이 다른 사람에게 '형제여, 피곤하면 내게 기대렴' 하면 상대방은 '너를 내 곁에서 느끼는 것만으로도 내게는 충분해'라고 대답하는 두 순례자처럼 인생의 길을 따라 걷게 해 주옵소서. 아니옵니다. 주께서 가르쳐 주시는 길은 좁은 길이옵니다. 그 길은 너무 좁아서 둘이서는 나란히 걸을 수도 없는 길이옵니다.

7월 4일

이 일기를 펼치지 않은 지도 6주가 넘었다. 지난 몇 장을 읽어 보니 잘 써 보려는 마음에 어리석고 그릇된 말씨를 글에서 발견했다. 이것도 '그' 때문이리라.

'그' 없이도 나 혼자서 살아갈 수 있도록, 나를 돕도록 시작한 이 일기 속에서 나는 계속해서 편지를 쓰고 있는 것 같다.

잘 썼다고 생각되는 부분을 모두 찢어 버렸다. 그런 행동이 무엇을 의미하는지 나 자신은 잘 알고 있다. 그와 관련된 부분은 모두 찢어 버려야 했을 것이다. 그러나 나는 그렇게 하지는 못했다.

몇 장을 뜯어 낸 것만으로도 벌써 적지 않은 긍지를 느꼈기 때문이다. 내 마음이 이토록 병들지 않았던들 코웃음 치고 말았을 그러한 긍지를. 참으로 장한 일을 해낸 것 같았고 그 뜯어 버린 몇 장이 사뭇 대단한 것이나 되는 양 느껴진다.

책장에서 책을 추방해 낼 수밖에 없었다. 이 책에서 저 책으로 그를 피해 달아났지만 어디에서나 그를 만나게 된다. 그가 없는 데서 펼치는 페이지에서조차 내게 읽어 주는 그의 음성이 들린다. 나는 오직 그에게 흥미 있는 것만을 좋아한다. 그래서 내 생각마저도 그의 사고 방식을 취해 버렸기 때문에, 지난날 우리 두 사람의 생각이 한데 뒤섞이는 것을 기꺼워할 수 있었던 때와 마찬가지로 지금도 어떤 것이 내 생각인지 분간할 수가 없다.

가끔 나는 그의 문체에서 벗어나기 위해 일부러 악문을 쓰려고 애쓴다. 그러나 그에게 대항해서 싸운다는 것이 오히려 그에게로 몰두

하는 꼴이 되고 만다. 당분간 성경—간혹 《예수를 본받아》도 함께—
외에는 아무것도 읽지 않기로 하고, 일기에는 읽은 것 중 특히 눈에
띄는 구절을 날마다 적기로 결심해 본다.

7월 1일부터 시작된 일기에는 성서가 한 구절씩 덧붙는 일종의 '나
날의 양식'이 계속되었다. 여기에 주석이 달려 있는 부분만을 옮겨
쓰겠다.

7월 20일

'네게 있는 것을 모두 팔아서 가난한 자에게 나누어 주어라.'

오직 제롬에게만 쓰고 있는 이 마음을 나는 가난한 사람들에게 주
어야 한다는 것을 알았다. 그리고 그렇게 하는 것이 동시에 제롬에게
도 그렇게 하기를 가르쳐 주는 것이 된다.

주여, 내게 그럴 용기를 주옵소서!

7월 24일

《마음의 위로》를 그만 읽기로 했다. 이 옛 글은 무척 나를 즐겁게
했지만 내 마음을 흩어지게 했다. 거기서 맛보는 거의 이교도적인 즐
거움은 내가 구하려고 했던 감화하고는 전혀 관련이 없다.

《예수를 본받아》를 다시 읽었다. 이것 역시 아무리 해도 이해하기
힘든 라틴어 원서로는 읽지 않기로 했다. 읽고 있는 번역본에 서명이
없는 것이 마음에 든다. 신교파의 번역임에 틀림없지만 표제에는

'모든 기독교인에게 적합함'이라고 적혀 있다.

  '오! 네가 덕을 향해 나아감으로써 어떤 안식을 얻고, 남들에게 어떤 기쁨을 주는지를 안다면, 너는 더욱 거기에 마음을 기울여 노력하게 되리로다.'

8월 10일

  주여, 제가 당신을 향해 어린아이 같은 존경과 그리움의 충동과 천사들의 초인간적인 음성으로 외칠 때…….

  저는 아옵니다, 이 모든 것이 제롬에서가 아니라 당신에게서 온다는 것을. 하지만 당신과 저 사이 어디에나 제롬의 모습을 두심은 어찌된 일이옵니까?

8월 14일

  이 일을 완성하는 데에는 앞으로 2달밖에는……. 오, 주여, 저를 도우소서!

8월 20일

  분명히 느끼고 있다. '내 슬픔'으로 미루어 나는 분명 느끼고 있다. 내 마음속에서 아직도 희생이 이루어지지 않았음을.

  오, 주여! 오직 그만이 알게 해 주던 이 기쁨을, 이제는 모름지기 당신에게서만 얻게 해 주옵소서.

이 무슨 속되고 볼품없는 덕에 이르렀는가. 어쩌다 나는 이렇게 내게 지나친 요구를 하는 것일까? 이제 더 이상 나를 용서할 수 없다.

언제나 주께 주의 힘을 애원하다니 이 무슨 비겁한 일인가. 이제 내 모든 기도는 하소연에 지나지 않고 있음을 느낀다.

'들에 핀 백합을 보라.'

이처럼 소박한 말씀이 오늘 아침 무엇으로도 되돌리지 못할 비탄 속으로 나를 가라앉혔다. 들로 나가 나도 모르게 되풀이하고 있던 이 말씀은 내 마음과 두 눈을 눈물로 가득 채웠다. 나는 농부가 쟁기 위에 몸을 굽혀 일을 하고 있는 텅 빈 끝없는 벌판을 바라보았다. 들에 핀 백합을……. 그런데 주여, 그 백합은 어디에 있사옵니까?

다시 그를 만났다. 그는 여기 한 지붕 밑에 있다. 그의 방 창문에서 새어나오는 불빛이 잔디밭 위로 보인다. 내가 몇 줄 적고 있는 지금도 그는 자지 않고 있다. 어쩌면 나를 생각하고 있는지도 모른다. 그는 변하지 않았다.

자신도 그렇게 말하고 있고, 나 또한 그렇게 느낀다. 그의 사랑이 나를 저버리도록 내가 결심한 대로의 나를 그에게 보일 수 있을까?

오! 내 속에서는 진심이 곤두박질치는데도, 무관심과 냉담을 끝내 가장했던 잔악한 대화……. 지금껏 나는 그를 피하는 것에 만족하고 있었다. 그러나 오늘 아침, 주님이 내게 이겨 낼 힘을 주시리라는 것과 끊임없는 싸움에서 몸을 피한다는 것이 비열한 노릇이라는 것을 나는 깨달아야 했다. 내가 승리한 것이었을까? 제롬이 나를 덜 사랑하는 것일까? 슬프게도 그것을 바라보면서 또 두려워하고 있으니……. 지금보다도 그를 더 사랑한 적은 결코 없었다.

그러나 저에게서 그를 구하기 위해 제가 없어져야 한다면 주여, 그렇게 하옵소서. 제 마음과 저의 영혼 속에 들어오셔서 제 괴로움을 짊어지시고, 당신의 수난에서 아직도 남아 있는 고통을 제 속에서 계속해서 감당하옵소서.

우리는 파스칼에 대해 이야기했다. 그에게 나는 무슨 말을 할 수 있었던가? 그 무슨 욕되고 터무니없는 말을 했던가. 그런 것을 말하면서 나는 괴로웠지만, 오늘 밤은 그 말이 하나님에 대해 불경스러운 말을 한 것처럼 후회가 된다. 묵직한 《명상록》을 다시 뽑아 들었다. 대뜸 펼치자 로아네 양에게 보내는 편지 구절이 적힌 곳이다.

'이끄는 이를 스스로 따를 때, 얽매인 굴레는 느껴지지 않습니다. 그러나 항거하기 시작하고 홀로 떨어져 걷기 시작하면 몹시도 괴로워지는 것입니다.'

이 말이 너무도 내 가슴을 찔렀기 때문에 나는 더 읽어 나갈 기력도 없었다. 다른 곳을 펼치자 여태껏 읽은 적이 없던 훌륭한 구절을 발견했다. 지금 막 그것을 베껴 두었다.

이 일기의 첫 권은 여기서 끝났다. 분명히 뒤이은 일기는 찢어 버린 모양이다. 왜냐하면 알리사가 남긴 서류 속에는 그로부터 삼 년 후, 다시금 퐁그즈마르의 구월, 즉 우리의 마지막 상봉이 있기 조금 전부터 일기가 이어져 있었기 때문이다.

이 마지막 일기는 다음과 같은 글로 시작된다.

9월 17일

오, 주여! 당신을 사랑하기 위해서는 제가 그를 필요로 한다는 것을 당신은 알고 계십니다. 당신은 알고 계십니다!

9월 20일

주여! 제게 그를 주시옵소서. 그러하오면 당신께 이 마음을 바칠 수 있겠나이다.

주여, 한 번만 더 제게 그를 만나도록 해 주옵소서.

주여, 제 마음을 당신께 드리기로 약속하옵니다. 그러하오니 저의 사랑이 당신께 청하는 바를 허락해 주옵소서. 제게 남은 목숨은 오직 당신에게만 바치겠사옵니다.

주여, 천한 이 기도를 용서해 주옵소서. 저는 그의 이름을 입 밖에 내지도 못하옵고 제 마음의 괴로움을 잊어버리지도 못하옵니다.

주여, 당신께 외치옵니다. 제 비탄 속에 저를 버려두지 마옵소서.

'너희가 내 이름으로 내 아버지께 요구하는 것은 무엇이든지…….'

주여! 당신의 이름으로 어찌 제가 감히…….

그러하오나, 비록 제가 기도를 입 밖으로 내지 않는다 하더라도 주님께서는 이 마음에서 타오르는 소원을 알아주실 줄 아옵니다.

오늘 아침부터는 마음이 크게 안정되어 있다. 지난밤은 내내 명상과 기도로 보냈다. 그러자 갑자기 어린 시절에 성령에 대해서 그려 보던 상상과 광채, 찬란한 평온 비슷한 것이 나를 둘러싸고 내게로 강림해 오는 것 같았다. 이 기쁨이 신경의 흥분 때문이 아닐까 하고 두려워 얼른 잠자리에 들었다. 그러한 행복감이 사라지기 전에 나는 잠들 수 있었다. 오늘 아침에도 그 크나큰 행복이 조금도 달라지지 않고 완전히 그대로 남아 있다. 이제는 그가 올 것이라는 확신을 갖게 되었다.

제롬! 내 벗, 아직도 '동생'이라고 부르기는 하지만 동생보다 한없이 내가 사랑하는 너. 너도밤나무 숲 속에서 얼마나 너의 이름을 불러 보았던가.

저녁마다 해질 무렵이면 채소밭의 그 작은 문으로 나가서 나는 이미 어둑어둑한 그 가로수 길을 내려간다. 네가 별안간 대답을 하고, 서둘러 내 눈길이 둘러보는 돌이 많은 그 언덕 위에서 네가 나타난다

해도, 나를 기다리며 그 벤치에 앉아 있는 네 모습이 멀리서 내 눈에
들어온다 해도, 내 가슴은 놀라 뛰지는 않을 것이다. 오히려 네 모습
이 보이지 않는 데 나는 놀란다.

10월 1일

아직 아무 일이 없다. 태양은 비할 데 없이 맑은 하늘 속에서 저물어
갔다. 나는 기다리고 있다. 머지않아 그 벤치 위에 그와 함께 앉게 되
리라는 것을 나는 알고 있다. 벌써 그의 말을 듣는다. 그가 내 이름을
부르는 것이 몹시도 듣기 좋다. 그는 거기에 있을 것이다. 나는 내 손
을 그의 손안에 내버려두리라. 나는 이마를 그의 어깨에 기댈 것이다.
나는 그의 곁에서 숨을 쉬게 될 것이다. 어제도 나는 그의 편지 중 몇
장을 다시 읽어 보려고 가지고 나왔다. 하지만 너무 그의 생각에 팔려
있어서 나는 그 편지를 들추어 보지도 않았다. 또 그가 좋아하던 그
자수정 십자가, 흘러간 어느 여름날 그가 떠나지 않기를 바라는 동안
은 저녁마다 목에 걸고 있기로 한 그 십자가도 나는 가지고 나왔었다.

이 십자가를 그에게 주고 싶다. 이런 꿈을 꾼 건 벌써 오래 전부터
다. 그가 결혼하면 나는 그의 첫딸인 작은 알리사의 대모가 되어 이
보석을 그 어린아이에게 주고…… 그런데 왜 나는 그런 말을 그에게
하지 못했을까?

10월 2일

하늘에 보금자리를 지어 놓은 새처럼 오늘 내 영혼은 가볍고 즐겁

다. 그는 분명히 오늘 올 것이다. 그렇게 느껴지기도 하고 또 그럴 것으로 알고 있다. 모든 사람들에게 이 말을 외치고 싶기까지 하다. 그래, 여기에라도 쓰지 않고는 견딜 수가 없을 것 같다. 나는 내 이 기쁨을 이제는 숨길 도리가 없다. 어느 때는 그처럼 내게 무관심하던 로베르에게조차 그것이 눈에 띄는 모양이었다. 로베르가 캐물어 무어라고 대답해야 할지 몰라 난처했다. 저녁이 올 때까지 어떻게 기다리지?

무엇인지 알 수 없는 투명한 띠가 어느 곳을 보아도 그의 모습을 큼직하게 확대시켜 주고, 사랑의 모든 빛살을 모아 내 가슴, 단 하나의 초점 위에 온통 집중시키고 있다.

오, 기다림이란 사람을 얼마나 지치게 하는 것인가!

주여! 행복의 그 넓은 문짝들을 제 앞에 잠시만이라도 살짝 열어 주옵소서.

10월 3일

모든 것이 다 사라졌다. 슬프다. 그는 내 팔에서 빠져나가 버렸다. 그림자처럼 거기 있었다. 그는 거기 있었다. 나는 아직도 그를 느끼고 있다. 나는 그를 부른다. 내 손, 내 입술은 그를 찾는다. 어둠 속에서 헛되이……

나는 기도도 할 수 없고 잠도 잘 수 없다. 어두워진 정원으로 다시 나가 보았다. 내 방 안에서나 집 안 어디에서나 나는 무섭기만 하다. 내 비판이 나를, 그를 그 뒤에 남겨 두고 왔던 그 문까지 데려갔다. 나는 어리석은 희망을 갖고 그 문을 다시 열어 보았다. 혹시 그가 와 있으면

하고 불러 보았다. 나는 어둠 속을 더듬어 보았다. 그에게 편지를 쓰기 위해 나는 다시 돌아왔다. 그를 잃는다는 것을 나는 용납할 수가 없다.

도대체 무슨 일이 일어났던가? 그에게 나는 무슨 말을 했던가? 나는 무슨 짓을 했던가? 무슨 필요로 나는 항시 그의 앞에서 내 덕을 과장하려는 것일까? 내 온 마음이 부인하는 덕이 무슨 가치가 있는 것일까? 주님이 내 입술에 올려놓으신 말씀을 나는 몰래 배반하고 있었다.

내 마음을 부풀게 하던 것은 그 어느 것도 말하지 않았다. 제롬, 곁에 있으면 내 가슴이 터질 것 같고, 떨어져 있으면 내가 죽을 것 같은 내 가엾은 벗, 내가 아까 한 말 가운데서 내 사랑을 이야기하던 것 외에는 아무것도 듣지 말아 줘.

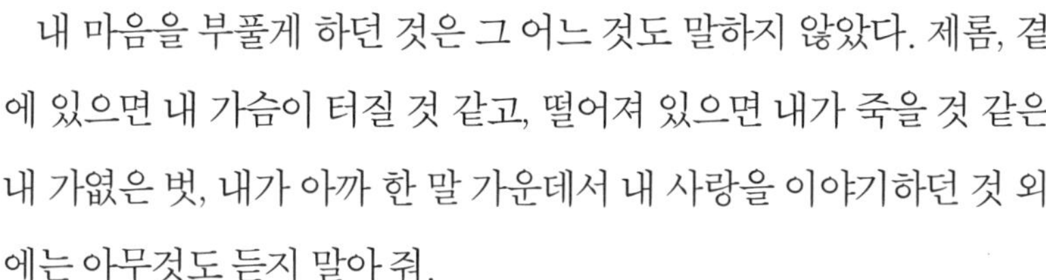

편지를 찢어 버렸다. 그러고는 다시 쓰고……. 이제 새벽이다. 눈물에 젖고, 잿빛에 싸인 내 생각만큼이나 서글픈 새벽, 농장에서 일 시작하는 소리가 들려온다. 잠자던 모든 것이 다시 삶을 시작한다. '이제 일어나라, 시간이 되었다.'

내 편지는 부쳐지지 않을 것이다.

10월 5일

그를 빼앗으신 질투심 많은 하나님, 이제 저의 마음도 가지옵소서. 모든 열정이 이 마음을 저버리고 있고, 아무것도 다시는 이 마음을 끌지 못할 것이옵니다. 하오나 내 이 서글픈 나머지를 이겨 낼 수 있도록 도와주시옵소서. 이 집, 이 정원이 제 사랑을 어쩔 수 없을 만큼 북돋아 주고 있습니다. 오직 주님만을 뵈옵게 될 어떤 곳으로 달아나고 싫습니다.

제가 재산이라고 소유하고 있는 것을 당신의 가난한 백성들을 위해 처분하도록 저를 도우소서. 제가 쉽사리 팔아 버릴 수 없는 이 퐁그즈마르의 집만은 로베르에게 남겨 주도록 허락하옵소서.

유언장을 써 놓기는 했지만 나는 필요한 형식을 거의 모른다. 어제 공증인을 만났을 때도 내가 결심한 것을 눈치채고 쥘리에트와 로베르에게 알릴까 두려워 충분히 이야기할 수 없었다. 이 일은 파리에 가서 끝내야겠다.

10월 10일

이곳에 너무 지친 몸으로 도착한 나는 이틀간을 누워 있어야 했다. 내가 싫다는데도 불러 온 의사는 꼭 해야 한다고 하면서 수술 이야기를 했다. 반대해 본들 무슨 소용이 있겠는가? 그러나 나는 수술하기가 겁나고 또 기력이 회복되기를 기다리고 싶다며 그를 설득시켰다.

이름이나 주소도 숨길 수 있었다. 나를 받아들이고, 또 주님께서 아직 필요하다고 여기실 동안 머물러 있는 데에 대해 군말이 없도록 나는 사무실에 돈을 넉넉히 맡겨 놓았다.

이 방은 마음에 든다. 죄 없이 정결하다는 것만으로도 충분히 벽을 치장할 수 있다. 이곳의 생활이 즐겁고 편안한 데에 대해 나 자신도 놀랐다. 이제 더 이상 삶에 대해 바라는 것이 없기 때문이다.

이제는 다만 하나님만으로 만족해야 한다. 하나님의 사랑이란 우리들의 마음을 송두리째 차지하실 때, 비로소 그 기쁨을 보여 주시기 때문이다.

성경 외에는 아무 책도 가지고 오지 않았다. 그런데 오늘 내 안에서는, 읽고 있는 성경의 구절보다도 더 큰 음성으로 파스칼의 그 열광적인 흐느낌이 울려오고 있다.

'하나님이 아닌 것은 그 어떤 것도 내 기대를 채워 줄 수 없다.'

오, 지각없는 내 마음이 바라던 너무나도 인간적인 기쁨이여. 당신이 저를 절망시키신 것은 이 외치는 소리를 듣기 위함이옵니까?

10월 12일

주의 다스림이 오시옵기를! 그리하여 주께서만이 저를 다스리옵소서. 이제는 제 온 마음을 아낌없이 당신께 바치겠나이다.

몹시 늙은 듯 지쳐 있으면서도 내 영혼은 이상한 동심을 간직하고 있다. 아직도 나는 방 안에 있는 모든 것이 정돈되고, 벗어 놓은 옷을 머리맡에 가지런히 개어 놓지 않으면 잠을 자지 못하던 그 옛날의 소녀 때와도 같다.

이렇게 죽을 준비를 하고 싶다.

10월 13일

없애 버리기 전에 다시 일기를 읽었다.

'자기가 느끼는 괴로움을 털어놓는다는 것은 위대한 영혼에게는 온당하지 못하다.'

아름다운 이 말은 끌로틸드 드 보의 말이라고 생각된다.

이 일기를 불 속에 내던지려는 순간 어떤 경고 같은 것이 나를 가로막았다. 이 일기는 벌써 내 것이 아니다. 따라서 이것을 제롬에게서 빼앗을 권리가 내게는 이미 없다. 이것은 단지 그를 위해서만 쓴 것이라고 느껴진다. 일기 속에 쓰여 있는 내 불안, 내 의심도 오늘에 이르러 생각해 보면 너무나 어처구니없는 것처럼 여겨져 거기에는 아무런 중요성도 붙일 수 없었고, 제롬이 그것을 읽는다고 한들 그 때문에 그의 마음이 동요될 것 같지 않았다.

주여, 제 자신은 필사적으로 도달하려고 했던 덕의 절정에까지, 그만이라도 밀어 올리려고 미칠 듯이 원하던 이 마음의 어설픈 표현을 이 일기에서 그가 때때로 찾을 수 있도록 해 주옵소서.

'주여, 제가 도달할 수 없는 그 반석 위로 저를 인도해 주옵소서.'

10월 15일

'기쁨, 기쁨, 기쁨, 기쁨의 눈물……'

인간적인 기쁨과 모든 고통의 저 너머에서, 그렇다! 나는 그 찬연한 기쁨을 예감하고 있다. 내가 도달할 수 없는 그 반석, 나는 그것의 이름을 잘 알고 있다. 행복에 귀착하기 위해서가 아니라면 내 모든 삶은 헛되다는 것을 나는 알고 있다. 아, 그러나 주여, 당신은 그것을 약속하셨습니다. 주여, 단념하는 순수한 영혼에게 '이제부터 복되도다'라고 당신은 말씀하셨습니다. '주 안에서 죽는 자는 이제부터 복되도다'라고 죽음에 이르러서까지 저는 기다려야 하옵니까? 여기에

서 저의 믿음은 흔들리옵니다. 주여, 제 온 힘을 다해 당신께 부르짖
고 있사옵니다. 저는 어둠 속에 있나이다. 새벽을 기다리고 있나이
다. 목숨이 다할 때까지 당신에게 부르짖고 있사옵니다. 제 갈증을
축여 주러 오시옵소서. 그 행복에 저는 곧 목이 마릅니다. 아니면 저
는 그 행복을 가졌다고 자위해야 하는 것이옵니까? 먼동이 트기 전
에 날이 밝아 오는 것을 알린다기보다는 차라리 애타는 마음으로 날
이 밝기를 부르는 안타까운 새처럼 저는 밤이 새기를 기다리지 않고
노래를 불러야 하옵니까?

10월 16일

제롬! 네게 완벽한 기쁨이라는 것을 가르쳐 주고 싶어.

오늘 아침, 심한 구토 증세로 일어날 수밖에 없었다. 나는 너무도
고통스러워 차라리 죽었으면 하고 바랐다. 아니, 그게 아니다. 처음
에는 모든 내 속에 커다란 평온이 깃들어 있었다. 그러고는 심한 고
통이 나를 휘어잡고, 전율이 내 육신과 영혼을 휘어잡았다. 그것은
내 삶의 속박이 풀린 돌연한 '계시'와도 같았다. 내 방의 벽이 잔인하
게 벌거벗겨진 것을 처음으로 보는 것처럼 느껴졌다. 나는 무서웠다.
아직도 나는 나를 안정시키고 가라앉히기 위해 이 글을 쓰고 있다.
오, 주여! 당신을 모독함이 없이 마지막에 이르게 해 주소서!

나는 다시 일어날 수 있었다. 나는 어린아이처럼 무릎을 꿇었다.
지금 빨리 죽었으면 한다. 혼자라는 것을 또다시 알기 전에.

9

지난해 나는 쥘리에트를 다시 만났다. 알리사의 죽음을 알려 주었던 그녀의 마지막 편지 후로 십 년이 넘는 세월이 흘렀다. 프로방스 지방을 여행 중이었기 때문에 나는 잠시 님에서 발길을 멈추었다. 테시에르 집안은 그 시의 혼잡한 중심가인 프셰르 가도에 있었으며, 꽤 보기 좋은 집이었다. 나는 그 집에 들르겠다는 것을 미리 편지로 알렸음에도 불구하고 문턱을 넘을 때는 적지 않게 가슴이 설레었다.

하녀가 나를 응접실로 올라가도록 안내했고, 얼마 후 쥘리에트가 나를 맞으러 그곳으로 나타났다. 플랑티에 이모님을 보는 것 같은 느낌이 들었다. 걸음걸이며 몸맵시, 그리고 숨 가쁜 친절까지도 똑같았다. 그녀는 내 대답도 기다리지 않고서 곧장 내가 지내 온 일이며 내 교제 관계 등에 관한 질문을 계속해서 나를 연방 몰아세우기 시작했다. 파리에서는 내가 무엇을 했는지, 그리고 에두아르가 나를 보면 무척 기뻐할 텐데 어째서 에그비브에는 가지 않았는지, 그리고 자기 남편과 아이들, 지난번의 추수, 불경기 등에 관해 이야기했다. 그로 인해 나는 로베르가 에그비브에 와서 살기 위해 퐁그즈마르의 집을 팔았다는 것을 알았다. 현재 그는 에두아르와 동업을 하고 있고, 그래서 에두아르는 여행도 하고 대외 활동에 특별히 힘을 기울일 수 있으며, 한편 로베르는 밭에 남아서 생산에 관련된 일을 하고 있다고 했다.

나는 한편 과거를 회상시켜 줄 수 있는 것을 불안한 눈으로 찾기 시작했다. 응접실의 새로운 가구들 사이에서 나는 퐁그즈마르에 있던 몇몇 가구들을 쉽사리 알아볼 수 있었다. 그러나 내 안에서 부르르 떨고 있던 과거를 쥘리에트는 이제 모르고 있거나 아니면 일부러 거기에 신경 쓰지 않으려고 애쓰는 것 같았다.

13살이나 14살쯤 되어 보이는 사내아이들이 층계에서 놀고 있었다. 아이들 가운데서 맏이인 리즈는 제 아버지를 따라 에그비브에 갔다고 했다. 10살 먹은 사내아이가 바로 알리사의 죽음을 알려 주던 당시, 해산이 가깝다고 하던 바로 그 사내아이였다. 이때의 임신은 끝까지 고통스러웠고 그 때문에 쥘리에트는 산후에도 오랫동안 불편했다고 했다. 그리고 지난해에는 생각을 바꾸어 딸아이를 또 하나 낳았다고 했다. 그녀의 말을 들어 보면, 쥘리에트는 다른 아이들보다 이 딸아이를 더 귀여워하는 것 같았다.

"내 방에서 그 아이가 자고 있는데, 바로 요 옆이에요."

쥘리에트는 말했다.

"이리 와서 그 애를 보세요."

나는 그곳으로 따라갔다.

"제롬, 감히 편지로는 부탁하지 못했지만, 이 아이의 대부가 되어 주겠어요?"

"물론이지, 너만 좋다면야."

나는 쥘리에트의 말에 놀라며 어린아이의 요람을 들여다보면서 말했다.

"이 아이는 언니를 좀 닮았어요. 그렇게 보이지 않아요?"

나는 놀라서 아무런 대꾸도 하지 못하고 쥘리에트의 손을 쥐었다. 제 어머니가 들어 올리자 그 작은 알리사는 눈을 떴다. 나는 그 아이를 내 팔에 받아 안았다.

"오빠는 훌륭한 아버지가 될 거예요."

쥘리에트는 웃어 보이려고 애쓰며 말했다.

"언제 결혼하실 거예요?"

"많은 일들을 잊어버리면."

쥘리에트는 내 말에 얼굴을 붉혔다.

"꼭 잊고 싶으세요?"

"언제까지라도 잊고 싶지 않아."

"이리로 오세요."

벌써 어두워진 작은 방으로 나를 앞장서 가면서 그녀가 갑자기 말했다. 그 방의 문은 쥘리에트의 방으로 나 있었고, 또 한 문은 응접실 쪽으로 나 있었다.

"시간이 있을 때마다 제가 숨어 들어오는 곳이에요. 집 안에서 가장 조용한 방이죠. 여기 있으면 삶에서 피난해 있는 것처럼 느껴져요."

그녀가 말한 작은 응접실의 창문은 다른 방들의 창문처럼 거리의 소음 쪽으로 향해 있지 않고 나무들이 서 있는 안뜰 같은 곳으로 향해 있었다.

"앉으세요."

안락의자에 앉으면서 그녀가 말했다.

"내가 오빠를 잘못 알고 있지 않다면 아마도 오빠는 언니의 추억에 충실하려는 거죠?"

나는 한동안 대답을 하지 않고 있었다.

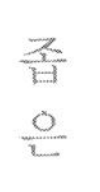

"아마도, 그렇다기보다는 알리사가 내게 해 준 모든 생각 때문에서 겠지. 아니, 그렇게 한다고 해서 내가 무슨 장한 짓을 한다고는 생각 하지 말아 줘. 나는 그렇게밖에 할 수 없다고 생각하고 있으니까. 만 일 내가 어떤 여자와 결혼한다면 나는 그 여자를 사랑하는 척하는 것 외에 별 도리가 없단다."

"네……."

그녀는 이미 알고 있다는 듯이 짧게 한숨을 내쉬었다. 그러고는 내 게서 얼굴을 돌리더니 잃어버린 물건이라도 찾으려는 듯 바닥을 내 려다보았다.

"그럼, 아무런 희망도 없는 사랑이 그처럼 오랫동안 마음속에 간직 될 수 있다고 생각하세요?"

"그래, 쥘리에트."

"삶이 계속되는 한 그 사랑은 꺼지지 않으리라는 건가요?"

땅거미가 햇빛에 밀물처럼 밀려와서는 어둠 속에 잠기게 하자, 물건들이 나지막한 목소리로 자신의 과거를 되살리고 들려주는 듯했다. 쥘리에트가 가구들을 다시 옮겨다 모아 놓은 방을 보자 나는 알리사의 방을 보는 것만 같았다. 쥘리에트는 다시 내게로 얼굴을 돌렸다. 이제는 그녀의 윤곽도 잘 분간할 수 없어서, 쥘리에트가 눈을 감고 있었는지 어쩐지는 알 수 없었다. 쥘리에트는 참 아름다워 보였다. 그리고 이제 우리는 말없이 앉아 있었다. 이윽고 그녀가 말했다.

"이제 잠에서 깨어나지 않으면 안 돼요."

마침내 그녀가 일어나서 한 발자국 앞으로 걸어갔으나 기력이 없는 듯 의자에 쓰러졌다. 그녀는 손으로 얼굴을 가린 채 울고 있는 듯이 보였다.

하녀가 등불을 들고 들어왔다.

독후감 길라잡이

　어릴 때 아버지를 여읜 제롬은 외삼촌 집에서 살게 됩니다. 그러던 중 사촌 누나인 알리사를 사랑하게 됩니다. 알리사 역시 제롬을 아끼고 사랑하지만, 알리사는 제롬보다는 하나님을 더 사랑하며 신앙을 더 중요시합니다.

　어린 시절 제롬은 교회에서 "좁은 문으로 들어가기를 힘써라. 멸망으로 인도하는 문은 크고 그 길은 넓어 그곳으로 들어가는 자가 많고, 생명으로 인도하는 문은 좁고 협착하여 찾는 이가 적음이니라."라는 설교를 듣고 알리사와의 사랑을 위해 노력하지만, 알리사는 제롬보다는 신앙을 더 중요하게 여기며 제롬과의 사랑이 순수하고 정신적인 사랑이어야만 한다고 생각합니다. 제롬은 알리사의 마음을 이해하려고 노력하며 그런 알리사에게 어울리는 존재가 되려고 덕행을 쌓고자 더 열렬하게 신앙에 정진합니다. 알리사 역시 제롬의 사랑을 알지만 신앙을 위해서는 제롬과의 사랑도 희생물로 생각하며 자신의 솔직한 감정들을 감추고 제롬과 거리를 두려고 노력합니다.

　한편, 알리사의 여동생인 쥘리에트도 제롬을 사랑하지만 제롬이 언니 알리사를 사랑하는 것을 알고는 둘의 행복을 위해 다른 사람과 결혼합니다. 제롬과 알리사는 쥘리에트의 결혼을 통해 서로에 대한 마음을 확인하게 됩니다. 그러나 알리사는 제롬과의 약혼을 끝내 미루면서 성서에 나온 '좁은 문'으로 들어가고자 제롬과의 정신적인 사랑만을 추구합니다. 결국 알리사는 제롬에 대한 사랑을 포기하고 자신이 선택한 신앙의 좁은 문에 만족하려고 하지만 그것은 그녀에게 내면의 고통을 가져왔고 그러한 선택에 대한 내면의 고통을 이기지 못하고 외롭게 죽고 맙니다. 알리사가 죽은 지 10년 후, 제롬은 쥘리에트의 왜 결혼을 하지 않느냐는 질문에 아직도 알리사를 잊지 못하고 있음을 고백합니다.

❷ 작품 분석하기

이 소설은 작가의 자전적인 소설로서 사촌 간인 두 남녀의 순수한 사랑이 기독교적인 금욕주의로 인해 비극적 결말에 이르게 되는 작품입니다. 인간의 감정이 종교적 목표를 위해 희생되는 것을 비판하는 작품이라고 할 수 있습니다. 즉, 인간의 자연스러운 감정을 억압하는 엄격한 종교의 규율이 비극적인 결말을 부르는 것을 통해 인간의 자유로운 감정을 존중하고 해방을 주장한다고 할 수 있습니다.

▮ 작품의 주제 ▮

사랑과 같은 인간의 현실적 행복이 종교적 믿음 앞에 희생될 수 있는지를 그리고 있습니다. 비극적인 결말을 보여 줌으로써 지나친 절제를 강조하는 비인간적인 종교적 신앙에 대한 비판을 담고 있습니다.

▮ 작품의 시점 ▮

주인공 제롬의 시점에서 서술되는 1인칭 주인공 시점입니다.

❚ 시대적 배경 ❚

가까운 친척끼리의 결혼이 성행하던 19세기 말입니다.

❚ 공간적 배경 ❚

프랑스 파리와 작은 마을인 노르망디를 주 배경으로 하고 있습니다. 도시보다는 시골의 아름다운 풍경이 주 배경이 되어 두 남녀의 풋풋하고 순수한 사랑을 더욱 부각시켜 줍니다.

❚ 사상적 배경 ❚

이 작품이 창작된 1900년대 초에는 프랑스에서 신낭만주의·다다이즘·초현실주의·실존주의 등 다양한 문학사조와 탐미주의적인 상징주의와 참여문학이 성행했습니다. 그러던 중 인간의 모험 지향적인 행동의 가치를 찾으려는 사상적 흐름인 행동주의가 떠오르게 되었고, 이러한 행동주의를 통해 비인간적인 청교도의 풍조를 비판하는 것이 사상적 배경이라 할 수 있습니다.

❸ 등장인물 알기

❚ 제롬 ❚ 사촌 누이인 알리사를 사랑하고 그녀를 위해 자신의 덕행을 쌓으려는 인물입니다. 그러나 자신의 행복을 신에 대한 희생물로 바꿔 버린 알리사를 안타깝게 여기며 방황과 좌절을 거듭하다 결국은 신에게 먼저 간 알리사를 잊지 못한 채로 평생을 지냅니다.

┃ 알리사 ┃ 금욕주의의 청교도적인 인물로, 선천적으로 스스로를 절제하며 자신의 사랑마저도 희생하여 종교적 믿음을 완성하려고 합니다. 제롬을 사랑하지만 그것을 참고자 노력하다 결국은 비극적인 죽음을 맞이합니다.

┃ 쥘리에트 ┃ 알리사의 동생으로, 제롬을 사랑했지만 제롬이 알리사를 사랑하는 것을 알고는 다른 사람과 결혼하게 됩니다. 소설의 분위기를 더욱 슬프게 만들어 주는 가련한 인물입니다.

❹ 작가 들여다보기

앙드레 지드는 1869년에 프랑스 파리에서 태어났으며, 20세기 초반 프랑스를 대표하는 작가입니다. 파리 대학 법학 교수의 아들로 태어나 11세 때 아버지가 사망하고, 홀어머니 아래에서 엄격한 청교도적 교육을 받았습니다. 몸이 약하고 학교 교육을 싫어하였기 때문에 몇 번이나 학업을 중단하다가 20세에 대학입학 자격시험에 합격합니다. 처음에는 시인이 되려 했으나 소설적 재능이 더욱 눈에 띄는 작가였습니다. 그의 작품은 기독교의 이원론적 세계관과 관련된 도덕적·윤리적 문제를 주로 다뤘으며, 정신과 육체, 이성과 감성 등의 기독교적 이원론이 예리하게 잘 드러나 있습니다. 그는 기독교적인 가치관이 인간의 욕망을 억압하는 것을 비판했으며, 인간의 욕망을 인정하고 도덕적인 가치를 부여할 것을 주장했습니다.

그의 작품과 적극적인 사회 참여는 인간을 억압에서 해방시켜 인간의 자유를 회복하고자 한 노력이었습니다. 청교도적인 엄격한 규율이나 당대의 예술적 창조성을 억압한 전통 등 지드는 그 시대의 여러 문제들을 제기하였습니다. 그는 자신의 신념을 마지막 순간까지 포기하지 않았으며, 1947년 옥스퍼드 대학의 명예박사 학위와 노벨 문학상을 받는 영예를 안았습니다.

지드의 문학 특징 중 하나는 규정지을 수 없는 다양성입니다. 《좁은 문》과 《전원교향악》에서는 종교적 계율이 가져오는 위선과 비극을, 《교황청의 지하도》에서는 도덕을 초월한 절대적 자유의 가능성을, 《사울》에서는 전적인 자유와 육체적 환락에 대한 경계와 탐색을 다루었습니다. 20세기 프랑스 문단의 성격 형성에 결정적인 영향을 준 그는 문학비평에서도 이전의 견해를 뒤엎는 독창적 이론의 많은 논문을 남겼는데, 그중 '도스토옙스키론(論)'은 매우 유명합니다.

주요 작품으로는 사회적으로 커다란 파문을 불러일으킨 《콩고 여행》, 《소비에트 여행기》와 《나르시스론(論)》, 《배덕자》, 《이자벨》, 《한 알의 밀이 죽지 않는다면》, 《사전꾼들》, 《테제》 등이 있습니다. 1950년, 1939년부터 80회 생일에 이르기까지 삶의 기록을 담은 《일기》의 마지막 권을 출간한 지드는 1951년 82세를 마지막으로 파리의 자택에서 세상을 떠났습니다.

그러면 앙드레 지드의 삶을 연대별로 살펴볼까요?

1869년   파리 대학 법학부 교수였던 아버지 폴 지드와 노르망디 출신인 어머니 쥘리에트 사이에서 태어남.

1877년(8세)　알자스 학교에 입학했지만 몸이 약하여 휴학함.

1880년(11세)　장결핵으로 아버지를 여의고, 엄격한 종교적 규율을
강요한 어머니 밑에서 자라게 됨.

1884년(15세)　알자스 학교에 재입학했지만 중단하고 독서에 열중
하게 됨. 학습이 불규칙하여 지능발달도 늦었으나
18세 무렵부터 문학에 대한 강한 관심을 가지게 됨.

1890년(21세)　자신의 경험을 담은 《앙드레 왈테르의 수기》를 완성.
폴 발레리와 친분을 가지게 됨.

1893년(24세)　아프리카를 여행하면서 엄격한 종교적 윤리에서 해
방된 느낌을 가짐.

1897년(28세)　《지상의 양식》을 출간함.

1902년(33세)　《배덕자》를 출간하지만 엄청난 혹평을 받음.

1908년(39세)　문예지인 《N.R.F》를 창간함.

1909년(40세)　문예지 《N.R.F》에 《좁은 문》을 연재함.

1911년(42세)　《교황청의 지하도》를 출간, 《N.R.F》 휴간.

1919년(50세)　《독일론》, 《전원교향악》을 출간함.

1921년(52세)　알리마시스가 《앙드레 지드의 영향》을 통해 종교와
도덕면에서의 지드의 패덕주의를 비난함.

1927년(58세)　프랑스 식민지 정책의 부당함에 대해 쓴 《콩고 기행》
을 출간함.

1933년(64세)　파리의 반파시즘 대회에서 강연하고, 《러시아 청년

에게》라는 제목의 우호 성명을 발표함.

1936년(67세) 《소비에트 여행기》를 출간, 좌익 진영의 공격을 받음.

1945년(76세) 독일 프랑크푸르트 시로부터 괴테 훈장을 받음.

1947년(78세) 옥스퍼드 대학에서 명예박사 학위를 받음. 11월에 노벨 문학상을 받음.

1948년(79세) 《가을의 단상》을 발표함.

1950년(81세) 지드가 각색한 《교황청의 지하도》가 코메디 프랑세즈에서 상연됨.

1951년(82세) 2월 19일, 파리 자택에서 폐렴으로 사망함.

❺ 시대와 연관 짓기

《좁은 문》은 앙드레 지드의 삶이 반영된 작품이라 할 수 있습니다. 지드는 11세 때 아버지를 여의고 어머니 밑에서 엄격한 청교도적 규율에 의해 자라게 되었습니다. 그리고 그는 사촌 누나가 외숙모의 불의로 절망과 슬픔에 빠져 있음을 보고, 그녀를 돕는 것이 자신의 의무이자 존재 이유라고 생각하게 됩니다.

작품에서 나타난 알리사는 그 당시에 유행했던 청교도적 금욕주의로 인한 억압된 삶을 사는 인물입니다. 그녀는 동생을 위해 자신의 행복을 희생하려 했고, 혼자가 된 아버지를 보살피고자 결혼하는 것을 꺼리기도 했습니다. 즉, 그녀는 자신의 행복보다는 희생을 통해 자신의 사랑을 종교적으로 완성하고자 했던 인물입니다.

제롬은 그러한 알리사의 마음을 이해하지만 자연스러운 인간의 본능을 중요하게 여겨 알리사와의 결혼을 계속해서 원하지만 알리사의 거부로 방황과 좌절을 거듭하게 됩니다.

즉, '좁은 문'에 도달하기 위하여 감정을 절제하고 그것을 가로막는 종교적 신념에 갈등하고 정신적인 고통을 겪는 알리사와, 인간의 자연스러운 감정대로 알리사를 사랑하게 되지만 계속된 영혼의 방황을 거듭하는 제롬을 통하여, 과연 무엇을 위해 종교적 믿음이 필요한 것인지를 말하는 작품이라 할 수 있습니다. 결국 알리사와 제롬은 둘 다 정신적인 고통을 겪게 되는데, 지드는 이 작품을 통해 영혼을 편안히 해 주어야 하는 종교적 믿음이 오히려 인간의 내면을 파멸시키는 행태를 비판한다고 할 수 있습니다.

제롬과 알리사는 그 당시에 만연했던 종교적 영향으로 청교도의 삶을 강요받아 방황과 좌절을 하게 된 많은 사람들을 대표합니다. 자기를 희생하고 절제하는 종교적 삶을 살았던 알리사 역시 많은 번민과 정신적 고통을 겪으며 비극적으로 죽음을 맞이한 것은, 과연 종교가 삶을 더 건강하고 행복하게 만들어 주는 것인지에 대한 의구심을 갖게 한다고 할 수 있습니다. 지나치게 절제를 강조한다면 결국 인간의 자유로운 본성을 억압하게 되고 그것은 정신적인 고통을 더 가져오기 때문입니다. 인간은 종교를 통해 많은 불안을 덜어내고 더 높은 수준의 삶을 살아갈 수도 있지만, 역사적으로 살펴볼 때 종교가 항상 그런 모습만을 보이지는 않았으며, 종교를 잘못 사용하게 된다면 많은 사람들이 더욱 불행해질 것입니다. 즉, 종교가 어떤 것을 추구하느냐에 따라서 인간의 행복을 높일 수도 있지만 자칫하면 인간의 자유로운 감정을 억압하는 일이 발생할 수도 있습니다.

앙드레 지드는 《좁은 문》을 통해 자신이 받았던 당시의 청교도적 금욕주의에 대해 비판했으며, 인간의 자유와 해방을 주장했습니다. 즉, 절제된 삶을 강요받았던 두 인물의 비극적인 결말을 통해서 그러한 종교적 절제의 허무함을 비판하고, 행복을 위한 인간의 자연스러운 감정의 해방을 주장한 작품이라 할 수 있습니다.

❻ 작품 토론하기

1 이 소설에서 두 주인공 제롬과 알리사는 서로 사랑하지만 끝내 결혼을 하지 못합니다. 제롬은 알리사에게 계속해서 청혼하지만 알리사는 서로의 사랑을 위해서 만나는 것도 자제하고 '좁은 문'에 들어가기 위한 희생을 더 중요하게 생각합니다. 둘이 생각하는 진정한 행복과 '좁은 문'의 의미에 대해 의견을 말해 보세요.

➡ 제롬은 알리사를 사랑하여 청혼하지만 알리사는 결혼하는 것을 계속 거절합니다. 제롬은 성경에 나온 '좁은 문'을 알리사에게 가는 길이라 여기고, 자신의 덕행을 쌓음으로써 알리사에게 어울리는 존재가 되고자 합니다. 그는 알리사가 자신과의 결혼으로 누릴 수 있는 행복을 신에 대한 희생으로 바꾸어 버리는 것에 대해 안타까워

합니다. 그렇지만 그는 알리사를 사랑하는 것을 자신의 의무로 받아들이면서 고통스러운 '좁은 문'을 가게 된 것이라 할 수 있습니다.

알리사는 '좁은 문'이라는 성경 구절의 말을 하나님께 가는 길로 생각합니다. 즉, 그녀는 절제된 삶과 희생을 통하여 종교적 믿음을 더욱 높이는 것이 진정으로 행복한 길이라고 여긴 것입니다. 그리하여 알리사는 제롬을 사랑하면서도 자신의 감정에 솔직하지 못하고 절제함으로써 내면의 고통을 키우다가 죽고 맙니다.

❷ 이 소설에는 많은 성경 구절이 등장하여 주인공들의 삶의 방향을 결정합니다. 현대에도 종교는 다양하게 존재하며 많은 사람들이 종교에 의지하고 있습니다. 현대 시대의 종교의 역할을 자신의 삶에 비추어 말해 보세요.

➡ 역사적으로 종교는 인간의 삶에 많은 영향을 끼쳤고 지금도 상당 부분 그러한 경향이 있습니다. 즉, 삶의 여러 부분에 걸쳐서 일어나는 문제들에 대해 우리는 종교를 통해 그러한 답을 제시하곤 합니다. 《좁은 문》에 나타난 것처럼 어떨 때는 인간 삶의 전반을 종교가 지배한 적도 있었습니다. 알리사는 자신보다는 종교를 위해 살았습니다. 지금은 이처럼 종교를 맹목적으로 따르는 사람들은 많이 줄었다고 할 수 있습니다. 또한 다양한 종교가 공존하기 때문에 어떤 종교적 교리가 인간의 삶을 강요하거나 억제하는 일은 일어나지 않는다고 할 수 있습니다. 그렇지만 가끔은 종교 갈등으로 인간의 고통이

더해지는 일도 있습니다. 인간의 행복을 더해 주어야 할 종교가 오히려 고통을 증대시키는 것입니다. 이런 경우 우선 종교는 인간의 행복을 위해서 존재한다는 생각이 중요합니다. 우리가 종교를 믿는 것은 행복을 위해서이지 종교를 위해서가 아닙니다. 또한 종교는 선택의 문제이며 어느 하나의 종교가 강요되어서는 안 되며 각자의 종교가 서로 존중하는 것이 필요합니다. 결국 종교는 인간의 행복을 위한 것이기 때문에 그러한 것을 추구할 수 있도록 종교의 교리를 인간의 삶에 맞게 합리적으로 정해야 할 것입니다.

❼ 독후감 예시하기

▷▶독후감 1 : 현재에 충실한 삶

앙드레 지드의 《좁은 문》은 몸이 약하고 감성이 예민한 제롬과 종교적 신앙이 강했던 제롬의 사촌 누이인 알리사의 사랑을 그린 작품이다. 제롬은 아버지를 여의고 한적한 시골에 있는 외삼촌의 집에서 머무르게 되면서 알리사를 사랑하게 된다.

지금의 기준으로 보면 사촌 누나와 서로 사랑하고 결혼까지 하는 것은 말이 되지 않는 일이다. 그러나 그때 당시에는 이러한 일은 매우 자연스러운 일이었다. 하지만 제롬과 알리사의 사랑은 그렇게 쉽게 완성되지는 않았다. 알리사의 동생인 쥘리에트 역시 제롬을 사랑하고 있었다. 그 사실을 알게 된 제롬은 매우 큰 충격을 받게 된다. 알리사 역시 그러한 사실을 알고 있었고, 자신보다는 동생의 행복을 위해서 제롬을 포기하려고 한다. 그렇지만 쥘리에트는 둘의 사랑을 잘 알고 있었기에 자신이 사랑하지 않는 사람과 결혼함으로써 또 다른 비극적인 인물로 그려진다. 그러나 쥘리에트의 희생에도 그 둘의 사랑은 행복한 결말이 아니었다.

작품의 초반부에 나오는 "좁은 문으로 들어가기를 힘써라. 멸망으로 인도하는 문은 크고 그 길은 넓어 그곳으로 들어가는 자가 많고, 생명으로 인도하는 문은 좁고 협착하여 찾는 이가 적음이니라."라는 구절을 제롬과 알리사는 서로 다르게 생각한 것이 가장 큰 원인인 것 같다. 둘은 서로 사랑한다고 말하지만 둘이 생각하는 사랑의 방식은 차이가 있었던 것 같다. 제롬은 성녀 같은 알리사를 위해 자신도 덕행을 쌓고 노력하여 그녀에게 맞추는 것이 사랑이라고 여겼다. 하지만 알리사는 제롬과의 만남이 잦을수록 좁은 문에 들어갈 수 없다고 여겼다. 즉, 그녀는 제롬과의 약혼과 결혼을 거부하고 그것을 통해서 금욕주의의 신앙을 완성하여 성경에 나오는 좁은 문에 들어가고자 하는 것이다. 오랜 세월 동안 제롬은 알리사에게 청혼하고 사랑을 말하지만 알리사는 사랑을 말하면서도 청혼을 거부하며 제롬과의 정신적인 사랑에 만족하려고 한다. 그렇지만 결국은 제롬을 그리워하다가 비극적인 죽음을 맞이하고 말았다.

나는 이 책을 읽고 가장 중요한 것은 우리의 감정에 솔직한 것이라는 생각을 했다. 우리는 평소에도 자신의 감정에 대해서 솔직하지 못할 때가 많다. 부모님이나 선생님, 친구들에게까지 솔직하지 못하고 내 속마음을 속이는 경우가 종종 있었다. 그러면서도 이런저런 걱정과 고민을 놓지 못한다. 만약 이 책에서 알리사가 제롬과의 결혼을 그렇게 거부하지 않았어도 둘은 행복하게 살았을 것이다. 종교적인 엄격한 규율을 생각하다가 진정한 사랑을 놓치고 가슴 아픈 결말을 맞게 된 것이 아닐까?

물론 종교적인 믿음은 어떤 사람들에게는 매우 중요하고 소중한 것이라 할 수 있다. 그렇지만 그러한 것보다도 자신의 내면에 솔직한 것이 우선되어야 하는 것이 아닌가 하는 생각이 들었다. 종교적인 믿음도 결국은 자신의 행복을 위해서 필요한 것이기 때문이다. 알리사는 삶의 목표를 신앙적으로 완성하고자 현재의 삶을 비극적으로 마치고 말았다. 하지만 종교적인 믿음도 우선은 현재를 행복하게 살기 위한 것이라고 한다면 알리사의 믿음은 비인간적이었다고 할 수 있다. 오히려 그녀의 비극적 삶을 통해 인간의 감정과 자유로운 삶의 중요성을 부각한 것이 아닐까 싶다.

▷▶**독후감 2 : 진정한 행복**

작가 자신이기도 한 남자 주인공 제롬은 신체가 허약하고 감성적이며 예민한 성격의 소년이었다. 아버지가 돌아가신 후 제롬은 어머니와 가정교사와 함께 외롭게 살았다. 제롬은 두 살 위의 사촌 누나 알리사와 한 살 아래인 쥘리에트, 그리고 어린 로베르가 있는 외가를 자주 방문하였다. 제롬은 외숙모인 루실르 뷰콜렝에게는 야릇한 거북스러움 같은 혼란된 감정이 있었다.

제롬의 외숙모는 연극적인 발작이 잦아지더니 젊은 남자와 결국

집을 나가고 말았다. 어머니 루실르 뷰콜렝을 똑 닮아 가녀리고 예쁜 알리사는 제롬과 급속도로 가까워지고, 어느 날 둘은 시골의 교회를 찾았다. 그때 목사님의 "좁은 문으로 들어가기를 힘써라."라는 설교를 듣고 둘은 감명을 받는다.

제롬은 환상 속에서 좁은 문을 보게 된다. 그의 청교도적인 기질과 알리사에 대한 사랑이 바로 좁은 문이라는 생각에 이르게 된다. 그는 알리사를 위해 자신의 덕행을 쌓고자 스스로 절제하는 것을 의무라고 생각한다. 어느 날 제롬은 알리사가 어떤 생각을 하고 있는지를 알게 된다. 알리사는 제롬을 사랑하지만 그것보다는 기도를 통해 하나님과 가까워지는 것을 원하며, 사랑의 완성은 하나님의 품 안에서만 가능한 것이라고 말한다.

자신의 사랑이 아무리 아름답고 깊어도 알리사의 종교적인 믿음 탓에 받아들여지지 않는 한 성사될 수 없다. 그녀는 약혼하지 않은 상태에 만족해하며 평온한 그들 사랑에 혼란을 일으키지 말고 편지를 나누자고 한다. 알리사와 제롬의 관계는 그들 사이의 약혼이나 사랑의 문제를 피해 가는 편지만 오고 간다. 제롬이 징집되어 군에 있는 동안에도, 제대한 뒤에도 어색하고 괴로운 관계만 유지된다. 제롬이 알리사 외에는 결혼하지 않는다고 말해도 알리사는 결국 제롬을 받아들이지 않고, 얼마 뒤 그녀는 죽고 만다.

이 소설은 감정에 충실한 제롬의 사랑과 영원히 도달할 수 없는 신앙적 완성을 추구하는 알리사의 사랑을 그리고 있다. 제롬과 알리사는 이에 대해 끊임없이 갈등하면서 자신들의 사랑을 초월적이고 영원한 시공간에 두고 싶어 하였던 것이다. 결국은 철저한 청교도의 금욕주의적 사고방식과 온화한 유년 시절의 기억으로 인해 무의식적으로 신앙적인 사랑에 대한 집착을 하고 있었던 알리사의 비극적인 죽음으로 신앙적 완성을 추구했다고는 말하기 어려울 것이다.

이들에게는 사랑이 신에게로 이르는 좁은 길이었다. 사랑을 실현시킨다는 것은 신의 품 안에서만 가능하다고 믿는 알리사의 엄숙주의는 제롬을 번번이 실망시켰던 것이다. 그러나 알리사는 근본적으로 지상의 행복을 믿지 않았으며 사랑에 간절하면서도 가혹하였다. 신에 대한 사랑과 제롬에 대한 사랑을 병행시키지 못하리라는 걱정과 회의 속에서 즐거움과 만족을 느꼈던 것이다.

요즘에는 이러한 종교적인 이유로 자신들의 사랑을 절제하고 회의적으로 생각하는 사람들은 없을 것이다. 오히려 사랑에는 더 적극적이고 행복을 추구하는 것이 미덕이라고도 볼 수 있다. 하지만 이때 당시만 하여도 프랑스 사람들에게 종교적인 믿음은 매우 중요한 삶의 표본이었다. 작가 역시 주인공인 제롬과 마찬가지로 어렸을 적부터 청교도의 엄격한 규율이 몸에 익숙한 삶을 살았다. 그리고 사촌 누나를 사랑하고 결혼하게 되었지만 그 결혼 생활은 행복하지 못했다고 한다.

작가의 삶을 생각하고 이 작품을 읽었을 때 엄격한 종교적 규율에 대해 자유로운 인간의 감정이 억압된 것을 비판하고 그러한 억압으로부터 해방되는 것을 주장한 것이다. 나 역시 교회를 다니지만 결국 중요한 것은 인간의 행복이라고 생각하고, 억압되지 않은 자유로운 삶을 살아가도록 노력해야겠다.

독후감 제대로 쓰기

우리는 책을 통해서 지식을 쌓고 학문을 연마하게 됩니다. 또한 교양을 얻고 수양을 쌓게 되지요. 그리하여 즐겁고 보람 있는 생활을 할 수 있는 것입니다. 이러한 습관이 지속된다면 이것이 곧 나의 생활 자체가 되고, 책을 읽는 시간이 얼마나 가치 있고 즐거운 시간인지 깨닫게 될 것입니다.

독후감을 쓰기 위해서는 책을 읽어야 함은 말할 것도 없습니다. 그러나 아무 책이나 읽는다고 다 좋은 것은 아닙니다. 특히 중학생은 아직 양서를 구별할 만한 충분한 지식을 갖추지 못했기 때문에 선생님 혹은 부모님, 그리고 선배들이 권하는 책이나, 이미 국내적으로나 세계적으로 잘 알려진 명작이나 명저를 찾아 읽는 것이 바른 방법이라고 볼 수 있습니다. 예컨대 사회적으로 존경받을 만한 사람들의 일대기를 그린 위인전이나 자서전 같은 것은 읽을 가치가 있으며, 명시 모음집이나 명작 소설, 특정한 분야의 관찰기, 평론집 같은 것도 좋은 읽을거리가 될 수 있습니다.

그럼 효율적인 독서를 위해서 유의해야 할 점을 알아볼까요?

첫째, 본문을 읽기 전에 책의 앞부분에 있는 머리말이나 해설하는 글을 먼저 정독합니다. 그러면 책을 쓰게 된 동기나 평가 등에 대하여 잘 알 수 있게 되죠.

둘째, 목차를 잘 살펴봅니다. 목차에서 그 책의 내용이 어떻게 전개될 것인가에 대해 미리 파악할 수 있기 때문입니다.

셋째, 본문을 읽기 시작하면, 그 중에 잘 모르는 단어나 문구가 나오기 마련입니다. 그런 것은 곧 사전을 찾아 뜻을 알아두어야 합니다. 그런 것을 무시했다가는 자칫 전체를 이해하지 못하는 오류를 범할 수 있거든요.

넷째, 각 문단별로 소주제가 무엇인지를 파악하고, 그 줄거리를 요약하는 습관을 길러야 합니다. 특히 필자가 표현하려는 것과 그 뒷받침되는 내용이 무엇인지 알아내는 것이 필수겠지요.

다섯째, 글의 배경은 무엇인지, 앞뒤 맥락이 어떻게 이어지고 있는지를 잘 생각하면서 읽어야 합니다. 그리고 소설일 경우에는 주인공과 등장인물들의 성격이나 특성을 파악해야 하지요.

여섯째, 다 읽은 다음에는 줄거리를 만들어 보고, 전체적인 주제가 무엇인지 정리하는 작업도 필요합니다.

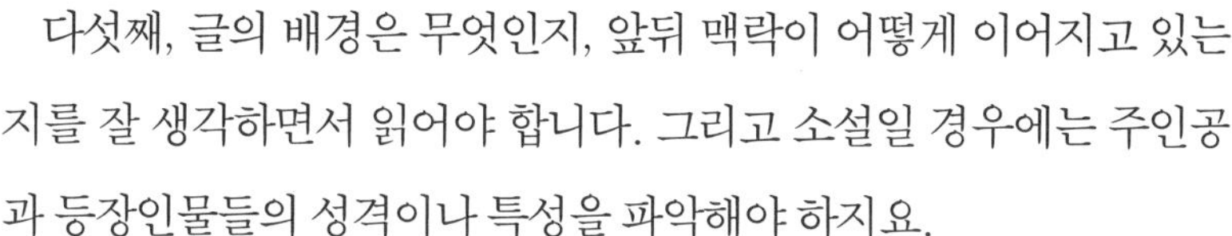

❷ 책을 감상하는 방법

책을 읽을 때는 내용을 진지하게 파고들어 가며 읽어야 합니다. 즉 자기의 현재 생활과 비교해 가며 생각의 폭과 사고를 넓히는 것이 중요하답니다. 그리고 작품의 문체·제목·주제·논제 등도 염두에 두고 읽으면 독후감을 쓰기가 좀더 수월해집니다.

그리고 저자가 강조하고 있는 내용과 사건들이 현재 우리 사회에 어떤 의미를 가지고 있으며 어떻게 발전시켜 나가야 할 것인가를 생각하며 읽습니다. 더불어 저자가 작품에서 강조하려고 하는 것이 무엇인가를 파악하며 읽을 필요가 있습니다. 그렇다고 굉장한 부담을 느끼면서 책을 읽을 필요는 없습니다. 책 읽는 것 자체를 즐긴다면 그리 깊게 생각하지 않아도 작가가 말하려는 바를 깨닫게 될 테니까요.

그렇다면 각 문학 장르에 따라 어떤 점에 유념하여 책을 읽어야 하는지 알아볼까요?

┃소설┃ 작품의 주제를 파악하고 작중 인물의 성격과 배경을 생각하며 주인공이 어떻게 변화되어 가고 있는가를 염두에 두고 읽습니다. 자신의 생각이나 현실과 결부시켜 보는 것도 재미를 배가시켜 줄 거예요.

┃시┃ 선입견 없이 그대로 느낌을 받아들이며 읽습니다.

┃희곡┃ 무대 상연을 전제로 하여 쓰여진 것이기 때문에 시간적·공간적 제약을 받는다는 것을 염두에 두어야 합니다.

┃역사 소설┃ 인물·사건 등을 작가가 상상력에 의존하여 구성한 글로서, 항상 계몽사상이나 민족의식 고취 등 어떤 목적이 들어 있는지를 파악하며 읽어야 합니다.

┃역사┃ 역사는 역사 소설과는 구분지어야 합니다. 이것은 정확한 기록으로 글쓴이의 주관적 해석이 들어 있을 수 없으며, 시간의 흐름에 따라 사건을 나열한 것임을 생각해야 합니다.

┃수필┃ 지은이의 인생관이 들어 있습니다. 심리적 부담감이 적으므로 편안한 마음으로 읽을 수 있습니다.

┃전기문┃ 인물의 정신, 자취, 시대적 배경과 사회적 환경을 먼저

파악해야 합니다.

▌과학 도서▐ 　미지의 세계에 대한 탐구심, 합리적 사고력 배양, 지식과 정보의 입수, 창의력을 기르는 데 도움이 되므로 평소 이에 대한 흥미를 갖는 것이 중요합니다.

❸ 독후감이란 무엇인가?

독후감은 말 그대로 어떤 글이나 책을 읽고, 그에 대한 느낌이나 생각을 쓰는 것입니다. 좋은 책을 읽고 그것을 정리해 두지 않는다면 곧 그 내용을 잊어버려, 독서를 한 만큼의 가치를 얻지 못할 수도 있으니까요. 그러므로 한 권의 책을 읽으면 곧 그 책의 내용을 정리하고, 느낌이나 생각을 적어 두는 것이 좋습니다.

독후감은 느낌이나 생각을 거짓 없이 써야 하나, 그렇다고 아무렇게나 써도 되는 것은 아닙니다. 즉 독후감도 글이므로 수필의 형식으로 쓰든, 논술의 형식으로 쓰든, 정확하게 읽고 주제와 내용에 맞게 써야 함은 물론이죠. 아무리 좋은 글이나 책이라도, 잘못 읽어 실제와 맞지 않는 생각이나 느낌을 쓰면 좋은 독후감이라고 할 수 없거든요. 그러므로 좋은 독후감을 쓰려면 독서를 잘해야 한다는 것이 전제됩니다. 독서를 잘하는 방법은 따로 있는 게 아니라, 그저 많이 읽다 보면 요령이 생기고, 이해도 쉽게 되며, 능률도 오르게 되는 것입니다.

독후감을 쓰는 목적은 독후감을 작성함으로써 독서하는 능력이 향상되고 글 쓰는 훈련을 할 수 있기 때문입니다. 그러므로 독후감을 쓰기 위해 책을 읽으면 보다 깊은 생각을 하면서 책을 읽게 됩니다. 또한 책을 통해 생활을 반성하며, 책에서 얻은 지식과 감명을 음미하여 자기 생활에 적용시킬 수 있습니다. 문장력과 논리적 사고가 향상되는 것은 물론이고요! 그럼 독후감을 왜 쓰는지 다음과 같이 정리해 볼까요?

1 읽은 책의 내용을 되살려 다시 음미해 볼 수 있습니다.

2 감동을 간직하고 책 읽는 보람을 얻을 수 있습니다.

3 책을 통해 지식을 심화시킬 수 있습니다.

4 책을 통해 자신의 문제를 연관지어 볼 수 있습니다.

5 글을 써 봄으로 해서 생각을 깊이 있게 할 수 있습니다.

6 독서 목표를 확실히 할 수 있습니다.

7 작품에 대한 비판력과 변별력을 기를 수 있습니다.

8 생각을 조리 있게 쓸 수 있는 작문력을 향상시켜 줍니다.

9 사고력과 논리력, 추리력을 기를 수 있습니다.

10 바르게 책을 읽는 습관을 형성할 수 있습니다.

❺ 독후감을 쓰기 전에 생각하기

독후감은 수필의 형식이든 논술의 형식으로든 쓸 수 있다고 했는데, 사실 이 둘의 차이는 모호합니다. 다만, 수필이 자유롭게 붓 가는 대로 쓰는 것이라면 논술은 논리 정연하게 쓴다는 점이 다르다고 할 수 있습니다.

붓 가는 대로 자유롭게 수필의 형식으로 쓰는 독후감이라도 글의 앞뒤가 맞지 않는다든지, 주제가 통일되지 않으면 좋은 평가를 받을 수 없습니다. 논리 정연하게 쓰는 독후감이라면, 서론·본론·결론으로 나누어 서술해야 함은 물론이구요.

서론에 해당되는 부분에서는 그 책에 대한 소개나 쓴 사람의 생애, 또는 특기할 만한 일화 같은 것을 적는 것이 일반적입니다.

본론에 해당하는 부분에서는 그 책을 읽고 특별히 다루려는 내용을 체계적이고 구체적으로 써야 합니다.

결론에서는 본론에서 다룬 내용을 요약하거나, 자신이 읽은 후의 감상, 그 책의 좋은 점, 나쁜 점 등을 들어서 마무리를 해야 합니다.

독후감은 짧게 쓰는 것이 상례이므로, 작품 전체를 거론하기보다는 특정한 주제를 잡아서 쓰는 것이 좋습니다. 보편적으로 다룰 수 있는 몇 가지 주제를 제시해 보면 다음과 같습니다.

첫째, 작가의 의식이나 주인공의 언행, 성격과 연관지어 주제를 구현시키는 방법입니다. 문학 작품이라면 주제가 애정이나 애국, 의리나 배반일 수 있으므로 이러한 점에 초점을 두고 써야겠지요. 또한 과학에 관계된 것이라면, 그 발명의 의의나 연구자의 노력과 관련시켜 서술해야 하겠지요.

둘째, 저자의 이념이나 생애, 업적에 관심을 두고 쓰는 방법입니다.

그 작품을 통하여 알 수 있는 저자의 철학이나 사상 또는 저자가 그 작품을 남기기까지의 역경이나 작품을 쓰게 된 동기, 작품의 가치나 다른 작품에 미친 영향 등 작품과 연관시켜 쓰는 것이지요.

셋째, 작품의 내용을 중심으로 기술합니다

예컨대, 작품 속 주인공의 성격을 분석하거나 다른 사람과 비교해 볼 수도 있고, 그 작품의 사건이나 시대적 배경을 논의하거나, 작품의 구성 같은 것에 초점을 두고 이야기할 수도 있습니다.

이와 같이 작품을 읽기 전에 먼저 어떤 점에 중점을 두고 독후감을 쓸 것인가를 염두에 둔다면, 그렇지 않은 경우보다 훨씬 이해가 쉽고, 나중에 독후감을 쓰는 데도 도움이 될 것입니다.

❻ 독후감의 여러 가지 유형

1. 처음에 결론부터 쓴 다음 왜 그러한 결론이 도출되었는지 감상을 자세하게 쓰거나, 감상을 먼저 쓰고 결론을 씁니다.

2. 책을 읽게 된 동기부터 설명하고 글 중간에 자기의 감상을 씁니다.

3. 저자나 친구에 대한 편지 형식으로 감상을 쓰거나 주인공에게 대화 형식으로 씁니다.

4. 시(詩)의 형태로 감상문을 씁니다.

5. 대화문(對話文) 형식으로 씁니다.

6. 줄거리부터 요약한 다음 자기의 느낌이나 생각을 씁니다.

❼ 독후감을 구체적으로 쓰는 방법

어렵게 쓰겠다는 생각은 하지 말고 쉽게 써야겠다는 마음가짐을 가져야 좋은 글이 나올 수 있습니다. 그리고 무엇보다 감상문을 쓰기 전에 무엇을 어떻게 쓸까 조목별로 골자를 먼저 쓰고, 이 골자에 살을 붙이는 방법으로 쓰려고 노력해야 합니다. 이때 의도적으로 아름답게 잘 쓰려고 하지 않는 것이 좋습니다. 자, 그럼 더 자세하게 알아볼까요?

1. 먼저 제목을 붙입니다.

2. 처음 부분(머리글)을 씁니다.

　⫸ 책을 읽게 된 이유나 책을 대했을 때의 느낌을 씁니다.

　⫸ 자신의 생활 경험과 관련지어 써 봅니다.

　⫸ 제일 감동받은 부분을 씁니다.

　⫸ 지은이나 주인공을 소개하는 글을 씁니다.

3. 가운데 부분을 씁니다.

　⫸ 자기의 생활과 견주어 씁니다.

　⫸ 주인공과 나의 경우를 비교해서 씁니다.

⫸ 시시비비를 분명히 가려야 합니다.

⫸ 가장 극적이었던 부분을 소개합니다.

4. 끝부분을 씁니다.

⫸ 자신의 느낌을 정리합니다.

⫸ 자신의 각오를 씁니다.

독후감을 쓴 다음에는 다음과 같은 추고의 과정이 필요합니다.

첫째, 쓴 글을 다시 한 번 읽으면서 맞춤법이나 표준어 규정에 어긋나는 것은 없는지 살펴봐야 합니다.

둘째, 문장이 잘 구성되어 있는지, 또 문단이 잘 짜여져 있는지 알아보아야 합니다. 한 문단에는 소주제문과 보조문들이 있어야 하는데, 그런 점이 잘 지켜져 있는지 유의해야 합니다.

셋째, 글 전체의 구성이 잘 이루어졌는지 살펴봅니다. 예를 들어 서론에 해당하는 부분이 지나치게 길다든지, 결론에 해당하는 부분이 너무 짧다든지, 전체적인 구성이 균형을 잃고 있다면 다시 고쳐 써야 하겠지요.

우리가 시간을 들여 열심히 책을 읽고 난 후 독후감을 잘 쓰기 위해서는 책을 읽고 있는 동안의 느낌을 잊지 않고 글로써 표현할 줄 알아야 하며, 책을 읽고 가장 감명받은 부분을 기억하고 있어야 합니다. 또한 다른 사람들은 어떻게 독후감을 썼는지 남의 것을 읽어 보고, 자신의 것과 비교해 보며 자주 글을 써 보는 것이 중요합니다. 그렇게 하다 보면 자신만의 개성 있는 필치로 독특한 감상문을 쓸 수 있게 되지요. 학교에서 아무리 독후감 숙제를 내주어도 부담없이 즐거운 기분으로 끝낼 수 있을 겁니다!

❽ 그 밖에 알아두면 유익한 것들

▌독후감 쓰기 10대 원칙 ▌

1. 자신의 수준에 맞는 책을 선택합시다.

2. 독후감 쓰는 형식이 있기는 하지만 너무 거기에 구애받을 필요는 없습니다.

3. 자신이 작가라면 어떻게 글을 이끌어갈지를 생각하며 읽어 봅시다.

4. 평소 음악 평론이나 영화 평론을 많이 읽어 봅시다.

5. 읽으면서 마음에 와닿는 것이 있다면 따로 적어 둡시다.

6. 현대 사회의 문제점과 비교하면서 읽어 봅시다.

7. 모르는 것이 있으면 적어 두는 습관을 기릅시다.

8. 신문 사설이나 칼럼을 스크랩해서 필요할 때 사용합시다.

9. 요약하는 데에만 집착하지 말고 제대로 책을 읽읍시다.

10. 읽은 후에는 꼭 독후감을 직접 써 봅시다.

▌책을 읽는 10가지 방법 ▌

1. 아주 어릴 때부터 책과 친하게 지내는 습관을 기릅시다.

2. 너무 속독하려 하지 말고 담겨진 내용을 충실히 읽는 습관을 기

릅시다.

3. 항상 작품이 나와 어떠한 상관 관계가 있는지 체크를 해 가며 읽읍시다.

4. 무조건 책장을 넘길 것이 아니라 시시비비를 가려 가면서 읽읍시다.

5. 매일매일 조금씩이라도 책을 읽는 습관을 들입시다.

6. 책 속에 담긴 뜻을 음미하고 되새기면서 읽읍시다.

7. 너무 자신의 취향에 맞는 책만 읽지 말고 다양한 장르의 책을 골고루 읽도록 합시다.

8. 책 속에 담겨진 교훈을 깊이 생각하고 생활에 적용시킵시다.

9. 책에 따라 읽는 방법을 달리하는 습관을 들입시다. 모든 책이 만화책은 아니기 때문이죠.

10. 바른 자세로 앉아 눈과의 거리를 30cm 두고 밝은 곳에서 읽읍시다.

❾ 원고지 제대로 사용하기

▮제목 및 첫 장 쓰기▮

1. 제목은 석 줄을 잡아 둘째 줄 가운데에 씁니다.

2. 1행 2칸부터 글의 종별을 표시합니다. 가령 수필이면 '수필'이라고 씁니다. 간혹 글의 종별을 비워 두는 경우가 많은데 이는 적는 것을 잊었거나, 원고지 사용법에 무관심하기 때문입니다.

3. 제목을 쓸 때에는 마침표를 찍지 않고, 물음표와 느낌표는 붙이
   지 않는 것이 좋습니다.

4. 제목에 줄임표는 사용하지 않는 것이 상례입니다.

5. 이름은 넷째 줄 끝에 두 칸 정도를 남기고 씁니다. 특별한 경우
   에는 서너 칸을 남겨도 됩니다.

6. 성과 이름은 붙여 씁니다. 다만, 성과 이름을 분명히 구별할 필
   요가 있을 경우에는 띄어 쓸 수 있습니다.

   예) 임채후 (O), 남궁석 (O), 남궁 석 (O)

7. 본문은 여섯째 줄부터 쓰는 것이 좋습니다. 단, 특수한 작문인
   경우는 넷째 줄부터 본문을 시작해도 상관없습니다.

8. 학교 이름이나 주소가 길 경우에는 세 줄로 쓸 수 있습니다.

9. 주소는 보통 표제지에 기재하고 원고지 첫 장에는 제목과 성명
   만 간단하게 적는 것이 상례입니다.

10. 성명의 각 글자는 시각적 효과를 위해 널찍하게 한두 칸씩 비
    워 써도 무방합니다.

11. 학교 앞에 지명을 기입할 때는 학교명을 모두 붙여 써서 지명
    과 학교명의 구분을 명확히 해 주는 것이 좋습니다.

▌첫 칸 비우기▐

1. 각 문단이 시작될 때는 첫 칸을 비우고 씁니다.

2. 대화체의 경우는 첫 칸을 비우고 씁니다.

3. 인용문이 길 때는 행을 따로 잡아 쓰되, 인용 부분 전체를 한 칸

들여서 씁니다.

4. 첫째, 둘째, 셋째 등으로 이야기를 전개해야 할 때는 시작할 때마다 첫 칸을 비울 수 있습니다. 단, 그 길이가 길거나 제시된 내용을 선명하게 하고자 할 때 비워 둡니다.

5. 시는 처음 두 칸 정도 줄마다 비우고 씁니다.

▌줄 바꾸기 ▌

1. 문단이 바뀔 때는 줄을 바꾸어 씁니다.

2. 대화는 줄을 새로 잡아 씁니다.

3. 인용문을 시작할 때는 줄을 바꾸어 씁니다. 단, 그 길이가 길 때 한해서입니다.

4. 대화나 인용문 뒤에 이어지는 지문은 글이 다시 시작되는 것이므로 한 칸을 들여 씁니다. 단, 이어 받는 말로 시작되는 지문은 첫 칸부터 씁니다.

▌문장 부호 및 아라비아 숫자, 영문자 ▌

1. 문장 부호는 한 칸에 하나씩 넣는 것이 원칙입니다.

2. 아라비아 숫자는 한 칸에 두 자씩 넣습니다.

3. 한자(漢字)로 쓸 때는 띄어 쓰지 않습니다. 그러나 한자와 한글이 함께 쓰이면 띄어 쓰기를 합니다.

4. 마침표(.)와 쉼표(,) 다음에는 통례상 한 칸을 비우지 않으며, 느낌표(!), 물음표(?) 다음에는 통례상 한 칸을 비웁니다.

5. 행의 첫 칸에는 문장 부호를 쓰지 않습니다. 첫 칸에 문장 부호를 써야 할 경우는 그 바로 윗줄의 마지막 칸에 글자와 함께 씁니다.

6. 영문자의 경우, 대문자는 한 칸에 한 글자, 소문자는 한 칸에 두 글자씩 넣습니다.

❿ 문장 부호 바로 알고 쓰기

1. 마침표 : 문장을 끝마치고 찍는 문장 부호로 온점(.), 물음표(?), 느낌표(!)를 이르는 말입니다.

2. 쉼표 : 문장 중간에 찍는 반점(,) 가운뎃점(·) 쌍점(:) 빗금(/)을 이르는 말입니다.

3. 따옴표 : 대화, 인용, 특별어구를 나타낼 때 쓰는 문장 부호로 큰따옴표("")와 작은따옴표(' ')를 씁니다.

4. 그 밖의 문장 부호 : 물결표(~)는 '내지(얼마에서 얼마까지)'라는 뜻에 씁니다. 줄임표(……)는 할말을 줄였을 때와 말이 없음을 나타낼 때 씁니다.

⓫ 마 치 며

초등학교나 중학교에서는 독후감이라는 말을 사용하지만 고등학교에 가게 되면 독후감이라는 말보다는 아마 논술이라는 말을 더 많이 쓰고 더 많이 듣게 될 것입니다. 논술이란 말 그대로 어떠한 논제를 가지고 논리적으로 서술하는 것을 말하는데, 이는 하루아침에 이루어지지 않습니다. 다양한 분야의 많은 것을 폭넓고 깊이 있게 알고, 주관을 뚜렷이 할 때만이 논술을 잘 쓰게 되는 것이지요. 그러기 위해서는 중학교 시절부터 많은 책을 읽어 보고 스스로 글을 써 보는 훈련을 하는 것이 중요합니다.

실제로 고등학교에 가면 교과목 공부에도 시간이 모자라 제대로 책을 읽을 시간이 없거든요. 무엇을 알아야 글을 쓸 것이고, 자신의 주장을 피력할 것 아니겠어요? 그러니 중학생 시절부터 좋은 책을 많이 읽어 보고, 생각해 보며, 글을 써 보는 노력을 하는 것이 여러분의 미래를 더욱 밝게 해줄 것입니다. 아마 그렇게 한 사람은 그렇지 않은 사람보다 10리쯤 앞서 나가지 않을까 생각되는데 여러분 생각은 어떠세요?

‖성 낙 수‖
한국교원대학교 교수, 연세대학교 졸업, 동 대학원에서 석사·박사 학위 받음
‖오 은 주‖
서울여고 교사, 현재 한국교원대학교 대학원 재학, 국민대학교 졸업
‖김 선 화‖
홍천여고 교사, 현재 한국교원대학교 대학원 재학, 강원대학교 졸업

판 권
본 사
소 유

중학생이 보는
좁은문

초판1쇄 인쇄 2011년 10월 20일
초판1쇄 발행 2011년 10월 30일

엮 은 이 성낙수 · 오은주 · 김선화
지 은 이 앙드레 지드
옮 긴 이 김동호
펴 낸 이 신원영
펴 낸 곳 (주)신원문화사

주   소 서울시 영등포구 당산동 121-245 신원빌딩 3층
전   화 3664—2131~4
팩   스 3664—2130

출판등록 1976년 9월 16일 제5 – 68호

＊ 잘못된 책은 바꾸어 드립니다.

ISBN 978 – 89 – 359 – 1576 – 7   44860